MORTOS NÃO CONTAM SEGREDOS

Obras da autora publicadas pela Galera Record:

Série Um de Nós Está Mentindo
Um de nós está mentindo
Um de nós é o próximo

Mortos não contam segredos
Os primos
Assim você me mata

KAREN M. McMANUS

MORTOS NÃO CONTAM SEGREDOS

Tradução de
Petê Rissatti

5ª edição

Galera

RIO DE JANEIRO

2022

CIP-BRASIL. CATALOGAÇÃO NA PUBLICAÇÃO
SINDICATO NACIONAL DOS EDITORES DE LIVROS, RJ

M429m   McManus, Karen M.
5ª. ed.   Mortos não contam segredos / Karen M. McManus ; tradução
Petê Rissatti. – 5ª. ed. – Rio de Janeiro : Galera Record, 2022.

Tradução de: Two can keep a secret
ISBN 978-85-01-11728-1

1. Ficção. 2. Literatura juvenil americana. I. Rissatti, Petê.
II. Título.

CDD: 808.899282
19-58340   CDU: 82-93(73)

Leandra Felix da Cruz – Bibliotecária – CRB-7/6135

Título original norte-americano:
Two can keep a secret

Copyright © 2019 by Karen M. McManus

Todos os direitos reservados.
Proibida a reprodução, no todo ou em parte, através de quaisquer meios.
Os direitos morais da autora foram assegurados.

Texto revisado segundo o novo Acordo Ortográfico da Língua Portuguesa.

Direitos exclusivos de publicação em língua portuguesa somente para o Brasil
adquiridos pela
EDITORA RECORD LTDA.
Rua Argentina, 171 - Rio de Janeiro, RJ - 20921-380 - Tel.: (21) 2585-2000,
que se reserva a propriedade literária desta tradução.

Impresso no Brasil

ISBN 978-85-01-11728-1

Seja um leitor preferencial Record
Cadastre-se e receba informações sobre nossos
lançamentos e nossas promoções.

EDITORA AFILIADA

Atendimento e venda direta ao leitor:
sac@record.com.br

Para Gabriela, Carolina e Erik

CAPÍTULO UM

ELLERY

SEXTA-FEIRA, 30 DE AGOSTO

Se eu acreditasse em presságios, este teria sido um mau presságio. Há apenas uma mala na esteira. É rosa-schocking, coberta com adesivos da Hello Kitty e, sem dúvida, não é minha.

Meu irmão, Ezra, observa quando ela passa por nós pela quarta vez, recostando-se na alça de sua mala enorme. A multidão ao redor da esteira já quase desapareceu, salvo por um casal que está discutindo sobre quem tinha a obrigação de monitorar a reserva do aluguel do carro.

— Talvez você devesse pegar essa daí — sugere Ezra. — Parece que a dona, quem quer que seja, não estava em nosso voo, e aposto que deve ter um guarda-roupa interessante. Muita roupa de bolinha, provavelmente. E purpurina. — Seu celular toca, e ele puxa o aparelho do bolso. — Nana está lá fora.

— Não acredito — murmuro, chutando a lateral da esteira com a ponta do tênis. — Minha vida inteira estava naquela mala.

É um pouco de exagero. Minha vida inteira *de verdade* tinha ficado em La Puente, Califórnia, cerca de oito horas atrás. Tirando algumas caixas enviadas a Vermont na semana anterior, a mala continha o restante.

— Acho que devemos comunicar. — Ezra procura o balcão de reclamação de bagagem perdida, passando a mão pelos cabelos curtos. Costumava usar cachos grossos e escuros como os meus, pendendo sobre os olhos, e ainda não me acostumei com o corte que fez no verão. Ele inclina a mala e gira na direção do guichê de informação. — Deve ser ali.

O cara magrelo atrás do balcão ainda parece estar no ensino médio, com uma porção de espinhas vermelhas salpicando a bochecha e o maxilar. Um broche dourado meio torto em seu colete azul revela que seu nome é "Andy". Os lábios finos de Andy se retorcem quando conto a ele sobre minha bagagem, e ele estica o pescoço na direção da mala de Hello Kitty que ainda gira na esteira.

— Voo 5624 de Los Angeles? Com escala em Charlotte? — Confirmo com a cabeça. — Tem certeza de que aquela ali não é a sua?

— Absoluta.

— Saco. Mas ela vai aparecer. Só precisa preencher isto aqui. — Ele puxa uma gaveta com força e tira de lá um formulário, deslizando-o em minha direção. — Tem uma caneta aqui em algum lugar — murmura ele, tateando sem muita vontade uma pilha de papéis.

— Tenho uma aqui. — Abro a frente da mochila, puxando um livro, que coloco sobre o balcão enquanto procuro uma caneta. Ezra ergue as sobrancelhas quando vê a capa dura surrada.

— Sério, Ellery? — pergunta ele. — Você trouxe *A sangue-frio* no avião? Por que não mandou com seus outros livros?

— É valioso — argumento, na defensiva.

Ezra revira os olhos.

— Você *sabe* que o autógrafo não é de Truman Capote. Passaram a perna em Sadie.

— Tanto faz. O que vale é a intenção — murmuro. Nossa mãe me comprou a primeira edição "autografada" no eBay depois que conseguiu um papel como Cadáver nº 2 em *Law & Order*, quatro anos atrás. Ela deu para Ezra um LP do Sex Pistols com um autógrafo de Sid Vicious que, provavelmente, também era falsificado. Devíamos ter descolado um carro com freios confiáveis em vez disso, mas Sadie jamais fora boa em planejamento de longo prazo. — De qualquer forma, você sabe o que dizem. Quando se está em *Murderland*... — Finalmente puxo uma caneta e começo a escrever meu nome no formulário.

— Vocês estão indo para Echo Ridge, então? — pergunta Andy. Paro no segundo *c* de meu sobrenome, e ele acrescenta: — Sabe, eles não chamam mais de *Murderland*. E vocês chegaram cedo. Só vai abrir daqui a uma semana.

— Eu sei. Não estava falando do parque temático. Quis dizer a...

Paro de falar antes de dizer *cidade*, e enfio *A sangue-frio* na mochila.

— Deixa pra lá — digo, voltando a atenção ao formulário. — Quanto tempo geralmente leva para recuperar a mala?

— Não mais de um dia. — Os olhos de Andy pairam entre mim e Ezra. — Vocês se parecem muito. São gêmeos?

Assinto com a cabeça e continuo escrevendo. Ezra, sempre educado, responde:

— Somos.

— Era para eu ser gêmeo — comenta Andy. — Mas o outro foi absorvido no útero. — Ezra solta um suspiro baixo e surpreso, e eu engulo uma risada. Acontece com meu irmão o tempo todo; as pessoas confessam as coisas mais estranhas para ele. Pode ser que a gente tenha quase a mesma cara, mas é na dele que todo mundo confia. — Sempre pensei que seria legal ter um gêmeo. Fingir que um é outro e zoar com as pessoas. — Ergo o olhar, e Andy está de novo estreitando os olhos para nós. — Bem. Acho que vocês não podem fazer isso. Não são o tipo certo de gêmeos.

— Sem dúvida, não somos — concorda Ezra com um sorriso forçado.

Escrevo mais rápido e entrego o formulário preenchido para Andy, que destaca o alto das páginas e me entrega a via em papel carbono amarelo.

— Então, alguém vai entrar em contato, certo? — pergunto.

— Isso — responde Andy. — Se não tiver notícias até amanhã, ligue para o número no fim da página. Divirtam-se em Echo Ridge.

Ezra expira alto quando seguimos para a porta giratória, e eu olho para ele com um sorrisinho.

— Você faz os amigos mais legais.

Ele estremece.

— Agora, não consigo parar de pensar nisso. *Absorvido.* Como isso acontece? Será que ele... Não. Não vou especular. Não quero saber. Mas que coisa bizarra crescer com essa ideia, hein? Sabendo que você poderia ter sido o gêmeo errado.

Atravessamos a porta e uma rajada de ar abafado e cheio de poluição me pega de surpresa. Mesmo no último dia de agosto, eu esperava que Vermont fosse muito mais fria que a Califórnia. Puxo os cabelos para o alto enquanto Ezra mexe no celular.

— Nana diz que está dando voltas porque não quis pagar o estacionamento — avisa ele.

Ergo as sobrancelhas.

— Nana está dirigindo e teclando?

— Pelo visto, sim.

Não vejo minha avó desde que ela nos visitou na Califórnia, dez anos antes, mas, pelo que consigo lembrar, não parece ser de seu feitio.

Esperamos alguns minutos, assando no calor, até um Subaru *station wagon* verde-musgo estacionar ao nosso lado. A janela do passageiro desce, e Nana enfia a cabeça para fora. Ela não parece muito diferente do que é no Skype, embora sua franja grisalha e grossa pareça recém-cortada.

— Vamos lá, entrem — diz ela, olhando de lado o guarda de trânsito a poucos metros de nós. — Eles não vão nos deixar ficar aqui parados por mais de um minuto. — Sua cabeça volta para dentro enquanto Ezra gira sua mala solitária na direção do porta-malas.

Quando sentamos no banco traseiro, Nana vira para nos encarar, assim como a mulher mais jovem atrás do volante.

— Ellery, Ezra, esta é Melanie Kilduff. Sua família mora no fim de nossa rua. Enxergo muito mal à noite, então Melanie fez a gentileza de dirigir. Ela costumava ser babá de sua mãe quando era jovem. Provavelmente vocês a conhecem de nome.

Ezra e eu trocamos olhares arregalados. *Sim.* Sim, conhecíamos.

Sadie partiu de Echo Ridge aos 18 anos e voltou apenas duas vezes. A primeira vez, um ano depois que nascemos, quando nosso avô morreu de um ataque cardíaco. E a segunda, há cinco anos, para o funeral da filha adolescente de Melanie.

Ezra e eu tínhamos assistido a um programa especial do *Dateline* — "Mistério em Murderland" — em casa, enquanto nossa vizinha ficava conosco. Fiquei petrificada com a história de Lacey Kilduff, a linda rainha do baile de boas-vindas da cidade natal de minha mãe, encontrada estrangulada em um parque temático de Halloween. O Andy do aeroporto estava certo; o proprietário do parque mudou seu nome de Murderland para Fright Farm poucos meses depois. Não sei bem se o caso teria recebido tanta atenção nacional se o parque não tivesse um nome tão descarado: "Assassinatolândia".

Ou se Lacey não tivesse sido a segunda bela adolescente de Echo Ridge — e exatamente da mesma rua — a estampar manchetes trágicas.

Sadie não respondeu a nenhuma de nossas perguntas quando voltou do funeral de Lacey. "Só quero esquecer", dizia ela, sempre que perguntávamos. Foi tudo o que disse sobre Echo Ridge nossa vida toda.

Ironicamente, acho, acabamos aqui de qualquer jeito.

— Muito prazer — diz Ezra a Melanie, enquanto eu, de alguma forma, consigo engasgar com minha saliva. Ele me dá um tapa nas costas, mais forte que o necessário.

Melanie é bonita de um jeito apagado, com cabelos loiro--pálidos presos em uma trança embutida, olhos azul-claros e um rosto salpicado de sardas. Ela abre um sorriso afável de dentes separados.

— O prazer é meu. Desculpem o atraso, mas pegamos um trânsito inesperado. Como foi o voo?

Antes que Ezra possa responder, uma batida alta ressoa no teto do Subaru, assustando Nana.

— Vocês precisam sair daqui — grita o guarda de trânsito.

— Burlington é a cidade *mais grosseira* — bufa Nana. Ela aperta um botão na porta para fechar a janela enquanto Melanie sai com o carro atrás de um táxi.

Remexo no cinto de segurança enquanto fito a parte de trás da cabeça de Melanie. Não esperava encontrá-la desse jeito. Imaginei que acabaríamos nos vendo, pois ela e Nana são vizinhas, mas pensei que seria mais um aceno quando fosse levar o lixo para fora, não uma viagem de uma hora de carro assim que aterrissasse em Vermont.

— Fiquei muito triste quando soube de sua mãe — lamenta Melanie quando sai do aeroporto e entra numa rodovia estreita, salpicada de placas verdes. São quase dez da noite, e um pequeno condomínio adiante brilha com janelas iluminadas. — Mas fico feliz que ela esteja recebendo a ajuda de que precisa. Sadie é uma mulher tão forte. Tenho certeza de que vocês estarão juntos logo, mas espero que aproveitem essa estada em Echo Ridge. É uma cidadezinha adorável. Sei que Nora está ansiosa para mostrar os arredores a vocês.

Isso. *É assim* que se conduz uma conversa desconfortável. Não precisa começar com *Sinto muito por sua mãe ter enfiado o carro em uma joalheria enquanto estava louca de opioides e ter de ir para a reabilitação por quatro meses.* Apenas perceba a pedra no caminho, desvie e siga para águas conversacionais mais tranquilas.

Bem-vindos a Echo Ridge.

Caio no sono pouco depois de chegarmos à rodovia, e só me mexo quando um barulho alto me faz acordar assustada. É como se o carro tivesse sido atingido por dezenas de pedras de todos os lados. Olho para Ezra, desorientada, mas ele parece igualmente confuso. Nana se vira no banco, gritando para ser ouvida mesmo com a barulheira.

— Chuva de granizo. Não é incomum nesta época, embora essa esteja bem pesada.

— Vou estacionar e esperar passar — avisa Melanie. Ela leva o carro para o acostamento e coloca a marcha em ponto morto. O granizo está caindo com mais força, e só consigo pensar que ela vai ter centenas de leves amassados na lataria assim que a chuva parar. Um granizo especialmente grande bate bem no meio do para-brisa, nos assustando.

— Por que está *chovendo granizo*? — pergunto. — Estava quente em Burlington.

— O granizo se forma nas camadas de nuvens — explica Nana, apontando para o céu. — A temperatura é congelante por lá. Mas as pedras vão derreter bem rápido no chão.

Sua voz não é exatamente carinhosa — não sei se carinho é possível para ela —, mas parece mais animada do que esteve a noite toda.

Nana foi professora, então fica obviamente mais confortável nesse papel que no de avó custodiante. Não a culpo. Ela foi obrigada a ficar conosco durante a sentença de dezesseis semanas da reabilitação de Sadie. O juiz insistiu que morássemos com alguém da família, o que limitou bastante as opções. Nosso pai foi caso de uma noite — um dublê, ou foi o que alegou durante as duas horas de pegação que ele e Sadie passaram juntos após seu encontro em uma boate de Los Angeles. Não temos tias, tios ou primos. Nem uma única pessoa, exceto Nana, para nos abrigar.

Ficamos sentados em silêncio por alguns minutos, observando as pedras de granizo baterem no capô até a frequência diminuir e, por fim, parar. Melanie volta à estrada, e eu olho para o relógio no console. São quase onze; dormi por quase uma hora. Cutuco Ezra e pergunto:

— A gente já está quase chegando, certo?

— Quase — responde Ezra. Ele diminui a voz. — O lugar deve estar bombando em uma sexta à noite. Não passamos por nenhum prédio em quilômetros.

Está um breu lá fora, e, mesmo depois de esfregar os olhos algumas vezes, não consigo enxergar muito pela janela, exceto um borrão sombrio de árvores. No entanto, eu tento, porque quero ver o lugar do qual Sadie ficou louca para sair. "É como viver em um cartão-postal", ela costumava dizer. "Lindo, brilhante e limitado. Todo mundo que mora em Echo Ridge age como se você fosse desaparecer se se aventurasse fora de suas fronteiras."

O carro passa em uma lombada, e o cinto de segurança se enterra em meu pescoço quando o impacto me joga para um lado. Ezra boceja tanto que a mandíbula estala. Tenho certeza de que, assim que eu desmaiar na cama, ele vai se sentir obrigado a ficar acordado e conversar, embora nenhum de nós tenha dormido direito por dias.

— Estamos a menos de dois quilômetros de casa — A voz de Nana vinda do banco da frente nos assusta. — Já passamos a placa de "Bem-vindos a Echo Ridge", embora esteja tão mal iluminada que não acho que tenham notado.

Ela tem razão. Não notei, embora tenha feito uma nota mental para procurá-la. A placa era uma das poucas coisas das quais Sadie falava sobre Echo Ridge, em geral depois de algumas taças de vinho. "'População: 4.935'. Nunca mudou nos dezoito anos em que morei lá", dizia ela com um sorrisinho forçado. "Aparentemente, se você levasse alguém até lá, tinha de primeiro tirar alguém."

— Lá vem o viaduto, Melanie. — A voz de Nana tinha um quê de alerta.

— Eu sei — diz Melanie. A estrada faz uma curva acentuada quando passamos embaixo de um arco de pedra cinza, e Melanie diminui muito a velocidade. Não há iluminação nesse trecho, e Melanie liga o farol alto.

— Nana é a pior copilota que já se viu — sussurra Ezra.

— Sério? — respondo, também sussurrando. — Mas Melanie é tão cuidadosa.

— Exceto quando estamos em um sinal vermelho, estamos indo rápido demais.

Dou uma risadinha quando minha avó berra "Pare!" com uma voz tão autoritária que Ezra e eu nos sobressaltamos. Por um milésimo de segundo, acho que ela tem audição supersônica e fica irritada com nossos comentários ácidos. Então, Melanie pisa com tudo no freio, parando o carro de forma tão repentina que sou lançada para a frente contra o cinto de segurança.

— Mas que...? — Ezra e eu perguntamos ao mesmo tempo, mas Melanie e Nana já haviam tirado o cinto e saído do carro aos tropeços. Trocamos olhares confusos e seguimos as duas. O chão está coberto de poças de granizo meio derretido, e eu me desvio, indo na direção de minha avó. Nana está parada na frente do carro de Melanie, o olhar fixo na parte da estrada banhada pelos faróis acesos.

E na figura parada, deitada bem no meio do asfalto. Coberta de sangue, o pescoço em um ângulo horrivelmente errado e os olhos arregalados, encarando o nada.

CAPÍTULO DOIS

ELLERY
SÁBADO, 31 DE AGOSTO

O sol me acorda, queimando através das persianas que obviamente não foram compradas pelas propriedades antiluminosidade. Mas fico imóvel embaixo das cobertas — uma colcha fina de crochê e lençóis macios — até uma batida suave soar na porta.

— Oi? — Eu me sento, inutilmente tentando tirar os cabelos dos olhos, quando Ezra entra. O relógio prateado no criado-mudo marca 9h50, mas, como ainda estou no fuso da Costa Oeste, sinto que não dormi nem metade do que precisava.

— Ei — diz Ezra. — Nana pediu que te acordasse. Um policial está a caminho. Quer falar conosco sobre a noite passada.

Noite passada. Ficamos com o homem na estrada, agachados perto do corpo, entre as poças escuras de sangue, até uma ambulância chegar. Não conseguia olhar para seu rosto no início, mas, assim que o fiz, não consegui mais desviar o olhar. Era tão *jovem*. Não tinha mais que 30 anos, vestido com roupas esportivas e calçando tênis. Melanie, que é enfermeira, tentou uma RCP até os paramédicos chegarem; mais porque rezava por um milagre que por acreditar que adiantaria. Ela nos disse, quando voltou para o carro de Nana, que o homem estava morto antes mesmo de chegarmos.

— Jason Bowman — disse ela, com voz trêmula. — Ele é... *era*... um dos professores de ciências do Colégio Echo Ridge. Ajudava com a banda marcial também. Popular de verdade entre as crianças. Vocês iam... *deveriam*... conhecê-lo na próxima semana.

Ezra, que estava totalmente vestido, cabelos úmidos de um banho recente, jogou um pacotinho plástico na cama, trazendo--me de volta ao presente.

— Ela também disse para te dar isso aí.

O pacote fechado tem o logotipo de Hanes na frente e a imagem de uma mulher loira sorridente usando um sutiã esportivo e calcinhas que iam até o meio da cintura.

— Ai, não.

— Ai, sim. São *literalmente* calcinhas de vó. Nana diz que comprou alguns números menores por engano e esqueceu de devolvê-las. Agora são suas.

— Fantástico — murmuro, tirando as pernas da cama. Estou usando a camiseta que vestia por baixo do suéter ontem, mais calças de moletom de Ezra com as pernas enroladas. Quando soube que me mudaria para Echo Ridge, repassei meu guarda--roupas inteiro e doei sem dó tudo que não havia usado nos últimos meses. Esvaziei tanto meu armário que tudo, exceto alguns casacos e sapatos que enviei na última semana, coube em uma única mala. Na época, senti como se estivesse trazendo ordem e controle ao menos para uma pequena parte da vida.

Agora, claro, tudo isso significa que não tenho nada para vestir.

Pego meu telefone do criado-mudo, vendo se há alguma mensagem de texto ou de voz sobre minha bagagem. Mas não há nada.

— Por que você está de pé tão cedo? — pergunto a Ezra.

Ele dá de ombros.

— Nem é *tão* cedo. Fui dar uma caminhada na vizinhança. É bonita. Muito arborizada. Fiz alguns *stories* no Insta. E uma playlist.

Cruzei os braços.

— Não é outra playlist do Michael.

— Não — rebate Ezra na defensiva. — É um tributo musical ao nordeste dos EUA. Você ficaria surpresa com quantas músicas têm um estado da Nova Inglaterra no título.

— Um-hum. — O namorado de Ezra, Michael, terminou com ele por iniciativa própria na semana antes de partirmos, pois, disse ele, "relacionamentos a distância nem sempre funcionam". Ezra estava tentando agir como se não ligasse, mas montou umas playlists muito emo desde que isso aconteceu.

— Não me julgue. — Os olhos de Ezra pairaram na direção da estante, onde *A sangue-frio* estava enfileirado ordenadamente ao lado de minha coleção de Ann Rule, *Fatal vision*, *Meia-noite no jardim do bem e do mal* e o restante de meus livros sobre crimes reais. Foram as únicas coisas que desembalei das caixas empilhadas no canto do quarto, noite passada. — Todos temos nossos mecanismos de superação.

Ele vai para seu quarto, e eu olho ao redor do espaço nada familiar em que vou morar pelos próximos quatro meses. Quando chegamos na noite anterior, Nana me disse que eu dormiria no antigo quarto de Sadie. Abri a porta ansiosa e nervosa ao mesmo tempo, imaginando que ecos de minha mãe eu encontraria ali dentro. Mas entrei em um quarto de hóspedes padrão, sem um pingo de personalidade. A mobília era de madeira escura, as paredes brancas como casca de ovo. Não havia muita decoração, exceto cortinas rendadas, um tapete axadrezado e uma imagem emoldurada de um farol. Tudo cheirava levemente a lustra-móveis de limão e cedro. Quando tento imaginar Sadie ali — arrumando os cabelos no espelho esfumaçado sobre a penteadeira ou fazendo seu dever de casa na escrivaninha antiga —, as imagens não vêm.

O quarto de Ezra é igual. Não há vestígio de que uma adolescente viveu em nenhum dos dois.

Vou até minhas caixas de mudança e fuço na mais próxima até encontrar os porta-retratos enrolados em plástico. O primeiro que desembalo exibe uma foto minha e de Ezra em pé, no Píer de Santa Mônica, no ano passado, com um pôr do sol perfeito atrás. O cenário é lindo, mas não é uma de minhas melhores fotos. Eu não estava pronta, e minha expressão tensa não casa com o sorriso largo de Ezra. Mas a guardei, porque me lembrou de outra foto.

Que é a segunda que eu tiro da caixa; desfocada e muito mais velha, de duas adolescentes com cabelos longos e encaracolados como os meus, vestidas no estilo grunge dos anos 1990. Uma delas tem um sorriso brilhante, a outra parece irritada. Minha mãe e sua irmã gêmea, Sarah. Tinham 17 anos na época e estavam no último ano do Colégio Echo Ridge, como Ezra e eu logo estaremos. Poucas semanas depois de a foto ter sido tirada, Sarah desapareceu.

Faz vinte e três anos, e ninguém sabe o que aconteceu com ela. Ou talvez seria mais preciso dizer que, se alguém sabe, não vai dizer.

Coloco as fotos lado a lado sobre a estante e penso nas palavras de Ezra no aeroporto, na noite anterior, depois que Andy compartilhou sua história sem pedirmos. *Mas que coisa bizarra crescer com essa ideia, hein? Sabendo que você poderia ter sido o gêmeo errado.*

Sadie jamais gostou de falar sobre Sarah, não importava o quanto eu insistisse em saber. Não havia nenhuma foto em nosso apartamento; tive de roubar aquela da internet. Minha obsessão por crimes reais ganhou corpo com a morte de Lacey, mas, desde que tive idade suficiente para entender o que aconteceu a Sarah, fiquei obcecada com seu desaparecimento. Era a pior coisa que eu podia imaginar: seu gêmeo desaparecer e nunca mais voltar.

O sorriso de Sadie na foto é tão ofuscante quanto o de Ezra. Ela era uma estrela à época; a popular rainha do baile de boas-vindas da escola, como Lacey. E estava tentando ser uma estrela desde então. Não sei se Sadie teria feito mais que um punhado de figurações se tivesse a irmã torcendo por ela. *Sei* que não há maneira de ela conseguir se sentir completa. Quando chegamos ao mundo com outra pessoa, essa pessoa é parte de nós como as batidas do próprio coração.

Há muitos motivos para minha mãe ter se viciado em analgésicos — um ombro estirado, um término de relação ruim, outro papel perdido, mudarmos para nosso apartamento mais zoado em seu aniversário de 40 anos —, mas não consigo deixar de pensar que tudo começou com a perda daquela garota de rosto sério na foto.

A campainha toca, e eu quase derrubo o porta-retratos. Esqueci completamente que precisava estar pronta para ver um policial. Olho para o espelho na penteadeira e me encolho com o reflexo. Meus cabelos parecem uma peruca, e todos os produtos anti-frizz estão na mala extraviada. Puxo meus cachos em um rabo de cavalo, então giro e puxo as mechas grossas até conseguir prender as pontas em um coque baixo sem precisar de elástico. Foi um dos primeiros truques que Sadie me ensinou. Quando eu era pequena, ficávamos na pia dupla de nosso banheiro, eu a observava no espelho para poder copiar os movimentos rápidos e ágeis de suas mãos.

Meus olhos estão ardendo quando Nana grita escada acima.

— Ellery? Ezra? O policial Rodriguez está aqui.

Ezra já está no corredor quando saio do quarto, e descemos as escadas até a cozinha de Nana. Um homem de cabelos escuros e uniforme azul, de costas para nós, pega uma caneca de café que Nana estende para ele. Ela parece ter saído de um catálogo da L. L. Bean, com calças cáqui, tamancos e uma camisa oxford larga de listras horizontais.

— Talvez a cidade vá finalmente fazer algo sobre aquele viaduto — diz Nana, então fita meus olhos por sobre o ombro do policial. — Aí estão vocês. Ryan, esta é minha neta, e este é meu neto. Ellery e Ezra, este é o policial Ryan Rodriguez. Ele mora no fim da rua e passou aqui para nos fazer algumas perguntas sobre a noite passada.

O policial se vira com um meio sorriso que congela quando a caneca de café escorrega de sua mão e cai no chão. Nenhum de nós se move por um segundo, e depois todo mundo começa a se mexer de uma vez, pegando toalhas de papel e recolhendo os pedaços grossos de cerâmica do piso preto e branco de Nana.

— Me desculpe — repete várias vezes o policial Rodriguez. Não deve ser cinco anos mais velho que Ezra e eu, e parece que nem ele mesmo tem certeza de que é adulto de verdade. — Não sei como isso foi acontecer. Compro outra caneca.

— Ah, pelo amor de Deus! — exclama Nana, seca. — Custam dois dólares na Dalton's. Sente-se que vou pegar outra para você. Para vocês também, meninos. Tem suco na mesa se quiserem.

Sentamos ao redor da mesa da cozinha, que está bem posta com três jogos americanos, talheres e copos. O policial Rodriguez puxa uma caderneta do bolso da frente e a folheia com a testa franzida. Tem uma daquelas caras de cachorro pidão, a expressão preocupada mesmo agora, quando não está quebrando as coisas de minha avó.

— Obrigado por me receberem esta manhã. Acabei de vir da casa dos Kilduff, e Melanie já me contou o que houve no viaduto da Fulkerson Street ontem à noite. O que, sinto dizer, parece um atropelamento seguido de fuga. — Nana estende para ele outra caneca de café antes de se sentar ao lado de Ezra, e o policial Rodriguez toma um gole cuidadoso. — Obrigado, senhora Corcoran. Então, seria de grande ajuda se vocês pudessem me contar tudo que notaram, mesmo que pareça algo sem importância.

Eu me empertigo na cadeira, e Ezra revira os olhos. Ele sabe exatamente o que se passa em minha cabeça. Embora a noite passada tenha sido horrível, é impossível *não* ficar empolgada em fazer parte de uma investigação policial de verdade. Estive esperando por esse momento pelo menos metade da vida.

Infelizmente, não consigo ajudar, porque mal me lembro de qualquer coisa além de Melanie tentando socorrer o Sr. Bowman. Ezra também não. Nana é a única que percebeu os pequenos detalhes, como o fato de que havia um guarda-chuva e um Tupperware jogados na rua ao lado do Sr. Bowman. E, enquanto investigador, Ryan Rodriguez é uma decepção. Fica repetindo as mesmas perguntas, quase derruba a caneca nova de café e tropeça o tempo todo no nome de Melanie. Quando ele nos agradece e Nana o acompanha até a porta, estou convencida de que ele precisa de mais alguns anos de treinamento antes de deixarem que trabalhe sozinho de novo.

— Foi meio desorganizado — critico, quando Nana volta para a cozinha. — As pessoas o levam a sério como policial por aqui?

Ela pega uma frigideira de um armário perto do fogão e a coloca em um dos queimadores da frente.

— Ryan é perfeitamente capaz — diz ela sem rodeios, indo até a geladeira e pegando a manteiga. Ela a deixa sobre o balcão e corta um pedaço enorme, jogando-o na frigideira. — Pode ser um pouco mal-humorado. Seu pai morreu faz alguns meses. Câncer. Eram muito próximos. E a mãe faleceu no ano passado, então foi uma coisa atrás da outra para aquela família. Ryan é o mais novo e o único que ainda está na casa dos pais. Imagino como deve se sentir sozinho.

— Ele morava com os pais? — pergunta Ezra. — Quantos anos ele tem? — Meu irmão meio que julga os adultos que moram na casa dos pais. Ele vai ser uma dessas pessoas, como Sadie, que se mudam assim que a tinta da assinatura no diploma secar. Tem um plano de dez anos que envolve arrumar um emprego de faz-tudo em uma estação de rádio enquanto trabalha como DJ até reunir experiência para ter o próprio programa. Tento não entrar em pânico sempre que o imagino indo embora, me deixando para trás para fazer... sabe-se lá o quê.

— Vinte e dois, acho? Ou 23 — responde Nana. — Todos os filhos dos Rodriguez moraram em casa durante a faculdade. Ryan ficou quando o pai adoeceu. — Ezra encolheu os ombros, culpado, quando fiquei de orelha em pé.

— Vinte e três? — repito. — Ele estava na turma de Lacey Kilduff?

— Acho que sim — responde Nana enquanto quebra um ovo na frigideira que agora chia.

Hesito. Mal conheço minha avó. Jamais conversamos sobre minha tia desaparecida em nossas chamadas estranhas e inconstantes via Skype, e não sei se a morte de Lacey significa uma dor extra para ela pelo que aconteceu com Sarah. Provavelmente, eu deveria manter a boca fechada, mas...

— Eram amigos? — Acabo soltando. O rosto de Ezra assume uma expressão de *e lá vamos nós*.

— Não saberia dizer. Com certeza se conheciam. Ryan cresceu na vizinhança, e os dois trabalhavam na... Fright Farm. — Sua hesitação diante do novo nome é tão leve que eu quase não percebo. — A maioria dos jovens na cidade trabalhava. Ainda trabalha.

— Quando abre? — pergunta Ezra. Ele olha para mim, como se estivesse me fazendo um favor, mas ele não precisava se incomodar. Chequei o cronograma assim que soube que estávamos nos mudando para Echo Ridge.

— No próximo fim de semana. Pouco antes de vocês dois começarem a escola — responde Nana. Echo Ridge tem o início de ano letivo mais tardio que qualquer escola que já frequentamos, o que é um ponto a seu favor. Em La Puente, as aulas começam em meados de agosto. Nana aponta com sua espátula para a janela sobre a pia, que dá para o bosque atrás da casa. — Vocês vão saber assim que abrir. Fica a dez minutos de caminhada pelo bosque.

— É? — Ezra parece desconcertado. Eu também, mas principalmente porque é flagrante sua falta de pesquisa. — Então, os Kilduff moram bem atrás do lugar onde a filha... onde alguém, hum... — Ele para de falar quando Nana se vira com dois pratos, cada um contendo uma omelete enorme e fofinha, e os deixa na nossa frente. Ezra e eu trocamos olhares surpresos. Não consigo me lembrar da última vez que algum de nós ingeriu qualquer coisa pela manhã que não café preto. Mas minha boca encheu de água com o aroma saboroso, e meu estômago roncou. Não havia comido nada desde as três barrinhas de cereal que recebi para jantar no voo da noite anterior.

— Bem. — Nana se senta entre nós e serve-se de um copo do suco de laranja que estava na jarra de cerâmica sobre a mesa. *Jarra.* Não uma caixinha. Passei alguns segundos tentando imaginar por que alguém se incomoda em esvaziar uma caixa de suco em uma jarra antes de dar um gole no meu e perceber que é natural. Será que ela e Sadie eram mesmo parentes? — É a casa deles. As duas meninas mais novas têm vários amigos na vizinhança.

— Quantos anos elas têm? — pergunto. Melanie não era apenas a babá favorita de Sadie; foi quase sua mentora no ensino médio, e praticamente a única pessoa de Echo Ridge de quem minha mãe falava. Mas ainda não sei nada sobre ela, exceto que sua filha foi assassinada.

— Caroline tem 12, e Julia tem 6 — explica Nana. — Há uma boa diferença entre as duas, e entre Lacey e Caroline. Melanie sempre teve problemas para engravidar. Mas tem um lado bom, acho. As garotas eram muito novas quando Lacey morreu, cuidar das duas talvez tenha sido a única coisa que fez com que Melanie e Dan seguissem em frente em um momento tão terrível.

Ezra corta o canto de sua omelete e libera uma pequena nuvem de vapor.

— A polícia jamais encontrou nenhum suspeito para o assassinato de Lacey, não é? — pergunta ele.

— Não — responde Nana ao mesmo tempo que eu digo: — O namorado.

Nana dá um gole demorado no suco.

— Muita gente pensou isso. *Pensa* isso — corrige ela. — Mas Declan Kelly não era um suspeito oficial. Interrogado, sim. Várias vezes. Mas nunca foi detido.

— Ele ainda mora em Echo Ridge? — pergunto.

Ela balança a cabeça.

— Ele saiu da cidade depois de se formar. Foi melhor para todos os envolvidos, tenho certeza. A situação cobrou um preço muito alto de sua família. O pai de Declan se mudou logo depois do rapaz. Achei que a mãe e o irmão seriam os próximos, mas... as coisas acabaram diferentes para eles.

Paro com o garfo no ar.

— Irmão? — Não sabia que o namorado de Lacey tinha um irmão; os noticiários e reportagens não citavam muito sua família.

— Declan tem um irmão mais novo, Malcolm. Mais ou menos da idade de vocês — esclarece Nana. — Não o conheço bem, mas parece um tipo bem quieto. De qualquer forma, não desfilava pela cidade como se fosse o dono, como o irmão fazia.

Observo quando ela leva um bocado de omelete à boca, desejando que pudesse interpretá-la melhor e assim saber se Lacey e Sarah são tão entrelaçadas em sua mente como são na minha. Faz muito tempo desde que Sarah desapareceu; quase vinte e cinco anos sem respostas. Aos pais de Lacey falta um tipo diferente de final: eles sabem o *que*, *quando* e *como*, mas não *quem* ou *por quê*.

— Acha que Declan Kelly é culpado? — pergunto.

Nana franze o cenho, como se de repente ela achasse a conversa inteira de mau gosto.

— Eu não disse isso. Nunca houve nenhuma prova concreta contra ele.

Estendo a mão para pegar o saleiro sem retrucar. Talvez seja verdade, mas, se aprendi alguma coisa lendo livros de crimes reais e acompanhando o programa de investigações *Dateline* por anos, foi que *sempre* é o namorado.

CAPÍTULO TRÊS

MALCOLM

QUARTA-FEIRA, 4 DE SETEMBRO

Minha camisa está dura de tanta goma. Praticamente estala quando dobro os braços para passar uma gravata em volta do pescoço. Observo minhas mãos no espelho, tentando sem sucesso fazer um nó direito, e paro quando ao menos fica do tamanho certo. O espelho parece velho e caro, como tudo na casa dos Nilsson. Ele reflete um quarto onde poderiam caber três do meu antigo quarto. E no mínimo metade do apartamento de Declan.

Como é viver naquela casa?, perguntou meu irmão na noite passada, raspando o resto de seu bolo de aniversário de um prato enquanto nossa mãe estava no banheiro. Ela havia trazido um monte de balões que pareceram minúsculos no saguão dos Nilsson, mas ficavam batendo na cabeça de Declan na alcova amontoada que ele chama de cozinha.

Uma bosta, respondi. O que é verdade. Mas não mais bosta do que foram os últimos cinco anos, a maioria dos quais Declan passou vivendo a quatro horas de distância, em New Hampshire, alugando um apartamento no porão de nossa tia.

Uma batida rápida e forte soa na porta do meu quarto, e as dobradiças rangem quando minha meia-irmã coloca a cabeça no vão da porta sem esperar resposta.

— Você está pronto? — pergunta.

— Estou — respondo, pegando um paletó azul da cama e o vestindo. Katrin inclina a cabeça e franze a testa, os cabelos loiros platinados caindo sobre um dos ombros. Conheço aquele olhar: *Tem algo de errado com você, e estou prestes a dizer o que é e como consertar.* Faz meses que vejo isso.

— Sua gravata está torta — avisa ela, os saltos ecoando no assoalho enquanto ela caminha em minha direção com as mãos estendidas. Uma ruga aparece entre seus olhos enquanto ela puxa o nó, então desaparece quando se afasta para ver sua obra. — Aí — diz ela, batendo em meu ombro com expressão satisfeita. — Muito melhor. — As mãos descem até meu peito, e ela puxa um fiapo do paletó com duas unhas rosa pálidas e o deixa cair no chão. — Você ficou ótimo, Mal. Quem imaginaria?

Não ela. Katrin Nilsson mal falava comigo até o pai começar a namorar minha mãe no último inverno. Ela é a rainha do Colégio Echo Ridge, e eu sou o nerd de banda com família de má reputação. Mas agora que vivemos sob o mesmo teto, Katrin precisa reconhecer minha existência. Ela lida comigo me tratando como um projeto ou um transtorno, dependendo do humor.

— Vamos — ela me chama, puxando levemente meu braço. Seu vestido preto abraça suas curvas, mas para logo acima dos joelhos. Ela pareceria quase conservadora se não estivesse usando saltos altos pontudos, que basicamente nos obrigam a olhar para suas pernas. Então eu olho. Minha nova meia-irmã talvez seja um pé no saco, mas não dá para negar que é gostosa.

Sigo Katrin pelo corredor até a escadaria que leva ao imenso saguão na parte de baixo. Minha mãe e Peter estão lá no fim da escada, esperando por nós, e eu abaixo os olhos porque, sempre que eles estão tão perto, as mãos dele em geral ficam em algum lugar que não quero ver. Katrin e seu namorado superatleta cometem menos demonstrações públicas de afeto que esses dois.

Mas minha mãe está feliz, e acho que isso é bom.

Peter olha para cima e dá um tempo da bolinação em minha mãe.

— Como estão bonitos os dois! — exclama ele. Também está de terno, do mesmo azul-escuro que o meu, exceto que o dele é de alfaiataria, então é ajustado à perfeição. Peter é como um daqueles anúncios bem-apessoados de relógio da revista *GQ* que tomou vida: maxilar quadrado, olhar penetrante, cabelos loiros ondulados, apenas grisalhos o bastante para se destacar. Ninguém conseguia crer que ele estivesse interessado em minha mãe quando começaram a namorar. As pessoas ficaram ainda mais chocadas quando ele se casou com ela.

Ele os salvou. É o que a cidade inteira pensa. Peter Nilsson, o rico e charmoso proprietário do único escritório de advocacia da cidade, nos elevou de párias à realeza local com uma cerimônia civil elegante no lago de Echo Ridge. E talvez tenha salvado mesmo. As pessoas não evitam mais minha mãe ou sussurram às suas costas. Ela é convidada para participar do clube de jardinagem, de comitês escolares, de festas beneficentes, como a de hoje à noite, e toda essa porcaria.

No entanto, não significa que eu goste do cara.

— Que bom tê-lo de volta, Malcolm — acrescenta ele, quase parecendo sincero. Minha mãe e eu ficamos fora uma semana, visitando a família em algumas cidadezinhas de New Hampshire e terminando a viagem na casa de Declan. Peter e Katrin não nos acompanharam. Em parte, porque ele tinha de trabalhar, mas também porque nenhum dos dois saía de Echo Ridge para qualquer lugar sem serviço de quarto e um spa.

— Jantou com o senhor Coates enquanto estávamos fora? — pergunto de forma repentina.

As narinas de Peter se abriram levemente, o único sinal de contrariedade que demonstra.

— Jantei, na sexta-feira. Ele ainda está ocupado em manter a empresa em ordem, mas, quando chegar a hora, ficará feliz em falar com Declan. Vou continuar insistindo.

Ben Coates é o ex-prefeito de Echo Ridge. Depois que saiu, fundou uma empresa de consultoria política em Burlington. Declan precisa de alguns — tudo bem, de *muitos* — créditos para terminar o curso de ciências políticas na faculdade comunitária, mas ainda está esperando uma indicação. É a única coisa que ele pediu a Peter. Ou a nossa mãe, acho, pois Declan e Peter não conversam de verdade.

Minha mãe abre um sorriso largo para Peter, e eu deixo o assunto de lado. Katrin avança, estendendo a mão para tocar o colar de contas que minha mãe está usando.

— É tão lindo! — exclama ela. — Muito *boho*. Um belo contraste com todas as pérolas que veremos hoje à noite.

O sorriso de minha mãe se apaga.

— Eu tenho pérolas — argumenta ela, nervosa, olhando para Peter. — Será que eu...

— Você está ótima — diz ele, rapidamente. — Você está linda.

Eu poderia matar Katrin. Não de verdade. Sinto como se precisasse adicionar essa ressalva, mesmo em pensamentos, considerando nosso histórico familiar. Mas não entendo sua necessidade constante de provocar minha mãe. Ela não separou os pais de Katrin; é a *terceira* esposa de Peter. A mãe de Katrin foi embora para Paris com um novo marido muito tempo antes de minha mãe e Peter saírem pela primeira vez.

E Katrin sabe como minha mãe está nervosa com a noite de hoje. Jamais comparecemos à festa beneficente da Bolsa de Estudos em Memória de Lacey Kilduff. Em grande parte, porque nunca fomos convidados.

Ou bem-vindos.

As narinas de Peter se inflaram de novo.

— Podemos ir, certo? Está ficando tarde.

Ele abre a porta da frente, se desviando para nos deixar passar enquanto aperta um botão no chaveiro. Seu Range Rover preto dá partida na frente da casa, e Katrin e eu embarcamos no banco de trás. Minha mãe se senta no banco do passageiro e muda o rádio da estação Top 40, que Katrin gosta, para a NPR. Peter entra por último, afivelando o cinto de segurança antes de botar o carro em movimento.

A estrada serpenteante da propriedade dos Nilsson é a parte mais longa da viagem. Depois disso, é uma virada rápida e chegamos ao centro de Echo Ridge. Por assim dizer. Não há muito o que se ver — uma fileira de prédios de tijolos vermelhos com detalhes brancos de cada lado da Manchester Street, ladeados por postes de luz de ferro fundido em estilo antigo. Nunca está lotado por aqui, mas parece especialmente morto na quarta-feira à noite, antes da volta às aulas. Metade da cidade continua de férias, e a outra metade está no evento beneficente no Centro Cultural de Echo Ridge. É onde qualquer coisa notável acontece, a menos que esteja acontecendo na casa dos Nilsson.

Nossa casa. Não consigo me acostumar com isso.

Peter estaciona na Manchester Street, e nós saltamos do carro para a calçada. Estamos bem diante da rua da Funerária O'Neill, e Katrin suspira fundo quando passamos a casa vitoriana azul--pálido.

— Que pena que vocês estavam fora da cidade no velório do senhor Bowman — diz ela. — Foi bem bonito. O coral cantou "To Sir with Love", e todo mundo chorou.

Meu estômago se revira. O Sr. Bowman era, de longe, meu professor favorito no Colégio Echo Ridge. Tinha aquele jeito discreto de perceber no que a pessoa era boa e de encorajá-la a melhorar ainda mais. Depois que Declan se mudou e meu pai deu no pé, quando eu sentia muita revolta e não sabia para onde direcioná-la, foi ele quem sugeriu que eu começasse com a bateria. Fico enjoado de pensar que alguém o atropelou e o deixou morrer no meio da estrada.

— Por que ele estava na rua em uma tempestade de granizo? — pergunto, pois é mais fácil se fixar nisso que continuar me sentindo um merda.

— Eles encontraram um Tupperware com ele — responde Peter. — Um dos professores no funeral sugeriu que talvez ele estivesse coletando granizo para uma aula sobre mudança climática. Mas acho que nunca saberemos.

E agora me sinto pior, porque posso imaginar: o Sr. Bowman saindo de casa tarde da noite com seu guarda-chuva e seu pote de plástico, todo entusiasmado porque *tornaria a ciência real*. Ele dizia muito esse tipo de coisa.

Depois de alguns quarteirões, uma placa com moldura dourada nos dá as boas-vindas ao centro cultural. É o mais impressionante de todos os prédios de tijolos vermelhos, com uma torre de relógio no topo e degraus amplos que levam até uma porta de madeira esculpida. Estendo a mão para abrir a porta, mas a de Peter é mais rápida. Sempre. É impossível ser mais cavalheiro que esse cara. Minha mãe sorri para ele, agradecida, quando passa pela entrada.

Quando entramos, uma mulher nos guia por um corredor até um salão com dezenas de mesas redondas. Algumas pessoas estão sentadas, mas a maioria do pessoal ainda está caminhando a esmo, conversando. Alguns se viram para nós, e depois, como dominós humanos, todos fazem o mesmo.

É o momento pelo qual todos em Echo Ridge esperavam: pela primeira vez, em cinco anos, os Kelly haviam comparecido a uma homenagem a Lacey Kilduff.

A garota que a maioria das pessoas da cidade ainda acredita que meu irmão matou.

— Ah, lá está o Theo — murmura Katrin, deslizando para dentro da multidão na direção do namorado. Que solidária. Minha mãe molha os lábios, nervosa. Peter enlaça seu braço e abre um sorriso grande e brilhante. Por um segundo, quase gosto do cara.

Declan e Lacey vinham brigando havia semanas antes do assassinato. O que não era do feitio deles; Declan podia ser um babaca arrogante a maior parte do tempo, mas não com a namorada. Então, de repente, estavam batendo portas, cancelando encontros e espionando um ao outro nas redes sociais. A última mensagem irritada de Declan no Instagram de Lacey foi aquela que os noticiários repetiram por semanas, depois que o corpo foi encontrado.

Porra, estou por aqui com você. POR AQUI. Você não faz ideia.

O pessoal no Centro Cultural de Echo Ridge está muito quieto. Até o sorriso de Peter começa a parecer um pouco endurecido. A armadura de Nilsson deveria ser mais impenetrável que isso. Estou prestes a dizer ou fazer algo desesperado para quebrar a tensão quando uma voz carinhosa vem ao nosso encontro.

— Oi, Peter. E Alicia! Malcolm! É ótimo ver vocês dois.

É a mãe de Lacey, Melanie Kilduff, vindo em nossa direção com um grande sorriso. Ela abraça minha mãe primeiro, depois a mim, e, quando ela se afasta, ninguém mais está nos encarando.

— Obrigado — murmuro. Não sei o que Melanie pensa sobre Declan; ela jamais disse. Mas, depois que Lacey morreu, quando parecia que o mundo inteiro odiava minha família, Melanie sempre fez questão de ser simpática conosco. *Obrigado* não parece suficiente, mas Melanie acaricia meu braço como se fosse o bastante, antes de se virar para minha mãe e para Peter.

— Por favor, sentem-se onde preferirem — diz ela, apontando para o salão. — Logo vão servir o jantar.

Ela se afasta, seguindo para a mesa com sua família, sua vizinha e dois adolescentes de minha idade que eu jamais vira antes. O que é tão incomum nesta cidade que estico o pescoço para ver melhor. Não consigo ter uma boa visão do cara, mas a garota é difícil de não notar. Tem cabelos revoltos e encaracolados que parecem quase vivos, e está usando um vestido florido estranho, que parece ter saído do armário da avó. Talvez seja retrô. Não sei. Katrin morreria dentro de um desses. A garota me flagra a observando, e eu imediatamente desvio o olhar. Uma coisa aprendi sendo o irmão de Declan nos últimos cinco anos: ninguém gosta quando um dos meninos Kelly encara.

Peter começa a seguir para a frente do salão, mas Katrin volta bem na hora e o puxa pelo braço.

— Podemos nos sentar à mesa do Theo, pai? Tem bastante espaço lá. — Ele hesita; Peter gosta de liderar, não de obedecer, e Katrin exagera no tom bajulador. — Por favor? Eu não o vi a semana inteira, e os pais dele querem falar com você sobre aquele negócio da regulamentação do semáforo.

Ela é boa. Não há nada que Peter goste mais que discussões minuciosas sobre porcarias da prefeitura que fariam qualquer um chorar de tédio. Ele sorri, satisfeito, e muda seu rumo.

O namorado de Katrin, Theo, e seus pais são as únicas pessoas sentadas à mesa de dez lugares quando nos aproximamos. Theo e eu estudamos na mesma turma desde o jardim de infância, mas, como de costume, ele finge não me ver e acena para alguém atrás de mim.

— E aí, Kyle! Vem cá.

Ai, cacete.

O melhor amigo de Theo, Kyle, se senta entre ele e minha mãe, e a cadeira a meu lado se arrasta quando um homem grande, com um corte à escovinha loiro e meio grisalho, se acomoda. Chad McNulty, o pai de Kyle e o policial de Echo Ridge que investigou o assassinato de Lacey. Porque esta noite já não estava bizarra o suficiente. Minha mãe arregala os olhos como um animal flagrado pelos faróis de um carro, como sempre faz quando está perto dos McNulty, e Peter infla as narinas para um Theo desavisado.

— Oi, Malcolm. — O policial McNulty abre o guardanapo sobre o colo sem olhar para mim. — Como foi seu verão?

— Ótimo! — Consigo dizer, dando um longo gole em minha água.

O policial McNulty jamais gostou de meu irmão. Declan namorou sua filha, Liz, por três meses, e terminou com ela para ficar com Lacey, o que deixou Liz tão chateada que ela faltou a escola por um tempo. Em revanche, Kyle sempre foi um babaca comigo. Babaquices clássicas de cidade pequena que ficaram muito piores quando Declan se tornou um suspeito não oficial de assassinato.

Garçons começaram a circular pelo salão, servindo pratos de salada. Melanie vai até um pódio no palco à frente, e a mandíbula do policial McNulty fica tensa.

— Essa mulher é uma muralha de força — elogia ele, como se me desafiasse a discordar.

— Muito obrigada pela presença — agradece Melanie, inclinando-se na direção do microfone. — É muito importante para Dan, Caroline, Julia e para mim ver o quanto o fundo para Bolsas de Estudos em Memória de Lacey Kilduff cresceu.

Ignoro o restante. Não porque não me importe, mas porque é difícil demais ouvir. Anos sem ser convidado para esses eventos, significa que não criei muita resistência. Depois que Melanie termina seu discurso, ela apresenta uma caloura da Universidade de Vermont, que foi a primeira a receber a bolsa. A garota fala sobre seus planos na faculdade de medicina enquanto pratos de salada vazios são substituídos pelo principal. Quando ela termina, todos aplaudem e voltam a atenção à comida. Espeto sem muito ânimo o frango grelhado enquanto Peter vira o centro das atenções ao falar de semáforos. É cedo demais para ir ao banheiro?

— A questão é que há um equilíbrio delicado entre manter a estética da cidade e a mudança nos padrões de tráfego — diz Peter, com seriedade.

Não. Não é cedo demais. Eu me levanto, deixo o guardanapo na cadeira e caio fora.

Quando já lavei a mão mais vezes que consigo aguentar, saio do banheiro masculino e titubeio no corredor entre o salão de jantar e a porta da frente. O pensamento de retornar àquela mesa faz minha cabeça latejar. Ninguém vai sentir minha falta por mais alguns minutos.

Puxo meu colarinho e abro a porta, saindo na escuridão. Ainda está quente e úmido, mas menos abafado que lá dentro. Noites como essa fazem com que pareça que não consigo respirar, como se tudo que meu irmão fez, de verdade e supostamente, tivesse caído sobre mim quando eu tinha 12 anos e ainda pesasse. Eu me tornei o *irmão de Declan Kelly* antes de ter a chance de ser qualquer outra coisa, e às vezes parece que é tudo que sempre serei.

Respiro fundo e paro quando sinto um cheiro leve de produto químico. Fica mais forte quando desço as escadas e sigo na direção do gramado. De costas para as luzes não consigo ver muita coisa, e quase tropeço em algo que está caído na grama. Eu me abaixo para pegar. É uma lata de tinta spray sem a tampa.

É esse o cheiro que sinto: tinta fresca. Mas de onde está vindo? Eu me viro na direção do centro cultural. Seu exterior bem-iluminado parece o mesmo de sempre. Não há nada mais por perto que tivesse sido pintado recentemente, exceto...

A placa do centro cultural fica no gramado, na metade do caminho entre o prédio e a rua. Estou praticamente colado à placa quando consigo enxergar claramente na luz turva lançada pelo poste mais próximo. Letras vermelhas cobrem as costas da placa de cima a baixo, contrastando com a madeira clara:

MURDERLAND
PARTE DOIS
EM BREVE

Não sei quanto tempo fico parado ali, observando, até que percebo que não estou mais sozinho. A garota da mesa de Melanie, cabelos cacheados e vestido estranho, está a poucos metros de distância. Os olhos correm pelas palavras na placa e pela lata em minha mão, que tilinta quando abaixo o braço.

— Não é o que parece — digo.

CAPÍTULO QUATRO

ELLERY

SÁBADO, 7 DE SETEMBRO

Como estão as coisas?

Penso na mensagem da minha amiga Lourdes. Ela está na Califórnia, mas não em La Puente. Eu a conheci no sexto ano, que foi a terceira cidade anterior a nossa mudança para lá. Ou talvez a quarta. Diferente de Ezra, que mergulha com facilidade na cena social a cada vez que trocamos de escola, eu me atenho a minha melhor amiga virtual e mantenho as interações ao vivo em um nível superficial. É mais fácil prosseguir assim. De qualquer forma, exige menos playlists emos.

Bem. Estamos aqui há uma semana e o ponto alto foi o trabalho no jardim.

Lourdes manda alguns emojis de carinha triste, depois acrescenta: *Vai acelerar quando a escola começar. Já conheceu algum playboyzinho da Nova Inglaterra?*

Só um. Mas não é playboy. Possivelmente um vândalo.

Desembuche.

Paro, sem saber como explicar meu encontro com o cara no evento beneficente de Lacey Kilduff, quando meu telefone toca com uma chamada de um número cujo código de área é da Califórnia. Não o reconheço, mas meu coração palpita, e mando rapidamente um texto para Lourdes: *Momentinho, estou recebendo uma ligação sobre minha mala, espero.* Cheguei a Vermont já faz uma semana, e minha mala ainda não foi encontrada. Se não aparecer nos próximos dois dias, vou ter de começar a ir à escola com as roupas que minha avó comprou na única loja de roupas de Echo Ridge; se chama Dalton's Emporium e vende utensílios de cozinha e ferramentas, o que já diz tudo que se precisa saber sobre sua seção de vestuário. Ninguém com mais de 6 anos e menos de 60 jamais deveria fazer compras ali.

— Alô?

— Oi, Ellery! — Quase solto o telefone, e, quando não respondo, a voz redobra sua afobação alegre. — Sou eu!

— Sim, eu sei. — Eu me abaixo, rígida, na cama, segurando com força o telefone na mão que começa a suar de repente. — De onde você está me ligando?

O tom de Sadie ganha um quê de censura.

— Você não parece muito feliz em me ouvir.

— É que... pensei que começaríamos a nos falar na próxima quinta-feira. — Eram as regras da reabilitação, de acordo com Nana: sessões de quinze minutos de Skype uma vez por semana, depois de duas semanas completas de tratamento. Não ligações aleatórias de um número desconhecido.

— Essas regras são ridículas — argumenta Sadie. Consigo praticamente ouvir o revirar de olhos. — Uma das enfermeiras me emprestou o telefone. Ela é fã de *Defender*. — O único papel com falas que Sadie já conseguiu foi no primeiro episódio do que se tornou uma popular série de ação nos anos 1990, *The Defender*, sobre um soldado azarado que se transforma em ciborgue vingador. Ela fazia uma robô sexy chamada Zeta Voltes, e mesmo que ela tivesse apenas uma frase (*Isso não se computa*), ainda há sites de fãs dedicados à personagem. — Estou doida para ver vocês, meu amor. Vamos para o FaceTime.

Faço uma pausa antes de apertar Aceitar, porque não estou pronta para isso. Não mesmo. Mas o que vou fazer, desligar na cara da minha mãe? Em segundos, o rosto de Sadie preenche a tela, radiante de ansiedade. Ela está igual; nada parecida comigo, exceto pelos cabelos. Os olhos de Sadie são azuis brilhantes, enquanto os meus são tão escuros que parecem pretos. Ela tem um rosto delicado, com feições suaves, abertas, e eu sou toda ângulos e linhas retas. Há apenas um traço que compartilhamos, e, ao ver a covinha em sua bochecha direita surgir quando sorri, eu me forço a fazer o mesmo.

— Aí está você! — exclama ela. Em seguida, sua testa se franze. — O que há com seu cabelo?

Meu peito fica apertado.

— Sério que essa é a primeira coisa que você tem para me dizer?

Não tinha falado com Sadie desde que ela se internou na Casa Hamilton, o sofisticado centro de reabilitação pelo qual Nana estava pagando. Considerando que ela demoliu a vitrine inteira de uma loja, Sadie teve sorte: não machucou a si mesma nem a mais ninguém, e parou diante de um juiz que acredita em tratamento, não em tempo de cadeia. Mas ela nunca foi especialmente grata. Todo mundo e tudo o mais está errado: o médico que lhe deu uma receita de remédios fortes demais, a má iluminação da rua, os freios antigos do carro. Aquilo ainda não havia me ocorrido de verdade até agora; sentada em um quarto que pertence a uma avó que eu mal conheço, ouvindo Sadie criticar meus cabelos pelo telefone de alguém que provavelmente vai ser despedido por tê-lo emprestado a ela: como tudo isso é *irritante*.

— Ai, El, claro que não. Estou só te enchendo. Você está linda. Como se sente?

Como posso responder a essa pergunta?

— Estou bem.

— O que aconteceu na primeira semana? Conte tudo.

Eu poderia me recusar a continuar com aquilo, acho. Mas, quando meus olhos veem a foto de Sadie e sua irmã na estante, já sinto vontade de agradá-la. Contemporizar e fazê-la sorrir. Tenho feito isso a vida toda; é impossível parar agora.

— As coisas são tão estranhas quanto você sempre disse. Já fui interrogada duas vezes pela polícia.

Seus olhos se arregalam.

— Quê?

Conto para ela sobre o atropelamento com fuga e a pichação no evento beneficente da Lacey há três dias.

— O *irmão* de Declan Kelly pichou isso? — pergunta Sadie, parecendo indignada.

— Ele disse que tinha acabado de encontrar a lata de tinta. Ela bufa.

— Conversa, provavelmente.

— Não sei. Ele ficou muito chocado quando eu o vi.

— Meu Deus, pobre Melanie e Dan. Essa é a última coisa de que eles precisam.

— O policial com quem conversei no evento beneficente disse que conhecia você. Policial McNulty? Esqueci o primeiro nome.

Sadie sorri.

— Chad McNulty! Sim, nós namoramos no segundo ano. Meu Deus, você vai conhecer todos os meus ex-namorados, não é? Vance Puckett estava lá por acaso? Ele era *lindo*.

Balanço a cabeça.

— Ben Coates? Peter Nilsson?

Nenhum desses nomes é familiar, exceto o último. Eu o conheci no evento beneficente, logo depois de seu enteado e eu prestarmos depoimento sobre a pichação na placa.

— Você namorou aquele cara? — pergunto. — Ele não é dono de, tipo, metade da cidade?

— Acho que sim. Fofo, mas meio quadradão. Saímos duas vezes quando eu estava no último ano, mas ele estava na faculdade, e não rolou uma química.

— Agora ele é o padrasto de Malcolm — informo a ela.

O rosto de Sadie se contorce em confusão.

— De quem?

— Malcolm Kelly. Irmão de Declan Kelly? Aquele com a lata de spray?

— Meu bom Deus — murmura Sadie. — Não consigo acompanhar esse lugar.

Um tanto da tensão que tem me mantido rígida se dissipa, e rio enquanto me recosto no travesseiro. O superpoder de Sadie é fazer com que a gente acredite que tudo vai acabar bem, mesmo em meio a um desastre.

— O policial McNulty disse que o filho está em nossa turma — conto para ela. — Acho que ele estava no evento beneficente, mas não o encontrei.

— Ai, estamos todos tão *velhos* agora. Você falou com ele sobre o atropelamento também?

— Não, aquele policial era muito jovem. Ryan Rodriguez?

— Não espero que Sadie reconheça o nome, mas uma expressão estranha cruza seu rosto. — Quê? Você o conhece?

— Não. Como poderia? — questiona Sadie, um pouco rápido demais. Quando flagra meu olhar duvidoso, acrescenta: — Bem. É que... olha, não faça estardalhaço com isso, Ellery, porque eu *sei* o que passa em sua cabeça. Mas ele ficou arrasado no funeral de Lacey. Muito mais que o namorado. Isso chamou minha atenção, então me lembrei disso. É só isso.

— Arrasado como?

Sadie solta um suspiro teatral.

— Sabia que você ia perguntar.

— Você que tocou no assunto!

— Ai, é que... você sabe. Ele chorou muito. Quase entrou em colapso. Os amigos tiveram de tirá-lo da igreja. E eu disse a Melanie: "Olha, eles devem ter sido muito próximos". Mas ela falou que eles mal se conheciam. — Sadie dá de ombros, mas com um ombro só. — Provavelmente tinha uma queda por ela, só isso. Lacey era linda. O que é? — Ela olha para o lado, e eu ouço o murmúrio de outra voz. — Ah, tudo bem. Desculpe, El, mas preciso desligar. Diga a Ezra que logo vou ligar para ele, ok? Eu te amo, e... — Ela faz uma pausa, algo como arrependimento cobrindo seu rosto pela primeira vez. — E... estou feliz que você esteja conhecendo pessoas.

Nenhum pedido de desculpas. Dizer que sente muito significaria reconhecer que alguma coisa está errada e, mesmo que esteja me ligando da reabilitação em um telefone contrabandeado, Sadie não consegue fazer isso. Não respondo, e ela acrescenta:

— Espero que você se divirta nesta tarde de sábado!

Não tenho certeza se *diversão* é a palavra certa, mas é algo que venho planejando desde que soube que ia para Echo Ridge.

— A Fright Farm abre para a temporada hoje, e vou até lá.

Sadie balança a cabeça com um carinho exasperado.

— Claro que vai — diz ela, e me manda um beijo antes de se desconectar.

Horas depois, Ezra e eu estamos andando pela floresta atrás da casa de Nana em direção a Fright Farm, pisoteando as folhas no caminho. Estou usando algumas das minhas novas roupas da Dalton's, das quais Ezra está tirando sarro desde que saímos de casa.

— Tipo — começa ele, enquanto passamos por um galho caído —, do que você chamaria mesmo? Calça de passeio?

— Cale a boca — resmungo. As calças, que são de algum tipo de material elástico sintético, eram a peça mais inofensiva que eu pude encontrar. Pelo menos são pretas e meio que justas. A camiseta xadrez cinza e branca é curta e reta, e tem uma gola tão alta que está quase me sufocando. Tenho certeza de que nunca estive tão malvestida. — Primeiro Sadie com o cabelo, agora você com as roupas.

O sorriso de Ezra é brilhante e esperançoso.

— Mas ela parecia bem? — pergunta ele. Meu irmão e Sadie são tão parecidos às vezes, tão otimistas que é impossível confessar o que realmente se pensa perto deles. Quando eu costumava tentar, Sadie suspirava e dizia: *Não seja como o Ió do Ursinho Pooh, Ellery.* Uma vez, apenas uma vez, ela acrescentou em voz baixa: *Você parece a Sarah.* Então fingiu não me ouvir quando pedi que repetisse o que ela havia dito.

— Ela estava ótima — asseguro a Ezra.

Ouvimos o barulho vindo do parque antes de o vermos. Assim que saímos da mata, é impossível errar: do outro lado da estrada, a entrada se ergue na forma de uma enorme e monstruosa cabeça, com os olhos verdes brilhantes e a boca como porta, aberta num grito. Parece exatamente com as fotos do noticiário sobre o assassinato de Lacey, exceto pela placa em arco, onde se lê "Fright Farm" em letras vermelhas, cheias de espinhos.

Ezra protege os olhos do sol.

— Só digo uma coisa: Farm Fright é um nome de merda. Murderland era melhor.

— Concordo — falo.

Há uma estrada entre a mata e a entrada da Fright Farm, e esperamos alguns carros passarem antes de atravessá-la. Uma cerca com ponta de lança, alta e preta, circunda o parque, envolvendo grupos de tendas e brinquedos. A Fright Farm abriu há menos de uma hora, mas já está lotada. Gritos enchem o ar quando o kamikaze vira para a frente e para trás. Quando nos aproximamos da entrada, vejo que o rosto está coberto de tinta acinzentada e manchado de vermelho, parecendo um cadáver em decomposição. Há uma fileira com quatro cabines em frente à entrada, com uma caixa por cabine e pelo menos duas dúzias de pessoas esperando. Ezra e eu entramos na fila, mas saio depois de alguns minutos para verificar o quadro de informações e pegar um monte de papéis empilhados embaixo dele.

— Mapas — explico a Ezra. Entrego um a ele, e mais outro papel. — E formulário de emprego.

Sua testa se franze.

— Você quer *trabalhar* aqui?

— Estamos falidos, lembra? E onde mais trabalharíamos? Não acho que exista outro lugar que dê para ir a pé. — Nenhum de nós tem carteira de motorista, e já consigo dizer que Nana não é do tipo de avó motorista.

Ezra dá de ombros.

— Tudo certo. Passe para cá.

Pego duas canetas da bolsa carteiro, e já havíamos quase terminado de preencher os formulários quando chega nossa vez de comprar os ingressos. Dobro o meu e o de Ezra, e os enfio no bolso da frente da bolsa conforme saímos das cabines.

— Podemos entregar antes de irmos para casa.

— Aonde vamos primeiro? — pergunta Ezra.

Desdobro meu mapa e o examino.

— Parece que estamos na seção infantil agora — informo. — Matérias Obscuras fica à esquerda. É um laboratório de ciências do mal. O Topo Sangrento fica à direita. Provavelmente autoexplicativo. E a Casa dos Horrores fica à frente. Mas só abre às sete.

Ezra inclina-se sobre meu ombro e abaixa a voz:

— Onde Lacey morreu?

Aponto para uma pequena imagem de uma roda-gigante.

— Lá embaixo. Bem, ao menos foi onde encontraram o corpo. A polícia presumiu que ela provavelmente estava com alguém. As crianças em Echo Ridge costumavam entrar no parque depois de fechar o tempo todo, acho. Não havia câmeras de segurança naquela época. — Nós dois olhamos para o prédio mais próximo, onde uma luz vermelha pisca em um canto. — Agora há, obviamente.

— Você quer começar por lá? — pergunta Ezra.

Minha garganta fica seca. Um grupo de crianças mascaradas, vestidas de preto, passa por nós, uma delas tromba no meu ombro com tanta força que tropeço.

— Talvez devêssemos dar uma olhada nos jogos — sugiro, redobrando o mapa. Era muito mais fácil se render ao prazer macabro de uma cena de crime antes de conhecer a família da vítima.

Passamos por lanchonetes e jogos de parque de diversões, parando a fim de ver um menino de nossa idade enterrar cestas suficientes até ganhar um gato preto de pelúcia para a namorada. A estação seguinte tem o tipo de jogo de tiro no qual dois jogadores tentam acertar doze alvos em uma caixa. Um cara vestindo uma jaqueta de caça, que parece ter 40 anos ou mais, levanta o punho e solta uma gargalhada.

—Acabei com você! — diz ele, socando o ombro do garoto ao lado. O homem cambaleia um pouco com o movimento, e o menino se encolhe e recua.

— Talvez o senhor devesse dar a vez a outra pessoa. — A garota atrás do balcão tem mais ou menos minha idade e é bonita, com um longo rabo de cavalo castanho que ela enrola ansiosamente em torno dos dedos.

O homem da jaqueta de caça balança a arma de brinquedo que está segurando.

— Tem muito espaço do meu lado. Qualquer um pode brincar se não for medroso. — Sua voz é alta, e as palavras saem arrastadas.

A garota cruza os braços, como se estivesse prestes a bancar a durona.

— Há muitos outros jogos com os quais o senhor poderia se divertir.

— Você só está com raiva porque ninguém consegue me vencer. Deixa eu te falar uma coisa, se algum desses perdedores conseguir acertar mais do que eu, eu desisto. Quem quer tentar? — Ele se vira para a pequena multidão que se aglomera ao redor do estande, revelando um rosto magro e desmazelado.

Ezra me cutuca.

— Como você consegue resistir? — pergunta em voz baixa.

Hesito, esperando para ver se alguém mais velho ou maior poderia ajudar, mas, como ninguém ajuda, dou um passo à frente.

— Eu vou. — Fito os olhos da menina, que são esverdeados, cheios de rímel e sombreados com olheiras. Parece que não dorme há uma semana.

O cara pisca para mim algumas vezes, depois faz uma mesura exagerada. O movimento quase o derruba, mas ele se endireita.

— Bem, olá, senhorita. Desafio aceito. Vou até pagar para você. — Ele pega dois dólares amassados do bolso e os entrega à garota. Ela os pega com cuidado e os joga em uma caixa diante de si, como se estivessem em chamas. — Jamais diga que Vance Puckett não é um cavalheiro.

— Vance Puckett? — disparo, sem poder evitar. *Este* é o ex de Sadie? O "lindo"? Ou seus padrões eram muito mais baixos em Echo Ridge, ou ele atingiu seu auge no ensino médio.

Seus olhos injetados se estreitam, mas sem uma faísca de reconhecimento. Não surpreende; com o cabelo puxado para trás, não há nada de Sadie em mim.

— Te conheço?

— Ah. Não. É só... um nome legal — respondo, baixinho.

A garota de rabo de cavalo aperta um botão para repor os alvos.

Vou para a segunda estação enquanto Vance levanta a arma e ajusta sua mira.

— Campeões primeiro — diz ele em voz alta, começando a disparar tiros em rápida sucessão. Mesmo estando claramente bêbado, consegue derrubar dez dos doze alvos. Ele levanta a arma quando termina, e beija o cano, provocando uma careta na garota. — Ainda consegui — se gaba Vance, estendendo o braço para mim. — Sua vez, *milady*.

Levanto a arma diante de mim. Por acaso tenho o que Ezra chama de mira bizarramente boa, apesar de zero talento atlético em qualquer outra área. Minhas mãos ficam escorregadias de suor quando fecho um olho. *Não pense demais,* lembro a mim mesma. *Apenas aponte e dispare.*

Aperto o gatilho e erro o primeiro alvo, mas não por muito. Do meu lado, Vance dá uma risadinha. Ajusto a mira e acerto o segundo. A multidão atrás de mim começa a murmurar quando derrubo o restante dos alvos na fileira de cima, e, quando acerto nove deles, todos aplaudem. O aplauso aumenta no número dez e se transforma em gritos e comemorações quando derrubo o último e termino com onze acertos. Ezra levanta os dois braços no ar, como se eu tivesse acabado de marcar um *touchdown.*

Vance olha para mim, boquiaberto.

— Você é boa pra diabo.

— Cai fora, Vance — grita alguém. — Tem uma xerife nova na cidade. — A multidão ri, e Vance fecha a cara. Por alguns instantes, acho que ele não vai se mexer. Então, bufa ao jogar a arma sobre o balcão.

— Esse jogo é armado mesmo — murmura ele, recuando e abrindo caminho pela multidão.

A garota se vira para mim com um sorriso cansado, mas agradecido.

— Obrigada. Fazia quase meia hora que ele estava aqui, enlouquecendo todo mundo. Pensei que podia começar a atirar na galera a qualquer momento. É chumbinho, mas ainda assim. — Ela estica a mão embaixo do balcão e pega um lenço umedecido, passando-o por toda a arma de Vance. — Te devo uma. Querem pulseiras grátis para a Casa dos Horrores?

Quase digo sim, mas, em vez disso, pego meu formulário de emprego e o de Ezra.

— Na verdade, você se importaria em fazer uma propaganda de nós dois para seu chefe? Ou para quem fizer as contratações por aqui?

A garota puxa o rabo de cavalo em vez de pegar os papéis de minha mão.

— A questão é que só contratam o pessoal de Echo Ridge.

— Nós somos — esclareço, radiante. — Acabamos de nos mudar para cá.

Ela pisca para nós.

— Mudaram? Vocês são... *Ahhh.* — Quase consigo enxergar as peças do quebra-cabeça se encaixarem em sua mente enquanto ela olha para Ezra e para mim. — Vocês devem ser os gêmeos Corcoran.

É a mesma reação que estamos recebendo a semana toda; como se, de repente, ela soubesse tudo sobre nós. Depois de passar nossa vida na órbita de uma cidade onde todos lutam por reconhecimento, é estranho ficar visível tão facilmente. Não sei se gosto disso, mas não posso contestar os fatos quando ela estende a mão para os formulários com um aceno. — Sou Brooke Bennett. Estaremos na mesma turma na semana que vem. Vou ver o que posso fazer.

CAPÍTULO CINCO

MALCOLM

DOMINGO, 8 DE SETEMBRO

— Você tem quatro tipos de água com gás — anuncia Mia das profundezas de nossa geladeira. — Não são sabores. São *marcas*. Perrier, San Pellegrino, LaCroix e Polar. A última é meio barata, então presumo que seja um símbolo de suas raízes humildes. Quer uma?

— Quero uma Coca — respondo sem muita esperança. A governanta dos Nilsson, que faz todas as compras de supermercado, não é fã de açúcar refinado.

É o domingo antes do início das aulas, e Mia e eu somos os únicos aqui. Minha mãe e Peter saíram para passear depois do almoço, e Katrin e suas amigas estão fazendo compras de volta às aulas.

— Acho que não temos essa opção — comenta Mia, pegando duas garrafas de água mineral Polar sabor limão e entregando uma para mim. — Esta geladeira só tem bebidas claras.

— Pelo menos é coerente. — Deixei minha garrafa na ilha da cozinha, ao lado de uma pilha de folhetos de faculdade que começaram a chegar diariamente para Katrin: Brown, Amherst, Georgetown, Cornell. Parecem um salto maior que a perna, considerando as notas de Katrin, mas Peter gosta que as pessoas mirem alto.

Mia desenrosca a tampa da garrafa e toma um longo gole, fazendo uma careta.

— Credo. Tem gosto de desinfetante.

— Podíamos ir para sua casa, sabe?

Mia nega com a cabeça tão violentamente que o cabelo escuro de pontas vermelhas voa em seu rosto.

— Não, obrigada. O clima está bem tenso na casa dos Kwon, amigo. O retorno de Daisy fez todo mundo tremer.

— Pensei que a volta de Daisy fosse temporária.

— Então, todos pensamos — diz Mia, com sua voz de narradora. — E, no entanto, ela continua lá.

Mia e eu somos amigos em parte porque, muito tempo atrás, Declan e sua irmã, Daisy, eram amigos. Lacey Kilduff e Daisy Kwon eram melhores amigas desde o jardim de infância, então, assim que Declan e Lacey começaram a namorar, eu via Daisy quase tanto quanto Lacey. Daisy foi minha primeira paixão; a garota mais linda que já vi na vida real. Jamais consegui descobrir o que Declan vira em Lacey quando Daisy estava *ali*. Enquanto isso, Mia estava apaixonada por Lacey e por Declan. Éramos um casal de pré-adolescentes estranhos, rondando nossos irmãos preciosos e seus amigos, lambendo qualquer migalha de atenção que eles lançassem em nossa direção.

Então, tudo implodiu.

Lacey morreu. Declan foi embora, suspeito e desonrado. Daisy foi para Princeton, exatamente como deveria fazer, formou-se com louvor e conseguiu um ótimo emprego em uma empresa de consultoria em Boston. Então, nem um mês depois de ter começado, de repente pediu as contas e voltou para a casa dos pais.

Ninguém sabe por quê. Nem mesmo Mia.

Uma chave tilinta na fechadura, e risos altos explodem na entrada. Katrin invade a cozinha com suas amigas, Brooke e Viv, todas as três cheias de sacolas brilhantes e coloridas nas mãos.

— Oi — cumprimenta ela. Então coloca as sacolas na ilha da cozinha, quase derrubando a garrafa de Mia. — *Não* vá ao Bellevue Mall hoje. Está uma zona. Todo mundo já está comprando vestidos para a festa de boas-vindas. — Ela suspira fundo, como se não estivesse fazendo exatamente a mesma coisa. Todos recebemos um e-mail de volta às aulas do diretor na noite passada, incluindo um link para um novo aplicativo escolar, que permite visualizar suas aulas e se inscrever para qualquer coisa on-line. A votação da volta às aulas já está no ar, e no post, teoricamente, é possível votar em qualquer pessoa de nossa turma para a corte. Mas, na realidade, todos sabem que quatro dos seis lugares já seriam ocupados por Katrin, Theo, Brooke e Kyle.

— Não estava planejando fazer isso — diz Mia, seca.

Viv sorri para ela.

— Bem, lá não tem Hot Topic, aquela loja "meio alternativa", então... — Katrin e Brooke riem, embora Brooke pareça um pouco culpada por achar graça.

Há muito na vida de Katrin e na minha que não combina bem, e nossos amigos estão no topo da lista. Brooke é ok, acho, mas Viv é a novata no trio, e a insegurança faz ela ser maldosa. Ou talvez ela seja assim mesmo.

Mia se inclina para a frente e descansa o dedo do meio sobre o queixo, mas, antes que ela possa falar, pego um buquê de flores embrulhadas em celofane do balcão.

— Temos de ir antes que comece a chover — aviso. — Ou cair granizo.

Katrin ergue as sobrancelhas na direção das flores.

— Para quem são *essas* daí?

— Senhor Bowman — respondo, e seu sorriso provocativo desaparece. Brooke solta um gemido abafado, seus olhos se enchem de lágrimas. Até Viv fica quieta. Katrin suspira e se encosta no balcão.

— A escola não vai ser a mesma sem ele — diz ela.

Mia desce do banco.

— Que droga, as pessoas desta cidade continuam escapando impunes de assassinatos, não é?

Viv bufa, colocando uma mecha de cabelo ruivo atrás da orelha.

— Atropelamento seguido de fuga é *acidente*.

— Não para mim — retruca Mia. — A parte do atropelamento, talvez. Não a fuga. O senhor Bowman poderia estar vivo se quem o atropelou tivesse parado para pedir ajuda.

Katrin abraça Brooke, que começou a chorar silenciosamente. Tem sido assim a semana toda, sempre que encontro o pessoal da escola; estão bem em um minuto, e choram no seguinte. O que traz de volta lembranças da morte de Lacey. Sem todas as câmeras de televisão.

— Como você vai ao cemitério? — Katrin me pergunta.

— No carro da minha mãe — respondo.

— Eu fechei o carro dela. Vá com o meu — diz ela, enfiando a mão na bolsa para pegar as chaves.

Por mim tudo bem. Katrin tem um BMW X6, que é divertido de dirigir. Ela não oferece muitas vezes, mas, quando o faz, não perco a chance. Pego as chaves e saio rápido, antes que ela possa mudar de ideia.

— Como aguenta viver com ela? — pergunta Mia com um resmungo, quando saímos pela porta da frente. Então, ela se vira e caminha de costas, olhando para a casa enorme dos Nilsson. — Bem, acho que as vantagens não são poucas, não é?

Abro a porta do X6 e deslizo para o interior de couro macio. Às vezes, não consigo acreditar que essa é minha vida.

— Poderia ser pior — comento.

É uma viagem rápida ao Cemitério de Echo Ridge, e, durante a maior parte dela, Mia repassa rapidamente todas as estações de rádio pré-programadas de Katrin.

— Não. Não. Não. Não — continua resmungando até atravessarmos os portões de ferro fundido.

Echo Ridge tem um desses cemitérios históricos com sepulturas que datam de 1600. As árvores ao redor são antigas, tão grandes que seus galhos parecem um dossel acima de nós. Arbustos altos e tortuosos se enfileiram pelos caminhos de cascalho, e todo o espaço é cercado por muros de pedra. As lápides são de todos os formatos e tamanhos: pequenos tocos pouco visíveis na grama; lajes altas com nomes esculpidos na frente em letras maiúsculas; algumas estátuas de anjos ou crianças.

O túmulo do Sr. Bowman fica na parte mais nova. Nós o vemos imediatamente; a grama da frente está coberta de flores, bichos de pelúcia e bilhetes. A simples pedra cinzenta é esculpida com seu nome, os anos de nascimento e morte e uma inscrição:

Diga-me e eu esqueço
Ensina-me e talvez eu lembre
Envolva-me e eu aprenderei

Desembrulho nosso buquê e, em silêncio, o adiciono à pilha. Pensei que haveria algo que eu gostaria de dizer ao chegar aqui, mas minha garganta se fecha quando uma onda de náusea me atinge.

Minha mãe e eu ainda estávamos visitando a família em New Hampshire quando o Sr. Bowman morreu, então perdemos o funeral. Parte de mim ficou triste, mas outra parte ficou aliviada. Não assistia a um funeral desde que fui ao de Lacey, cinco anos antes. Ela foi enterrada com o vestido do baile de boas-vindas, e todas as amigas vestiam o mesmo na cerimônia, salpicos de cores brilhantes no mar de preto. Fazia calor em outubro, e eu me lembro de suar em meu terno áspero ao lado do meu pai. Os olhares e sussurros sobre Declan já haviam começado. Meu irmão ficou longe de nós, parado como uma estátua, enquanto meu pai puxava o colarinho, como se os olhares de julgamento o estivessem sufocando.

Meus pais ficaram juntos por quase seis meses, depois que Lacey foi morta. As coisas não estavam boas, mesmo antes. Superficialmente, suas brigas eram sempre sobre dinheiro — sobre contas de serviços públicos e consertos de carros e o segundo emprego que minha mãe achava que meu pai devia arrumar quando diminuíssem suas horas no armazém. Mas, na verdade, a questão é que, em algum momento ao longo dos anos, eles pararam de se gostar. Jamais gritavam, apenas caminhavam de um lado para o outro, o ressentimento fervilhante se espalhando por toda a casa, como gás venenoso.

No começo, fiquei feliz quando ele partiu. Então, quando foi morar com uma mulher que tinha metade de sua idade e começou a esquecer de enviar os cheques da pensão, fiquei furioso. Mas não podia demonstrar, porque *furioso* se tornara algo que as pessoas diziam sobre Declan em tom sussurrado e acusador.

A voz vacilante de Mia me traz de volta ao presente.

— Que droga que você se foi, senhor Bowman. Obrigada por sempre ter sido tão legal e nunca me comparar a Daisy, ao contrário de todos os outros professores na história do mundo.

Obrigada por fazer das ciências uma matéria quase interessante. Espero que o carma derrube quem quer que tenha feito isso, e que essa pessoa receba exatamente o que merece.

Meus olhos ardem. Pisco e desvio o olhar, flagrando um inesperado vislumbre de vermelho a distância. Pisco de novo, depois estreito os olhos.

— O que é isso?

Mia protege a vista e segue meu olhar.

— O quê?

É impossível dizer de onde estamos. Começamos a atravessar a grama, cruzando uma seção de sepulturas atarracadas da era colonial esculpidas com caveiras aladas. *Aqui jaz o corpo da Sra. Samuel White* consta na última pela qual passamos. Mia, distraída por um momento, mira um chute fingido na lápide.

— Ela tinha o próprio nome, imbecil — diz ela.

Então, finalmente chegamos perto o bastante para perceber o que desviou nossa atenção do túmulo do Sr. Bowman e estacamos.

Desta vez, não é apenas grafite. Três bonecas penduradas no alto de um mausoléu, nós corredios ao redor do pescoço de cada uma. Todas usam coroas e longos vestidos brilhantes, encharcados de tinta vermelha. E, como no centro cultural, letras vermelhas gotejam como sangue pela pedra branca abaixo delas:

ESTOU DE VOLTA

ESCOLHA SUA RAINHA, ECHO RIDGE

BOA VOLTA ÀS AULAS

Um ramo de flores espalhafatoso e salpicado de vermelho decora um túmulo ao lado do mausoléu, e meu estômago se retorce quando reconheço essa parte do cemitério. Paro quase exatamente onde fiquei quando Lacey foi enterrada. Mia reprime um suspiro furioso quando liga os mesmos pontos, e avança como se estivesse prestes arrancar o ramo de aparência sangrenta do topo do túmulo de Lacey. Agarro seu braço antes que ela consiga fazê-lo.

— Não. Não devemos tocar em nada. — E então, por um instante, meu desgosto dá espaço a outro pensamento indesejado. — Merda. *De novo* sou eu quem vai precisar denunciar isso.

Tive mais ou menos sorte na semana passada. A garota nova, Ellery, acreditou em mim, então, quando nós entramos para contar a um adulto, ela não mencionou que me flagrou segurando a lata de spray. Mas os sussurros começaram a ecoar pelo centro cultural de qualquer maneira, e têm me seguido desde então. Duas vezes em uma semana não é legal. Não combina com a estratégia de "manter a discrição até conseguir dar o fora" que tenho usado desde que Declan saiu da cidade.

— Talvez alguém já tenha feito isso e a polícia ainda não tenha chegado? — sugere Mia, olhando em volta. — Estamos no meio do dia. As pessoas entram e saem daqui o tempo todo.

— Mas você acha que já não saberíamos? — A rádio-fofoca de Echo Ridge é rápida e infalível. Até Mia e eu estamos no circuito, agora que Katrin tem meu número de celular.

Mia morde o lábio.

— Podemos dar o fora e deixar outra pessoa ligar para a polícia. Só que... nós falamos para Katrin que estávamos vindo para cá, não é? Então, não vai funcionar. Na verdade, parece pior se você *não disser* nada. Além disso, isso é... assustador. — Ela afunda a ponta do sapato Doc Marten na espessa grama verde brilhante. — Quero dizer, você acha que isso é um *aviso* ou coisa parecida? Como se o que aconteceu com Lacey fosse acontecer de novo?

— Parece a impressão que estão tentando causar. — Mantenho a voz tranquila enquanto meu cérebro fervilha, tentando dar sentido ao que está diante de nós. Mia pega o telefone e começa a tirar fotos, circulando o mausoléu para que possa capturar todos os ângulos. Está quase terminando quando um barulho alto e farfalhante nos faz pular. Meu coração acelera até uma figura familiar irromper através de um par de arbustos perto dos fundos do cemitério. É Vance Puckett. Ele mora atrás do cemitério e provavelmente passa por aqui todos os dias a caminho de... onde quer que vá. Eu arriscaria a loja de bebidas, mas ela não abre aos domingos.

Vance começa a percorrer o caminho em direção à entrada principal. Está a apenas alguns metros de distância quando finalmente nos vê, lançando um olhar entediado em nossa direção, que se transforma em reação exagerada quando vê o mausoléu. Ele para tão rápido que quase cai.

— Caramba, o que foi isso?

Vance Puckett é a única pessoa em Echo Ridge que teve uma decadência pós-ensino médio pior que a de meu irmão. Administrava uma empreiteira até ser processado por uma fiação defeituosa em uma casa que pegou fogo em Solsbury. Tem sido uma queda longa até o fundo de uma garrafa de uísque desde então. Houve uma onda de pequenas invasões na vizinhança dos Nilsson na mesma época que Vance instalou uma antena parabólica no telhado de Peter, de modo que todos acharam que ele tinha encontrado uma nova estratégia para pagar as contas. No entanto, nada jamais foi provado.

— Acabamos de encontrar — respondo. Não sei por que sinto necessidade de me explicar para Vance Puckett, mas é isso que faço.

Ele se aproxima com as mãos enfiadas nos bolsos da jaqueta de caça verde-oliva e circula o mausoléu, soltando um assobio baixo quando termina a inspeção. Exala um leve cheiro de bebida, como sempre.

— Moças bonitas abrem sepulturas — diz ele por fim. — Conhecem essa música?

— Hein? — pergunto, mas Mia responde:

— The Smiths. — Ninguém consegue vencê-la quando o assunto é música.

Vance acena com a cabeça.

— Cabe certinho nesta cidade, não é? Echo Ridge continua perdendo suas rainhas do baile. Ou as irmãs delas. — Seus olhos percorrem as três bonecas. — Alguém foi criativo.

— Não é *criativo* — rebate Mia, com frieza. — É horrível.

— Não disse que não era. — Vance funga alto e faz um movimento com a mão, pedindo silêncio. — Por que vocês ainda estão aqui? Deem o fora e chamem a polícia.

Não gosto de receber ordens de Vance Puckett, mas também não quero ficar aqui.

— Já íamos fazer isso.

Começo a andar na direção do carro de Katrin, com Mia ao meu lado, mas o agudo "Ei!" de Vance nos faz virar. Ele aponta para mim com um dedo trêmulo.

— Talvez seja bom você dizer pr'aquela sua irmã ser discreta para variar. Não parece um bom ano para ser rainha do baile, certo?

CAPÍTULO SEIS

ELLERY

SEGUNDA-FEIRA, 9 DE SETEMBRO

— Parece o cenário de *Colheita maldita* — murmura Ezra, examinando o corredor.

Ele não está errado. Chegamos há apenas quinze minutos, mas jamais vi tantas pessoas de cabelos loiros e olhos azuis reunidas em um só lugar. Até mesmo o edifício que abriga o Colégio Eco Ridge tem um certo encanto puritano — é antigo, com amplos assoalhos de pinho, altas janelas arqueadas e tetos dramaticamente inclinados. Estamos indo do escritório da orientadora educacional para nossa nova sala de aula, mas poderíamos muito bem estar liderando um desfile, considerando todos os olhares que recebemos. Pelo menos estou vestindo a roupa que usei no avião, lavada ontem à noite durante a preparação para o primeiro dia de aula, e não um traje especial da Dalton's.

Passamos por um quadro de avisos coberto de panfletos coloridos, e Ezra faz uma pausa.

— Ainda dá tempo para entrar no Clube de Jovens 4-H — diz ele.

— O que é isso?

Ele olha mais de perto.

— Algo a ver com agricultura? Parece envolver vacas.

— Não, obrigada.

Ele suspira, passando os olhos pelo restante do quadro.

— Algo me diz que não há uma Aliança LGBTQ-Héteros especialmente ativa aqui. Será que tem outro garoto assumido por aqui?

Normalmente eu diria que deve haver, mas Echo Ridge é bem pequena. Tem menos de cem garotos e garotas em nossa série, e apenas algumas centenas na escola.

Desviamos a atenção do quadro de avisos quando uma linda garota asiática com camiseta do The Strokes e um Doc Martens de sola grossa passa por nós, cabelo raspado de um lado, mechas vermelhas do outro.

— Ei, Mia, você se esqueceu de cortar a outra metade! — grita um menino, fazendo os dois garotos de jaquetas de futebol ao seu lado rirem. A garota ergue o dedo do meio e o estende na cara do grupo sem perder o passo.

Ezra olha para ela atento e extasiado.

— Olá, amiga nova.

A multidão diante de nós se abre de repente quando três garotas avançam pelo corredor, quase na mesma passada — uma loira, uma morena e uma ruiva. É óbvio que elas são *alguém* no Colégio Echo Ridge, e eu levo um segundo para perceber que uma delas é Brooke Bennett, da barraca de tiro da Fright Farm. Ela para quando nos vê, e abre um sorriso hesitante.

— Ah, oi. Murph já ligou para vocês?

— É, ligou — respondo. — Marcamos entrevistas para o final de semana. Muito obrigada.

A garota loira se aproxima com ar de alguém que está acostumado a mandar. Veste uma roupa sexy descolada: camisa de colarinho sob um suéter apertado, minissaia xadrez e botas de salto alto.

— Oi. Vocês são os gêmeos Corcoran, certo?

Ezra e eu assentimos. Já nos acostumamos com a fama repentina. Ontem, enquanto eu fazia compras com Nana, uma mulher do caixa que eu jamais vira antes disse "Olá, Nora... e Ellery" enquanto estávamos registrando as compras. Então, me fez perguntas sobre a Califórnia o tempo todo em que ficou ensacando nossas coisas.

Agora, a garota loira inclina a cabeça para nós.

— Já descobrimos tudo sobre vocês. — Ela para aí, mas o tom de sua voz diz: *E quando eu digo* tudo, *quero dizer sobre o pai, que foi um romance relâmpago da mãe, a carreira fracassada de atriz, o acidente na joalheria, a reabilitação. Tudo.* É meio impressionante quanto subtexto ela consegue colocar em uma palavra minúscula. — Sou Katrin Nilsson. Acho que vocês já conhecem Brooke, e esta é Viv. — Ela aponta a garota ruiva à esquerda.

Eu deveria saber. Ouvi o tempo todo o nome Nilsson desde que cheguei a Echo Ridge, e essa garota tem *realeza da cidade* escrito nela inteira. Não é tão bonita quanto Brooke, mas, de alguma forma, é muito mais impressionante, com olhos azuis cristalinos que me lembram um gato siamês.

Todos murmuramos olás, o que fez parecer um tipo de teste desconfortável. Provavelmente por causa do escrutínio a que Katrin continua submetendo Ezra e eu, como se estivesse avaliando se valeríamos seu tempo e atenção contínuos. A maior parte do corredor apenas finge estar ocupada com seus armários enquanto espera pelo veredicto. Então, o sinal toca e ela sorri.

— Nos encontre no almoço. A gente senta à mesa ao lado da janela maior. — Ela se vira sem esperar uma resposta, o cabelo loiro dançando nos ombros.

Ezra observa quando elas saem com uma expressão confusa, depois se vira para mim.

— Tenho uma sensação muito forte de que, às quartas-feiras, elas usam cor-de-rosa.

Ezra e eu assistimos juntos à maioria das aulas naquela manhã, exceto antes do almoço, quando vou para cálculo e Ezra vai para geometria. Matemática não é seu forte. Então, acabo indo ao refeitório sozinha. Passo pela fila da comida, imaginando que ele vai se juntar a mim a qualquer momento, mas, quando saio com a bandeja cheia, ele ainda não apareceu.

Hesito na frente das filas de mesas retangulares, procurando no mar de rostos desconhecidos, quando meu nome soa em voz clara e autoritária:

— Ellery!

Olho para a frente e vejo Katrin com o braço no ar. Sua mão faz um movimento de aceno.

Estou sendo convocada.

Parece que o salão inteiro está observando meu trajeto até o fundo do refeitório. Provavelmente porque está. Há um pôster gigante na parede ao lado da mesa de Katrin, que consigo ler quando estou a menos da metade do caminho:

MARQUE NA AGENDA
O Baile de Volta às Aulas é 5 de outubro!!!
Vote agora em seu Rei e sua Rainha!

Quando alcanço Katrin e suas amigas, a menina ruiva, Viv, se afasta para abrir lugar no banco. Coloco minha bandeja e deslizo ao seu lado, diante de Katrin.

— Oi — diz Katrin, seus olhos azuis de gato me examinando de cima a baixo. Se eu tiver que vestir roupas da Dalton's amanhã, ela definitivamente vai notar. — Cadê seu irmão?

— Acho que o perdi — respondo. — Mas ele sempre acaba aparecendo.

— Vou ficar de olho para ver se ele aparece — avisa Katrin. Ela enterra a unha rosa-pálido em uma laranja e arranca um pedaço da casca, acrescentando: — Então, estamos todos *supercuriosos* sobre vocês. Não temos um novo aluno desde... — Ela franze o rosto. — Sei lá. Desde o sétimo ano, talvez?

Viv endireita os ombros. Ela é pequena e tem feições angulosas, usa batom vermelho brilhante que combina surpreendentemente bem com seu cabelo.

— É. Fui eu.

— Foi? Ah, claro. Que dia feliz. — Katrin sorri distraidamente, ainda focada em mim. — Mas mudar no ensino fundamental é uma coisa. Último ano é difícil. Especialmente quando tudo é tão... novo. Como é morar com sua avó?

Pelo menos ela não perguntou, como a caixa da mercearia ontem, se eu deixei um "gostosão de Hollywood" para trás. A propósito, a resposta para isso é não. Não saio com ninguém faz oito meses. Não que eu esteja contando.

— É legal — digo a Katrin, deslizando os olhos na direção de Brooke. Além de um olá mudo quando me sentei, ela fica totalmente em silêncio. — Mas é um pouco quieto. O que vocês fazem aqui para se divertir?

Espero atrair Brooke para a conversa, mas é Katrin quem responde.

— Bem, somos líderes de torcida — revela ela, acenando com a mão entre ela e Brooke. — Isso ocupa muito de nosso tempo no outono. E nossos namorados jogam futebol. — Seus olhos se afastam algumas mesas adiante, onde um garoto loiro está pousando a bandeja. A mesa inteira é um mar de jaquetas esportivas roxas e brancas. O menino flagra o olhar e pisca, e Katrin lhe manda um beijo. — Aquele é meu namorado, Theo. Ele e o namorado de Brooke, Kyle, são cocapitães da equipe.

Claro que são. Ela não menciona o namorado de Viv. Sinto uma pequena onda de solidariedade — *solteiras unidas!* —, mas, quando abro um sorriso para a garota, ela o recebe com um olhar frio. De repente, tenho a sensação de que tropecei em um terreno que ela preferia não compartilhar.

— Parece divertido — digo, desanimada. Nunca fiz parte da galera do futebol e das líderes de torcida, embora aprecie suas habilidades atléticas.

Viv estreita os olhos.

— Echo Ridge não é Hollywood, mas não é *chata*.

Nem me preocupo em corrigir Viv, explicando que La Puente fica a 40 quilômetros de Hollywood. Todos em Echo Ridge simplesmente acham que vivíamos no meio de um set de filmagem, e nada que eu diga os convencerá do contrário. Além disso, não é nosso principal problema no momento.

— Eu não disse que era — retruco. — Quero dizer, já posso dizer que tem muita coisa acontecendo por aqui.

Viv parece não estar convencida, mas é Brooke quem finalmente fala:

— Nada de bom — comenta categoricamente. Seus olhos brilham quando se vira para mim, e parece que está precisando desesperadamente de uma noite inteira de sono. — Vocês... sua avó encontrou o senhor Bowman, não foi? — Assinto, e as lágrimas começam a escorrer em suas bochechas pálidas.

Katrin engole um gomo de laranja e dá um tapinha no braço de Brooke.

— Você tem de parar de falar sobre isso, Brooke. Você fica mal demais.

Viv solta um suspiro dramático.

— Tem sido uma semana horrível. Primeiro o senhor Bowman, depois todo aquele vandalismo que está pipocando pela cidade. — O tom é de preocupação, mas seus olhos estão quase ansiosos quando acrescenta: — Vai ser nosso primeiro artigo do ano para o jornal da escola. Um resumo do que vem acontecendo a semana toda, justaposto às declarações dos veteranos sobre onde estavam havia cinco anos. É o tipo de história que pode até ser veiculado pelo noticiário local. — Seu olhar para mim é um pouco mais caloroso. — Eu deveria te entrevistar. Você achou o grafite no centro cultural, não foi? Você e Malcolm.

— Sim — confirmo. — Foi horrível, mas não tão horrível quanto o cemitério. — Fiquei louca da vida quando soube, especialmente quando tentei imaginar como os Kilduff se sentiram.

— A coisa toda é *horrível* — concorda Viv, voltando-se para Katrin e Brooke. — Espero que nada de ruim aconteça quando vocês forem anunciadas na próxima quinta-feira.

— Anunciadas? — pergunto.

— Vão anunciar a corte do baile de boas-vindas na assembleia de alunos na próxima quinta-feira de manhã — explica Viv, apontando para o pôster do baile acima dos ombros de Brooke. — Todo mundo vai votar até lá. Você baixou o aplicativo do Colégio Echo Ridge? Os votos do baile de boas-vindas estão no menu principal.

Faço que não com a cabeça.

— Não, ainda não.

Viv estala a língua.

— Melhor se apressar. A votação termina na próxima quarta-feira. Embora a maioria da corte já esteja definida. Katrin e Brooke, com certeza.

— Você também pode ser nomeada, Viv — diz Katrin graciosamente. Mesmo que eu tenha acabado de conhecê-la, consigo dizer que não acredita que haja chance alguma disso acontecer.

Viv estremece com delicadeza.

— Não, obrigada. Não quero estar no radar de algum maluco assassino que decidiu atacar novamente.

— Você realmente acha que é disso que se trata? — pergunto, curiosa. Viv assente, e eu me inclino para a frente, ansiosa. Estive pensando quase sem parar sobre o vandalismo nos últimos dois dias, e preciso muito compartilhar teorias. Mesmo com Viv. — Interessante. Talvez. Quero dizer, sem dúvida é o que a pessoa responsável por isso *quer* que a gente pense. E isso, por si só, é perturbador. Mas continuo imaginando... mesmo que alguém fosse ousado o bastante para escapar impune de um assassinato, e depois se gabar fazendo isso de novo cinco anos depois, os MOs são completamente diferentes.

O rosto de Katrin mostra confusão.

— MO? — pergunta.

— *Modus operandi* — esclareço, me animando com o assunto. Nesse eu tenho perfeita confiança. — Sabe, o método que alguém usa para cometer um crime? Lacey foi estrangulada. Essa é uma maneira muito pessoal e violenta de matar alguém, e é improvável que seja premeditada. Mas essas ameaças são públicas e exigem planejamento. Além disso, são muito menos, bem, *diretas*. Para mim, parece mais um imitador. O que não quer dizer que essa pessoa não seja perigosa. Mas talvez seja perigosa de um jeito diferente.

Há um momento de silêncio na mesa, até que Katrin solta um "Humpf" e morde uma fatia de laranja. Mastiga com cuidado, os olhos fixos em algum lugar acima de meu ombro. *Aí está*, penso. Ela me dispensou mentalmente da turma popular. Nem demorou tanto.

Ezra me disse uma vez, me disse uma centena de vezes. *Ninguém quer ouvir suas teorias sobre assassinato, Ellery.* É uma pena que ele tenha me deixado sozinha no almoço.

Então, uma nova expressão cruza o rosto de Katrin, meio irritada e complacente ao mesmo tempo.

— Você vai ser expulso da escola qualquer dia por usar essa camiseta! — Ela fala para alguém.

Eu me viro para ver Malcolm Kelly em uma desbotada camiseta cinza, com "ADOF" escrito em letras maiúsculas.

— Não aconteceu ainda — responde ele. Na brilhante iluminação fluorescente do refeitório do Colégio Echo Ridge, consigo vê-lo muito melhor que no centro cultural. Está usando um boné de beisebol ao contrário sobre o cabelo castanho desgrenhado, que emoldura um rosto anguloso de olhos separados. Estes encontram os meus e piscam com reconhecimento. Ele acena, e o movimento tomba sua bandeja e ele quase derruba tudo. É totalmente desajeitado e também, estranhamente, bonitinho.

— Desculpe — pede Viv quando Malcolm se afasta, mas seu tom não é mesmo de desculpas. — Mas eu acho *superbizarro* que a primeira pessoa a ver as duas ameaças seja o irmão esquisito de

Declan Kelly. — Ela balança a cabeça enfaticamente. — Uh-hum. Tem algo esquisito aí.

— Ai, Viv — suspira Katrin, como se tivessem tido alguma variação dessa conversa pelo menos uma dúzia de vezes. — Malcolm é legal. Meio nerd, mas legal.

— Não acho ele nerd. — Brooke ficou quieta por tanto tempo que seu pronunciamento repentino surpreendeu a todas. — Talvez fosse antes, mas acabou ficando fofo. Não tão fofo quanto Declan, mas ainda assim. — Então, ela abaixa a cabeça novamente e começa a brincar com a colher de um jeito desanimado, como se contribuir para a conversa tivesse minado qualquer pequena reserva de energia que tivesse.

Katrin a olha de um jeito especulativo.

— Não sabia que você havia notado, Brooke.

Minha cabeça gira, procurando por Malcolm, e o vejo sentado com aquela garota do corredor, Mia, e meu irmão. Não fico surpresa; Ezra tem um jeito de se inserir em qualquer grupo social ao qual decide se juntar. Pelo menos vou ter outra opção de almoço quando não for convidada de novo para a mesa de Katrin.

Viv bufa.

— Fofo o cacete — diz ela, categoricamente. — Declan deveria estar na cadeia.

— Acha que ele matou Lacey Kilduff? — pergunto, e ela assente.

Katrin inclina a cabeça, confusa.

— Mas você não acabou de dizer que quem matou Lacey está deixando essas ameaças pela cidade? — pergunta ela. — Declan mora em outro estado.

Viv inclina-se sobre a mesa, encarando a amiga, os olhos arregalados.

— Você mora com os Kelly e não sabe?

Katrin franze a testa.

— Não sei o quê?

Viv aguarda alguns instantes para conseguir o máximo de impacto, então dá um sorrisinho afetado.

— Declan Kelly voltou para a cidade.

CAPÍTULO SETE

MALCOLM

SEGUNDA-FEIRA, 9 DE SETEMBRO

Echo Ridge tem um bar que, tecnicamente, fica apenas metade na cidade, pois se situa na fronteira com a cidade vizinha, Solsbury. Ao contrário da maioria dos comércios de Echo Ridge, a Bukowski's Tavern tem a reputação de não importunar as pessoas. Não servem bebida a menores, mas não exigem carteira de identidade na porta. Então, é aí que encontro Declan na segunda-feira à tarde, depois de passar o primeiro dia de volta às aulas fingindo que *Sim, claro, eu sabia que meu irmão estava por aqui.*

A Bukowski não parece pertencer a Echo Ridge. É pequena e escura, com um balcão longo na frente, algumas mesas cheias de marcas espalhadas pelo salão, um alvo de dardos e uma mesa de sinuca nos fundos. A única coisa nas paredes é uma placa de néon da Budweiser, com o *w* piscante. Não há nada de bonito ou estranho ali.

— Você não podia ter me avisado que estava na cidade? — pergunto quando deslizo em um assento diante de Declan. Minha intenção era dizer isso em tom de piada, mas não saiu assim.

— Oi para você também, meu irmão — diz Declan. Eu o vi menos de uma semana atrás, mas ele parece maior aqui que no apartamento de porão da tia Lynne. Talvez porque Declan sempre tenha sido maior que a vida em Echo Ridge. Não que nós dois tivéssemos estado juntos na Bukowski antes. Ou em qualquer lugar, na verdade. Lá no ensino fundamental, quando meu pai tentava me fazer gostar de futebol, Declan às vezes se dignava a jogar comigo. Mas ele logo se entediava e, quanto mais eu errava, mais forte ele lançava. Depois de um tempo, eu desistia de tentar pegar a bola e apenas protegia minha cabeça com as mãos. *Qual é seu problema?*, ele reclamava. *Não estou tentando bater em você. Confia em mim, certo?*

Ele dizia como se tivesse feito alguma coisa para merecer essa confiança.

— Quer beber alguma coisa? — pergunta Declan.

— Coca-Cola, acho.

Declan ergue a mão para uma garçonete idosa, com uma camiseta vermelha desbotada, que está limpando as torneiras de chope atrás do balcão.

— Duas Cocas, por favor — pede ele, quando ela chega à mesa. Ela meneia a cabeça sem muito interesse.

Espero até que ela se afaste para perguntar:

— O que você está fazendo aqui?

Um músculo salta no maxilar de Declan.

— Você diz isso como se eu estivesse violando algum tipo de ordem de restrição. Estamos em um país livre.

— É, mas... — Paro quando a garçonete volta, colocando guardanapos de coquetel e copos altos de Coca-Cola com gelo na nossa frente. Meu telefone quase explodiu com tantas mensagens durante o almoço, assim que correu a notícia de que Declan estava em Echo Ridge. E ele *sabe* disso. Sabe exatamente o tipo de reação que teria.

Declan inclina-se para a frente, descansando os antebraços sobre a mesa. Têm quase o dobro do tamanho dos meus. Ele trabalha na construção civil quando não tem aula, e isso o mantém em melhor forma que o futebol no ensino médio. Ele abaixa a voz, embora as únicas outras pessoas na Bukowski sejam dois velhos usando bonés de beisebol no final do balcão.

— Estou cheio de ser tratado como criminoso, Mal. *Eu não fiz nada.* Lembra? — Ele passa a mão no rosto. — Ou você não acredita mais nisso? Alguma vez acreditou?

— Claro que sim. — Cutuco o gelo no refrigerante com o canudo. — Mas por que agora? Primeiro Daisy de volta, e agora você. O que está acontecendo?

O vislumbre de uma careta surge no rosto de Declan quando menciono Daisy, tão rápido que quase não percebo.

— Eu não *voltei*, Mal. Ainda moro em New Hampshire. Estou aqui para ver uma pessoa, só.

— Quem? Daisy?

Declan solta um suspiro exasperado.

— Por que está insistindo tanto na Daisy? Ainda sente alguma coisa por ela?

— Não. Só estou tentando entender. Eu te vi na *semana passada,* e em momento algum você disse que viria. — Declan dá de ombros e toma um gole de Coca, evitando meus olhos. — E você escolheu um momento de merda. Com toda essa maluquice acontecendo na cidade.

— O que isso tem a ver comigo? — Ele começa a franzir a testa quando não respondo imediatamente. — Espere aí. Você está me zoando? As pessoas acham que eu tive algo a ver com isso? E agora? Sou responsável pelo aquecimento global também? Que porra, Mal. — Um dos caras mais velhos no bar olha por

cima do ombro, e Declan se afunda na cadeira, olhando feio. —
Vou esclarecer as coisas aqui. Não vim aqui para escrever frases
assustadoras em placas e paredes ou em qualquer outra coisa.

— Túmulos — corrijo.

— *Tanto faz* — diz Declan entre dentes, baixo e perigoso.

Eu acredito nele. Não há universo possível em que meu irmão,
cabeça quente e cheio de testosterona, vestiria um trio de bonecas como rainhas e as amarraria a um mausoléu. É mais fácil
imaginá-lo colocando as mãos ao redor da garganta de Lacey e
lhe arrancando a vida.

Meu Deus. Minha mão treme quando pego meu copo, sacudindo o gelo. Não posso acreditar que acabei de pensar nisso.
Tomo um gole e engulo com dificuldade.

— Então, *por que* você veio? E quanto tempo pretende ficar?

Declan termina sua Coca-Cola e sinaliza para a garçonete.

— Jack Daniels e Coca desta vez — pede quando ela chega.

Seus lábios se apertam quando ela olha para um e para outro.

— Identidade primeiro.

Declan pega a carteira e hesita.

— Sabe de uma coisa? Deixa pra lá. Só mais uma Coca. —
Ela dá de ombros e se afasta. Declan balança a cabeça, como se
estivesse com nojo de si mesmo. — Viu o que eu fiz? Decidi não
tomar uma bebida, embora quisesse, porque não sinto vontade
de mostrar meu nome a uma mulher que nem conheço. Essa é a
merda de minha vida.

— Mesmo em New Hampshire? — pergunto. Um dos caras
mais velhos no bar continua olhando para nós. Não sei dizer se é
porque sou tão obviamente menor de idade ou porquê...

— Em todos os lugares — responde Declan. Ele fica em silêncio de novo quando a garçonete traz uma Coca, e então levanta

o copo para mim em um brinde. — Você sabe, você e mamãe estão de boa aqui, Mal. Peter gosta de fingir que não existo, mas ele é decente com vocês. Talvez você até consiga uma faculdade por causa desse casamento.

Ele tem razão. Talvez. O que faz com que eu me sinta culpado, então digo:

— Peter diz que está falando com o senhor Coates sobre um trabalho para você. — Como Ben Coates era o prefeito de Echo Ridge quando Lacey morreu, ele foi entrevistado algumas vezes sobre o que achava que podia ter acontecido. *Um ato trágico e aleatório de violência,* sempre dizia. *Algum indivíduo depravado de passagem por aqui.*

Declan ri de um jeito sombrio.

— Garanto a você que é conversa-fiada.

— Não, eles se encontraram no fim de semana do Dia do Trabalho e...

— Tenho certeza que sim. E podem até ter mencionado meu nome. Provavelmente o rumo da conversa foi: como seria um suicídio profissional me contratar. É assim, Mal, e eu não vou encher o saco de Peter com isso. Não quero ser o pivô da separação de nossa mãe. Ou um problema pra você. Vou ficar longe.

— Não quero que fique longe de mim. Só quero saber por que está aqui.

Declan não responde imediatamente. Quando responde, parece menos irritado e mais cansado.

— Sabe o que aconteceu comigo e com Lacey antes de ela morrer? Nós tínhamos crescido. Mas não sabíamos disso, porque éramos um casal burro que sempre estava junto e pensava que deveríamos continuar assim. Se fôssemos pessoas comuns, teríamos descoberto no fim das contas como terminar e pronto.

Teríamos tocado a vida. Conhecido outra pessoa. — Sua voz baixa um tom. — É assim que as coisas deveriam ter terminado.

O cara no bar que está olhando para nós se levanta e começa a vir em nossa direção. Quando cruza a metade do salão, percebo que não é tão velho quanto eu pensava: 50 e poucos, talvez, com braços grossos e um peitoral em forma de barril. Declan não se vira, mas se levanta de repente e pega sua carteira.

— Tenho de ir — diz ele, deixando cair uma nota de dez sobre a mesa. — Não se preocupe, certo? Está tudo bem.

Ele passa pelo cara, que se vira para falar com ele.

— Ei. Você é Declan Kelly? — Declan continua em direção à porta, e o cara levanta a voz. — *Ei.* Estou falando com você.

Declan agarra a maçaneta e se inclina contra a porta, abrindo-a com o ombro.

— Não sou ninguém — responde ele, e sai.

Não sei o que o cara vai fazer — continuar vindo em minha direção, talvez, ou seguir Declan —, mas ele apenas dá de ombros e volta para o balcão, sentando-se de novo em seu banquinho. O amigo se inclina em sua direção, murmurando alguma coisa, e os dois riem.

Percebo, enquanto termino minha Coca-Cola em silêncio, que a vida de Declan é muito mais triste do que parece vista de um estado distante.

Meia hora depois, estou me arrastando para casa, porque não ocorreu a meu irmão, antes de fazer sua saída dramática, perguntar se eu precisava de carona. Estou virando a curva da velha casa de Lacey quando vejo alguém poucos metros adiante na rua, arrastando uma mala enorme atrás de si.

— Ei — chamo quando chego perto o bastante para discernir quem é. — Já está indo embora da cidade?

Ellery Corcoran se vira no momento que as rodas de sua mala batem numa pedra no chão, quase arrancando a bagagem de sua mão. Ela para e a equilibra cuidadosamente ao lado. Enquanto espera que eu a alcance, ela puxa o cabelo para trás e meio que o gira tão rapidamente que mal vejo suas mãos se moverem. É meio hipnotizante.

— A companhia aérea perdeu minha bagagem há mais de uma semana, e eles acabaram de entregar. — Ela revira os olhos. — Aos nossos *vizinhos*.

— Que saco. Mas pelo menos apareceu. — Aponto para a mala. — Precisa de ajuda?

— Não, obrigada. É fácil de arrastar. E a casa da minha avó fica bem ali.

Uma brisa sobe, jogando mechas de cabelo no rosto de Ellery. Ela é tão pálida, com maçãs do rosto pronunciadas e um queixo teimoso, que pareceria brava se não fossem os olhos. São pretos, enormes e um pouco inclinados nos cantos, com cílios tão longos que parecem falsos. Só me toco que a estou encarando quando ela diz:

— Quê?

Enfio as mãos nos bolsos.

— Fico feliz por ter encontrado você. Estava querendo agradecer pela outra noite. No evento beneficente? Sabe, por você não achar que eu era o... criminoso.

Um sorriso repuxa os cantos de sua boca.

— Não conheço muitos vândalos, mas imagino que a maioria não fica tão horrorizada com a própria obra.

— Sim. Bem. Seria fácil achar isso. A maioria das pessoas aqui faz esse tipo de coisa. E não teria sido... não teria sido legal para mim.

— Porque seu irmão era suspeito do assassinato de Lacey — diz ela. De um jeito tranquilo, como se estivéssemos falando da previsão do tempo.

— Isso. — Começamos a andar de novo, e eu tenho esse estranho impulso de contar a ela sobre meu encontro com Declan. Estou incomodado com isso desde que saí da Bukowski's Tavern. Mas seria falar demais, para dizer o mínimo. Em vez disso, pigarreio e digo:

— Eu conheci sua mãe. Quando ela voltou para o funeral de Lacey. Ela foi... muito legal.

Legal não é a palavra certa. Sadie Corcoran foi como um raio de energia que varreu a cidade e deixou todo mundo elétrico, mesmo de luto. Tenho a sensação de que ela considerava Echo Ridge um grande palco, mas não me incomodou assistir à apresentação. Todos precisávamos de distração.

Ellery aperta os olhos ao longe.

— Engraçado como todos se lembram de Sadie aqui. Tenho certeza de que eu poderia visitar todas as cidades onde já morei, e ninguém notaria.

— Duvido. — Eu lanço um olhar de esguelha para ela. — Você chama sua mãe pelo primeiro nome?

— Sim. Ela costumava nos fazer fingir que era nossa irmã mais velha quando ia às audições, e colou — responde Ellery no mesmo tom prático. Ela dá de ombros quando ergo as sobrancelhas. — Mães não são consideradas especialmente sexies em Hollywood.

Um motor ronca atrás de nós; levemente no início, depois tão alto que nós dois nos viramos. Os faróis se acendem, vindo rápido demais, e agarro o braço de Ellery para tirá-la da rua. Ela perde o controle da mala e grita enquanto a bagagem tomba no caminho do carro que se aproxima. Os freios guincham, e as rodas do BMW vermelho-vivo param na frente da alça da mala.

A janela do lado do motorista abaixa, e Katrin coloca a cabeça para fora. Está com sua jaqueta roxa de líder de torcida de Echo Ridge; Brooke está no banco do passageiro. Os olhos de Katrin abaixam-se para a mala enquanto eu a levanto do chão e a levo para um lugar seguro.

— Você vai a algum lugar? — pergunta ela.

— Meu Deus, Katrin. Você quase atropelou a gente!

— Eu não — zomba. Arqueia uma sobrancelha enquanto Ellery pega a alça da mala de mim. — É sua, Ellery? Você não vai se mudar de novo, vai?

— Não. Longa história. — Ellery começa a rolar a mala enorme na direção da subida gramada diante da casa da avó. — Vou para casa, então... Falo com vocês mais tarde.

— Até amanhã — digo, enquanto Katrin acena e pronuncia um preguiçoso "Tchaaaau". Então, ela bate a palma da mão contra a porta do carro e estreita os olhos para mim.

— Você está guardando segredos. Não me disse que Declan tinha voltado à cidade.

— Eu não fazia ideia até hoje — retruco.

Katrin me lança um olhar de ceticismo puro. Brooke se inclina para a frente no banco, puxando as mangas de sua jaqueta roxa de líder de torcida sobre as mãos, como se estivesse com frio. Seus olhos saltam de Katrin para mim enquanto Katrin pergunta:

— Você espera que eu acredite nisso?

Meu sangue ferve.

— Não estou nem aí se você acredita ou não. É a verdade.

Minha meia-irmã e meu irmão não têm nada a ver um com o outro. Declan não veio ao casamento de nossa mãe com Peter e não nos visita. Katrin não falou o nome dele uma vez nos quatro meses em que vivemos juntos.

Ela parece não estar convencida, mas inclina a cabeça para o banco de trás.

— Vamos, a gente te dá uma carona. — Ela se vira para Brooke e acrescenta, apenas alto o suficiente para eu ouvir: — De nada.

Brooke solta um "humpf" baixo e irritado. Não sei do que se trata, e não tenho vontade de perguntar. Katrin está no auge de seu modo "pé no saco" agora, mas estou cansado de andar. Sento no banco traseiro e mal fecho a porta quando Katrin pisa de novo no acelerador.

— Então, o que Declan está fazendo aqui, afinal? — pergunta ela.

— Não sei — respondo, e então percebo o que está me incomodando sobre minha conversa de meia hora com Declan desde que saí da Bukowski. Não é só o fato de eu não saber que ele estava aqui.

É que ele evitou cada uma de minhas perguntas.

CAPÍTULO OITO

ELLERY

SEGUNDA-FEIRA, 9 DE SETEMBRO

Assim que fecho a porta no corredor de Nana, me abaixo ao lado da mala e procuro o zíper. Ali dentro há uma confusão de roupas e artigos de toalete, mas é tudo tão maravilhosamente familiar que junto o máximo que consigo segurar nos braços e abraço o amontoado por alguns segundos.

Nana aparece na porta entre a cozinha e o corredor.

— Pelo que entendi, está tudo aí, certo? — pergunta ela.

— Parece que sim — respondo, segurando meu suéter favorito como um troféu.

Nana sobe as escadas sem dizer nada, e eu espio um lampejo vermelho contra minhas roupas escuras: o saquinho de veludo no qual estão minhas joias. Espalho o conteúdo no chão, pegando um colar da pilha. A fina corrente traz um pingente de prata intrincado, que parece uma flor até que se olhe com atenção suficiente para perceber que é uma adaga. "Para minha viciada em assassinatos favorita", disse Sadie quando me deu de aniversário, há dois anos.

Eu costumava ansiar que ela me perguntasse por que eu me sentia tão atraída por essas coisas, e aí, talvez, poderíamos ter uma conversa de verdade sobre Sarah. Mas acho que era mais fácil apenas me enfeitar.

Estou prendendo a adaga no pescoço quando Nana desce as escadas com uma sacola de compras pendurada em um dos braços.

— Pode levar suas coisas para o andar de cima mais tarde. Quero dar uma passada na Dalton's antes do jantar. — Ante meu olhar interrogativo, ela levanta a bolsa em seu braço. — Também podemos devolver as roupas que comprei para você na semana passada. Notei que você pegou roupas emprestadas de seu irmão em vez de usá-las.

Minhas bochechas esquentam enquanto eu me levanto.

— Ah. Bem. Eu só não tinha conseguido...

— Tudo bem — interrompe Nana, seca, tirando as chaves de um quadro na parede. — Não alimento ilusões sobre minha familiaridade com a moda adolescente. Mas não tem motivo para desperdiçar essas roupas quando outra pessoa pode usá-las.

Espreito com esperança atrás dela.

— Ezra vem com a gente?

— Ele saiu para caminhar. Rápido, preciso voltar e fazer o jantar.

Depois de dez dias com minha avó, há algumas coisas que já sei. Ela vai dirigir mais de 20 quilômetros abaixo do limite de velocidade durante todo o caminho até a Dalton's. Chegaremos em casa pelo menos quarenta minutos antes das seis da tarde, porque é quando comemos, e Nana não gosta de cozinhar com pressa. Vamos comer uma proteína, um carboidrato e um vegetal. E Nana espera que estejamos em nosso quarto às dez da noite. E não reclamamos, já que não temos nada melhor para fazer.

É estranho. Pensei que me irritaria com tanta organização, mas tem algo de quase reconfortante na rotina de Nana. Especialmente em contraste com os últimos seis meses com Sadie, depois que ela encontrou um médico que sempre lhe fornecia receitas de Vicodin, e passou de distraída e desorganizada a errática. Eu costumava vagar pelo apartamento quando ela ficava fora até tarde, comendo macarrão instantâneo com queijo e imaginando o que aconteceria conosco se ela não voltasse para casa.

E então, certa noite, ela não voltou.

O Subaru rasteja até a Dalton's, me dando tempo de sobra para observar as árvores delgadas ao longo da estrada, folhas douradas começando a se misturar com o verde.

— Eu não sabia que as folhas mudavam de cor tão cedo — digo. É 9 de setembro, uma semana depois do Dia do Trabalho, e a temperatura ainda é quente, parece verão.

— Aqueles são freixos verdes — diz Nana, com tom de professora. — Eles mudam cedo. É um tempo bom para a folhagem de outono este ano: dias quentes e noites frias. Você vai ver vermelhos e laranjas aparecendo em algumas semanas.

Echo Ridge é de longe o lugar mais bonito onde já morei. Quase todas as casas são espaçosas e bem conservadas, com uma arquitetura interessante: vitorianas imponentes, holandesas do Cabo com telhas cinzentas, coloniais históricas. Os gramados recém-cortados, os canteiros de flores limpos e ordenados. Todos os edifícios no centro da cidade são de tijolos vermelhos com janelas brancas e letreiros de bom gosto. Não há uma cerca de alambrado, uma caçamba de lixo ou uma loja de conveniência 7-Eleven na paisagem. Até o posto de gasolina é fofo e quase retrô.

Entendo por que Sadie se sentiu confinada aqui, e por que Mia anda pela escola como se estivesse procurando uma saída de emergência. Qualquer coisa diferente se destaca a quilômetros de distância.

Meu telefone vibra com uma mensagem de Lourdes querendo saber da situação da bagagem. Quando eu a atualizo sobre minha mala recém-recuperada, ela me envia tantos GIFs comemorativos que quase perco as próximas palavras de minha avó.

— Sua orientadora educacional ligou.

Fico tensa, tentando imaginar o que eu poderia ter feito de errado no primeiro dia de aula, quando Nana acrescenta:

— Ela estava revisando seu histórico e diz que suas notas são excelentes, mas que não há registro de que tenha feito as provas de aptidão para as universidades.

— Ah. Bem. É porque não fiz.

— Vai precisar fazer agora no outono, então. Está preparada?

— Não. Não achei que... quero dizer... — Hesito. Sadie não tem diploma universitário. Conseguiu uma pequena herança de nosso avô, além do trabalho temporário e de uns bicos ocasionais como atriz. Embora nunca tenha desencorajado Ezra e eu a nos candidatar para a faculdade, sempre deixou claro que precisaríamos fazer isso sozinhos. No ano passado, dei uma olhada nas taxas anuais da faculdade mais próxima de casa e saí imediatamente do site. Era mais fácil eu planejar uma viagem para Marte. — Não sei se vou fazer faculdade.

Nana freia bem antes de uma placa de PARE, depois avança devagar até a faixa branca.

— Não? E eu pensei que você seria advogada no futuro.

Seus olhos estão fixos na estrada, então ela não flagra meu olhar assustado. De alguma forma, ela conseguiu acertar meu primeiro e único interesse de carreira; aquele que parei de mencionar em casa porque Sadie gemia (*Eca, advogados*) toda vez que eu tocava no assunto.

— Por que achou isso?

— Bem, você tem interesse em direito criminal, não é? É analítica e fala bem. Parece uma boa carreira. — Algo leve e quente começa a se espalhar por meu peito, então para quando olho para a carteira saindo de minha bolsa. Vazia, assim como minha conta bancária. Quando não respondo imediatamente, Nana acrescenta: — Vou ajudar você e seu irmão, claro. Com as taxas anuais. Contanto que vocês mantenham as notas altas.

— Você *vai*? — Eu olho para ela, a centelha de calor retornando e correndo por minhas veias.

— Sim. Falei isso para sua mãe há alguns meses, mas... bem, ela não estava em seu melhor estado de espírito na época.

— Não. Não estava. — Meu entusiasmo esmorece, mas apenas por um segundo. — Você realmente faria isso? Você pode, hum, pagar? — A casa de Nana é legal e tudo o mais, mas não é exatamente uma mansão. E ela usa cupons de desconto, embora eu tenha a sensação de que é mais um jogo para ela do que uma necessidade. Ficou muito satisfeita consigo mesma no final de semana, quando conseguiu seis rolos de papel toalha de graça.

— Faculdade estadual — diz ela, com firmeza. — Mas você precisa fazer os testes primeiro. E precisa de tempo para se preparar, então provavelmente deve se inscrever para dezembro.

— Tudo bem. — Minha cabeça está um turbilhão, e leva um minuto para eu terminar a frase corretamente. — Obrigada, Nana. Sério, é incrível de sua parte.

— Bem. Seria bom ter outra pessoa formada na família.

Mexo na adaga de prata em volta do pescoço. Me sinto... não exatamente *próxima* de minha avó, mas talvez ela não vá me abater a tiros se eu fizer a pergunta que estou guardando desde que cheguei a Echo Ridge.

— Nana — começo de repente, antes que eu perca a coragem. — Como era Sarah?

Consigo sentir a ausência de minha tia nesta cidade, até mais que a de minha mãe. Quando Ezra e eu saímos com Nana, as pessoas não têm problema em conversar conosco, como se nos conhecessem a vida toda. Todos evitam falar da reabilitação de Sadie, mas têm muitas outras coisas a dizer; mencionam sua fala em *Defender*, fazem piada sobre como Sadie não deve sentir falta dos invernos de Vermont ou ficam surpresos porque meu cabelo é tão parecido com o dela. Mas nunca mencionam Sarah — nem uma lembrança, uma história ou mesmo um reconhecimento. De vez em quando, acho que vejo o cintilar de um impulso, mas sempre param ou desviam o olhar antes de mudar de assunto.

Nana fica em silêncio por tanto tempo que me arrependo de ter aberto a boca. Talvez possamos passar os próximos quatro meses fingindo que eu não abri. Mas, quando ela finalmente fala, seu tom é calmo e equilibrado:

— Por que quer saber?

— Sa... minha mãe não fala sobre ela. — Nana jamais disse nada quando chamávamos nossa mãe pelo nome, mas sei que ela não gosta. Agora não é hora de irritá-la. — Sempre fiquei imaginando.

Uma garoa começa a cair, e Nana liga limpadores de para-brisa, que rangem a cada passagem.

— Sarah era minha pensadora — diz ela por fim. — Lia o tempo todo e questionava tudo. As pessoas achavam que ela era quieta, mas tinha o tipo de humor seco que surpreendia. Ela amava os filmes de Rob Reiner, sabe, *Isto é, Spinal Tap, A princesa prometida*? — Assinto, embora jamais tenha visto o primeiro. Faço uma nota mental para procurar na Netflix quando chegarmos em casa. — Sarah conseguia citar trechos de todos de cor.

Garota muito inteligente, especialmente em matemática e ciências. Gostava de astronomia e costumava falar sobre trabalhar para a NASA quando crescesse.

Absorvo as palavras como uma esponja sedenta, espantada por Nana ter me dito tanto de uma só tacada. E tudo que eu precisei fazer foi *perguntar*. Que fácil.

— Ela e minha mãe se davam bem? — pergunto. Parecem tão diferentes, ainda mais do que eu imaginava.

— Ah, sim. Eram unha e carne. Terminavam as frases uma da outra, como você e seu irmão. Tinham personalidades muito distintas, mas conseguiam se imitar de um jeito que você não acreditaria. Costumavam enganar as pessoas o tempo todo.

— O Andy do Aeroporto ficaria com inveja — digo, antes de esquecer que nunca contei a Nana a história dos gêmeos absorvidos.

Nana franze a testa.

— Como?

— Nada. Só uma piada. — Engulo o pequeno nó que se formou em minha garganta. — Sarah parece ter sido legal.

— Ela era maravilhosa. — Há uma emoção na voz de Nana que nunca percebi antes, nem mesmo quando fala de seus ex-alunos. Nem quando fala de minha mãe, *definitivamente*. Talvez fosse outra coisa em Echo Ridge que Sadie não suportava.

— Você acha que... ela ainda poderia... estar em algum lugar? — Eu me atrapalho com as palavras, meus dedos torcendo a corrente no pescoço. — Quero dizer, tipo, ela fugiu ou algo assim? — Eu me arrependo assim que digo isso, como se eu estivesse acusando Nana de algo, mas ela apenas balança a cabeça de um jeito decidido.

— Sarah nunca faria isso. — Sua voz diminui um pouco, como se as palavras tivessem peso demais.

— Queria poder tê-la conhecido.

Nana entra em uma vaga na frente da Dalton's e muda a marcha do Subaru para P.

— Eu também. — Olho furtivamente para ela, com medo de ver lágrimas, mas seus olhos estão secos, e seu rosto, relaxado. Ela não parece se importar em falar sobre Sarah. Talvez estivesse esperando alguém perguntar. — Pode pegar a sacola no banco de trás, por favor, Ellery?

— Sim — respondo. Meus pensamentos são um turbilhão emaranhado, e quase deixo cair a sacola plástica na sarjeta molhada de chuva quando saio do carro. Enrolo as alças da sacola em volta do pulso para mantê-la segura, e sigo Nana para dentro da Dalton's Emporium.

A mulher do caixa cumprimenta Nana como se fossem velhas amigas e, graciosamente, pega a pilha de roupas sem perguntar o motivo da devolução. Está escaneando as etiquetas que nunca tirei quando uma voz alta e doce flutua pela loja.

— Quero me ver no janelão, mãe! — Segundos depois, aparece uma garota de vestido azul transparente, e reconheço a filha de Melanie Kilduff. É pequena, com cerca de 6 anos, e para quando nos vê.

— Oi, Julia — cumprimenta Nana. — Você está muito bonita.

Julia pega a bainha de seu vestido em uma das mãos e abana. É como uma versão miniatura de Melanie, até os dentes da frente são espaçados.

— É para minha apresentação de dança.

Melanie aparece atrás da menina, seguida por uma linda pré-adolescente de braços cruzados e expressão mal-humorada.

— Ah, oi — diz Melanie, com um sorriso triste, quando Julia corre para um estrado elevado, cercado por espelhos, perto da frente da loja. — Julia quer se ver *no palco,* como ela diz.

— Bem, claro que sim — diz a vendedora, complacente. — Esse vestido foi feito para ser visto. — Um telefone toca atrás dela, e a mulher desaparece em uma sala ao fundo para atender. Nana tira sua bolsa do balcão enquanto Julia pula no estrado e gira, a saia do vestido flutuando ao seu redor.

— Eu pareço uma princesa! — exclama. — Venha olhar, Caroline!

Melanie segue e mexe no laço na parte de trás do vestido, mas a filha mais velha fica para trás, a boca repuxada para baixo.

— Princesa — murmura baixinho, olhando para a arara de vestidos de festa à direita. — Que idiotice querer ser princesa.

Talvez Caroline não esteja pensando em Lacey ou nas bonecas do cemitério com seus vestidos manchados de vermelho. Talvez seja apenas uma adolescente mal-humorada, irritada por ter sido arrastada para a expedição de compras da irmã mais nova. Ou talvez seja mais que isso.

Enquanto Julia gira de novo, uma raiva quente e branca pulsa em mim. Não é uma reação normal para um momento tão inocente, mas o ponto em comum que corre por essa loja também não é normal. Todas perdemos nossa versão de princesa, e nenhuma de nós sabe por quê. Estou cheia de estar enredada nos segredos de Echo Ridge, das perguntas que nunca acabam. Quero respostas. Quero ajudar essa menina, sua irmã, Melanie e Nana. E minha mãe.

Quero fazer *alguma coisa*. Pelas meninas desaparecidas e por aquelas que ficaram para trás.

CAPÍTULO NOVE

MALCOLM

QUINTA-FEIRA, 19 DE SETEMBRO

— E aí, babaca? — Fico tenso por uma fração de segundo antes de o ombro de Kyle McNulty bater no meu, então tropeço, mas não bato contra o armário. — O idiota do seu irmão ainda está na cidade?

— Vá se foder, McNulty. — É minha resposta-padrão para Kyle, não importa a situação, e nunca é inadequada.

O queixo de Kyle se contrai quando Theo sorri ao seu lado. Eu costumava jogar futebol com os dois no ensino fundamental, quando meu pai ainda esperava que eu me transformasse no Declan 2.0. Não éramos amigos, mas não nos odiávamos ativamente. Isso começou no ensino médio.

— É melhor ele ficar bem longe da minha irmã — solta Kyle.

— Declan não está nem aí pra sua irmã — retruco. É verdade, e aí está noventa por cento do motivo por que Kyle não me suporta. Ele faz uma careta, aproximando-se, e fecho a mão direita em punho.

— Malcolm, oi. — Uma voz soa atrás de mim quando a mão puxa a manga de minha camisa. Me viro e vejo Ellery encostada em um armário, a cabeça inclinada, segurando um daqueles calendários mensais do Colégio Echo Ridge que a maioria das pessoas joga na lixeira de reciclagem instantaneamente. Sua expressão parece preocupada, e quase acredito que ela não percebeu que estava interrompendo uma briga iminente se seus olhos não se demorassem em Kyle por alguns segundos a mais.

— Você se importa de me mostrar onde fica o auditório? Sei que temos assembleia agora, mas não consigo me lembrar de onde ir.

— Posso te dar uma dica — zomba Kyle. — Longe deste babaca.

Fico vermelho de raiva, mas Ellery apenas meneia a cabeça, distraída.

— Ah, oi, Kyle. Sabia que seu zíper está aberto?

Os olhos de Kyle se abaixam automaticamente para as calças.

— Não, não está — reclama ele, ajustando o zíper de qualquer forma enquanto Theo dá risada.

— Vamos, rapazes. — O treinador Gagnon chega por trás de nós, batendo no ombro de Kyle e Theo. — Não vão se atrasar para a assembleia.

O primeiro turno foi cancelado hoje, então toda a escola vai ser conduzida ao auditório para discursos entusiasmados sobre a temporada de futebol e anúncios da corte de boas-vindas. Em outras palavras, é o Show de Kyle e Theo.

Eles seguem o treinador Gagnon pelo corredor. Eu me viro para Ellery, que de novo está imersa no calendário. Estou impressionado por ela ter impedido Kyle de continuar com suas gracinhas tão facilmente, e envergonhado por ela ter achado que precisava fazê-lo. Seus olhos se erguem, tão castanhos que são quase pretos, emoldurados por cílios grossos. Quando um tom rosa sobe a suas bochechas, percebo que a estou encarando. De novo.

— Não precisa fazer isso — digo. — Consigo lidar com esses caras.

Meu Deus, pareço um garoto pomposo tentando parecer durão. Kyle tem razão. Eu *sou* um babaca.

Ellery faz o favor de agir como se não tivesse ouvido.

— Toda vez que vejo Kyle, ele está sendo escroto com alguém — diz ela, enfiando o calendário na bolsa e ajeitando-a sobre o ombro. — Não entendo porque ele é tão importante por aqui. Aliás, o que Brooke vê nele?

É uma mudança óbvia de assunto, mas uma pergunta justa.

— Caramba, sei lá.

Entramos no fluxo de estudantes que seguem pelo corredor em direção ao auditório.

— O que ele estava falando sobre a irmã? — pergunta Ellery. — Ela estuda aqui?

— Não, ela é mais velha. Liz estava na classe de Declan. Eles saíram, tipo, durante três meses quando estavam no segundo ano, e ela ficou meio obcecada por ele. Declan terminou com ela para ficar com Lacey.

— Ah. — Ellery assente. — Imagino que ela não tenha aceitado tão bem?

— No mínimo. — Empurramos as portas duplas do auditório, e eu levo Ellery em direção ao canto mais distante das arquibancadas, onde Mia e eu sempre nos sentamos. Ellery e Ezra têm almoçado conosco desde a semana passada, e temos seguido o clássico roteiro para se conhecer uma pessoa: conversamos sobre música, filmes e as diferenças entre a Califórnia e Vermont. É a primeira vez que fico sozinho com Ellery desde que a vi com a mala, e, assim, deixamos a educação de lado e fomos direto para as questões obscuras. Não sei por quê, mas digo a ela: — Liz parou de vir à escola por um tempo, e acabou repetindo. Precisou de mais dois anos para se formar.

Os olhos de Ellery se arregalam.

— Caramba, sério? Só porque um cara terminou com ela?

Me jogo no assento no topo das arquibancadas. Ellery se acomoda ao meu lado, erguendo a alça da bolsa sobre a cabeça e deixando-a no chão. Seu cabelo está muito mais controlado agora que da primeira vez que a encontrei. Meio que sinto falta do visual antigo.

— Bem, para começar, ela não era boa na escola — comento.

— Mas os McNultys culparam Declan. Então, Kyle me odeia por associação.

Ellery olha para as vigas. Estão cheias de faixas das equipes esportivas Echo Ridge ao longo dos anos: algumas dezenas de futebol, basquete e hóquei. Para uma escola tão pequena, Echo Ridge traz muitos campeonatos para casa.

— Não é justo. Você não deveria levar a culpa pelo que está acontecendo com seu irmão.

Tenho a sensação de que não estamos mais falando de Liz McNulty.

— Bem-vinda à vida em uma cidade pequena. Você é tão bom quanto a melhor coisa que sua família já fez. Ou a pior.

— Ou a pior coisa que já foi feita *a* eles — argumenta Ellery, pensativa.

Então, me ocorre a questão: por que falar com ela me parece tão familiar às vezes? Porque somos dois lados da mesma moeda.

Nós dois estamos presos a um dos mistérios não resolvidos de Echo Ridge, exceto que sua família perdeu uma vítima, e a minha tem um suspeito. Eu deveria dizer algo reconfortante sobre sua tia, ou pelo menos reconhecer que sei do que ela está falando. Mas ainda estou tentando encontrar as palavras certas quando um alto "Oooooi!" ressoa à direita.

Mia se aproxima de nós com Ezra no encalço. Os dois usam camisetas pretas e brancas do pessoal da Fright Farm, e, quando ergo as sobrancelhas para eles, Mia cruza os braços sobre o peito na defensiva.

— Não combinamos — diz ela, caindo no banco ao meu lado.
— Pura coincidência.

— Mentes iguais — acrescenta Ezra, com um dar de ombros.

Esqueci que os gêmeos começaram a trabalhar na Fright Farm esta semana. Metade da escola o fez; sou um dos poucos do Colégio Echo Ridge que nunca se candidatou para um emprego lá. Mesmo que não tivesse me assustado pra cacete quando eu era mais jovem, o lugar tem muita ligação com Lacey.

— E como estão indo? — pergunto, virando-me para Ellery.

— Nada mal — responde ela. — Estamos verificando pulseiras na Casa dos Horrores.

— Trabalho de primeira — diz Mia, com inveja. — Brooke deu uma força para vocês. É *muito* melhor que servir raspadinha pra criançada. — Mia não é fã de ninguém com menos de 12 anos, mas acabou presa no trabalho da seção infantil da Fright Farm desde a primeira temporada. Toda vez que ela tenta transferência, seu chefe impede.

Mia suspira e apoia o queixo nas mãos.

— Bem, aqui vamos nós. Finalmente, o mistério de quem vai chegar ao distante terceiro lugar para rainha do baile será resolvido. — As fileiras da arquibancada perto da quadra começam a encher, e o treinador Gagnon se dirige ao pódio na frente da sala.

— Viv Cantrell? — arrisca Ezra. — Ela está postando fotos de seu vestido no Instagram.

Mia faz uma careta para ele.

— Você segue Viv no Instagram?

Ele dá de ombros.

— Sabe como é. Ela me seguiu, eu segui de volta em um momento de fraqueza. Ela posta *muito* sobre o baile de boas-vindas. — Sua expressão fica pensativa. — Embora eu não ache que ela já tenha um par.

— Você devia dar unfollow nela — aconselha Mia. — É muito mais informação sobre Viv do que qualquer pessoa precisa ter. De qualquer forma, ela não tem chance na corte. Talvez Kristi Kapoor. — Diante do olhar interrogativo de Ezra, ela acrescenta: — Ela está no conselho estudantil, e as pessoas gostam dela. Além disso, é uma dos, tipo, três outros alunos não brancos de nossa classe, então todo mundo pode se sentir progressista quando vota nela.

— Quem são os outros? — pergunta Ezra.

— Além de mim? Jen Bishop e Troy Latkins — responde Mia, então olha entre ele e Ellery. — E talvez vocês? Vocês são latinos?

Ezra dá de ombros.

— Talvez sejamos. Não conhecemos nosso pai. Mas Sadie disse que o nome dele era José ou Jorge, então há boas chances de sermos.

— Sua mãe é uma lenda — diz Mia, com admiração. — Também foi rainha do baile, não foi?

Ezra assente enquanto pisco para Mia.

— Como sabe disso? — pergunto.

Mia dá de ombros.

— Daisy. Ela é superantenada com a história dos bailes de boas-vindas de Echo Ridge. Talvez porque tenha sido a vice. — Ao olhar curioso de Ellery, ela acrescenta: — Minha irmã. Se formou faz cinco anos. Sempre madrinha, nunca a noiva, se você trocar noiva por rainha do baile.

Ellery se inclina para a frente, parecendo interessada.

— Ela ficou com inveja?

— Se ficou, ninguém jamais soube — diz Mia. — Daisy é açúcar, tempero e tudo que há de bom. A perfeita filha coreana. Até pouco tempo atrás.

O microfone do pódio guincha quando o treinador Gagnon bate nele. "Esta coisa está ligada?", grita. Metade do ginásio ri discretamente, e a outra metade o ignora. Eu me junto ao segundo grupo e o deixo de lado, retirando discretamente meu telefone do bolso. Não tenho notícias de Declan desde que o encontrei na Bukowski's Tavern. Mando uma mensagem: *Você ainda está por aqui?*

Entregue. Lida. Sem resposta. Mesma história a semana toda.

— Bom dia, Colégio Echo Ridge! Estão prontos para conhecer sua corte? — Olho quando a voz muda e reprimo um gemido com a visão de Percy Gilpin no pódio. Percy é presidente de classe sênior, e tudo nele me cansa: sua energia, seu cabelo encaracolado, sua busca incansável pelos cargos eletivos do Colégio Echo Ridge e o blazer roxo que usa em todos os eventos escolares desde que éramos do primeiro ano. Também é amigo de Viv Cantrell, o que provavelmente é tudo o que se precisa saber sobre alguém.

— Vamos começar com os cavalheiros! — Percy abre um envelope com um floreio, como se estivesse prestes a anunciar um vencedor do Oscar. — Vocês vão escolher seu rei dentre esses três bons companheiros. Parabéns a Theo Coolidge, Kyle McNulty e Troy Latkins!

Ezra observa, perplexo, enquanto Percy levanta os braços em meio a gritos e aplausos.

— Qual *é* a daquele cara? É como um daqueles antigos apresentadores de programas de TV no corpo de um adolescente.

— Na mosca. — Mia boceja e gira o anel do polegar. — Foi exatamente como esperado. Bom para Troy, acho. Ele não é um idiota completo. Mas não vai ganhar.

Percy deixa que os tapinhas nas costas e cumprimentos diminuam, então abre outro envelope.

— E agora é hora das moças, que podem vir depois, mas definitivamente não são menos importantes. Colégio Echo Ridge, vamos aplaudir Katrin Nilsson, Brooke Bennett e...

Ele faz uma pausa, olha para a frente, olha para o papel em sua mão novamente.

— Hum.

Outro momento passa, e as pessoas começam a se mexer nas cadeiras. Alguns aplaudem e assobiam, como se achassem que talvez tivesse terminado. Percy pigarreia muito perto do microfone, e o chiado resultante de retorno faz todos estremecerem.

Mia se inclina para a frente, o rosto franzido em confusão.

— Espere aí. Percy Gilpin ficou *sem palavras*? Essa é uma bela cena, mas sem precedentes.

Percy se vira para o treinador Gagnon, que gesticula impaciente para que prossiga.

— Desculpe — lamenta Percy, pigarreando novamente. — Me perdi aqui por um segundo. Hum, então, parabéns a Ellery Corcoran!

Ellery fica imóvel, os olhos arregalados pelo choque.

— Como assim? — diz ela, as bochechas manchadas de vermelho, enquanto aplausos esparsos ondulam pelo auditório. — Como aconteceu? Não faz sentido. Ninguém aqui me conhece!

— Claro que conhece — assegura Mia, bem quando alguém grita: "Quem?" em meio ao riso abafado. Mas Mia tem razão; todo mundo sabe quem são os gêmeos Corcoran. Não porque sejam muito populares na escola, mas porque Sadie Corcoran, que *quase* chegou a Hollywood, é maior que a vida por aqui.

E porque Sarah Corcoran é a garota perdida original de Echo Ridge.

— Toca aqui, princesa! — diz Ezra. Quando Ellery não responde, ele levanta a mão da irmã e bate contra a sua. — Não fique tão chateada. É uma coisa legal.

— Não faz sentido — repete Ellery. Percy ainda está no pódio, falando sobre a festa da equipe na próxima semana, e a atenção da sala já começou a se dispersar. — Quero dizer, *você* votou em mim?

— Não — responde Ezra. — Mas não leve para o lado pessoal. Não votei em ninguém.

— Vocês votaram? — pergunta Ellery, olhando para Mia e para mim.

— Não — dizemos nós dois, e eu dou de ombros, desculpando-me. — Sem votos aqui também.

Ellery torce o cabelo por cima do ombro.

— Estou na escola há menos de duas semanas. Mal falo com ninguém além de vocês três. Se vocês não votaram em mim... e, acreditem, não estou ofendida, porque também não votei... então, por que alguém mais votaria?

— Para lhe dar as boas-vindas à cidade? — arrisco, sem entusiasmo.

Ela revira os olhos, e não posso culpá-la. Mesmo depois de menos de duas semanas aqui, ela já sabe que o Colégio Echo Ridge não é esse tipo de lugar.

Katrin está com humor de cão na manhã de sexta-feira.

Está dirigindo pior que nunca — ignorando os sinais de pare durante todo o caminho até a escola. Quando chegamos, ela estaciona torto entre dois lugares, expulsando outro garoto que vinha em nossa direção. Ele buzina quando ela sai nervosa do carro, batendo a porta e indo até a entrada sem olhar para trás.

É um daqueles dias em que ela finge que não existo.

Sigo de boa até entrar no prédio e, assim que chego ao corredor, sei que algo está errado. Há uma energia estranha zumbindo, e os fiapos de conversa que ouço não soam como as fofocas e os insultos normais.

— Devem ter arrombado...

— Alguém as odeia...

— Depois de tudo, talvez não seja piada...

— Não é como se alguém tivesse feito aquilo com Lacey...

Todo mundo está em grupinhos, cabeças abaixadas, juntas. O grupo maior está em volta do armário de Katrin. Há um grupo menor ao redor do de Brooke. Meu estômago começa a se contorcer, e vejo Ezra e Ellery ao lado dela. Ellery está de costas para mim, mas Ezra está virado em minha direção, e seu rosto interrompe minha aproximação. Sua *vibe* descontraída e californiana sumiu, e ele parece querer esfaquear alguém.

Quando me aproximo, vejo por quê.

O armário cinza e gasto de Ellery está salpicado de tinta vermelha brilhante.

Uma boneca retorcida e manchada de vermelho pende da tranca, como as do cemitério. Levanto o pescoço para olhar pelo corredor e vejo o bastante para saber que os armários de Katrin e Brooke receberam o mesmo tratamento. Letras pretas grossas estão rabiscadas sobre o vermelho no armário de Ellery:

LEMBRA-SE DE MURDERLAND, PRINCESA?
EU LEMBRO

Ezra flagra meu olhar.

— Que desgraça! — Ele fervilha quando Ellery se vira. Seu rosto está controlado, mas pálido, um sorriso sem humor nos cantos da boca.

— Que belas boas-vindas a cidade me deu — diz ela.

CAPÍTULO DEZ

ELLERY

SÁBADO, 21 DE SETEMBRO

— O que estamos procurando? — pergunta Ezra.

— Não sei — admito, deixando uma pilha de anuários na mesa diante dele. Estamos na biblioteca de Echo Ridge, no sábado de manhã, armados com copos gigantes de café para viagem da lanchonete Bartley's. Não sabia se conseguiríamos passar pela bibliotecária, mas ela tem bem mais de 80 anos e cochila na cadeira. — Qualquer coisa estranha, acho.

Ezra bufa.

— El, estamos aqui há três semanas. Até agora reportamos um cadáver para a polícia, conseguimos empregos em uma cena de crime e viramos alvos de um perseguidor de rainhas de baile. Embora esse último tenha sido crédito seu. — Ele toma um gole de café. — Vai precisar ser mais específica.

Despenco em uma cadeira na frente dele e tiro um livro do meio da pilha. Tem *Echo Ridge Eagles* na lombada, datada de seis anos antes. O primeiro ano de Lacey, um ano antes de ela morrer.

— Quero dar uma olhada na turma de Lacey. É estranho, não é, como essas pessoas, que faziam parte de seu círculo íntimo quando ela morreu, de repente estão de volta à cidade? Exatamente quando todas essas outras coisas começam a acontecer?

— Quê? Você acha que o irmão de Malcolm teve algo a ver com isso? Ou a irmã de Mia? — Ezra levanta uma sobrancelha.

— Talvez devêssemos ter convidado os dois para o café com investigação.

— Você sabe o que você sempre diz, Ezra — digo, abrindo o anuário. — Ninguém quer ouvir minhas teorias de assassinato. Especialmente quando envolvem seus irmãos. É o tipo da coisa na qual é preciso avançar com calma.

Estamos nos enganando, porque é isso o que fazemos. Uma vida inteira vivendo com Sadie proporcionou um diploma de mérito em fingir que tudo está bem. Mas mal comi nada desde ontem, e até mesmo Ezra — que normalmente inala os vapores enquanto Nana cozinha, como se estivesse tentando compensar dezessete anos de jantar congelado — recusou o café da manhã antes de sairmos.

Agora, ele corre os olhos pelos anuários restantes.

— O que devo fazer? Olhar o último ano deles? — Ele esvazia as bochechas, fazendo um bico. — Deve ser muito sombrio. *Em memória* de Lacey, esse tipo de coisa.

— Claro. Isso ou... — Meus olhos vão para o fundo da pilha. — O anuário de Sadie está aí também. Se estiver curioso.

Ezra hesita.

— Com o quê?

— Com a aparência de nossa mãe no ensino médio. Como *elas* eram. Ela e Sarah.

Sua mandíbula estala.

— O que tem a ver com tudo isso?

Eu me inclino para a frente e olho ao redor da saleta. Além da bibliotecária, que está dormindo, não há ninguém aqui, a não ser uma mãe lendo em voz baixa para uma criança.

— Você nunca se perguntou por que jamais viemos a Echo Ridge antes? Tipo, nunca? Ou por que Sadie não fala da irmã? Quero dizer, se *você*, de repente... desaparecesse — engulo em seco para segurar a bile na garganta —, eu não me mudaria para o outro lado do país e agiria como se você nunca tivesse existido.

— Você não sabe o que faria — retruca Ezra. — Não sabe o que Sadie está realmente pensando.

— Não, não sei. E nem você. É *disso* que estou falando. — A mãe do menininho se vira para nós, e eu abaixo a voz. Ergo a mão e aperto a adaga no colar. — Nunca soubemos. Simplesmente éramos arrancados de uma cidade para outra enquanto Sadie fugia de seus problemas. Até que ela finalmente se deu mal, não pôde mais desaparecer, e aqui estamos nós. De volta para onde tudo começou.

Ezra me observa com firmeza, seus olhos escuros e tristes.

— Não podemos consertá-la, El.

Fico vermelha e olho as páginas na minha frente; filas e filas de garotos e garotas de nossa idade, todos sorrindo para a câmera. Ezra e eu não temos nenhum anuário; jamais nos sentimos conectados o suficiente a qualquer uma de nossas escolas para nos preocupar em ter uma lembrança.

— Não estou tentando *consertá-la*. Só quero entender. Além disso, de alguma forma, Sarah faz parte disso. Tem de fazer. — Apoio o queixo nas mãos e digo o que tenho pensado desde ontem. — Ezra, ninguém naquela escola votou em mim para a corte de boas-vindas. Você sabe que não votaram. Alguém fraudou os votos, tenho certeza disso. Porque estou ligada a Sarah.

Na hora do almoço na sexta-feira, meu armário já havia sido limpo e repintado, como se nada tivesse acontecido. Mas eu me senti exposta desde então, minha nuca se arrepia quando penso que alguém, em algum lugar, se deu o trabalho de adicionar meu nome àquela corte. Falei para Viv que não achava que o vândalo e o assassino de Lacey eram a mesma pessoa e, objetivamente, isso ainda faz sentido. Subjetivamente, porém, a coisa toda me deixa enjoada.

Ezra parece em dúvida.

— Como alguém fraudaria os votos?

— Hackeando o aplicativo. Não seria difícil.

Ele inclina a cabeça, refletindo.

— Isso parece extremo.

— Ah, e Barbies ensanguentadas são comedidas?

— *Touché.* — Ezra tamborila os dedos na mesa. — Então, e aí? Acha que Lacey e Sarah estão ligadas também?

— Sei lá. Parece improvável, não? Os acontecimentos têm quase vinte anos de diferença. Mas alguém está juntando todas essas coisas, e precisa haver um motivo.

Ezra não diz mais nada, mas pega o anuário de Sadie do fundo da pilha e o abre. Eu puxo o de Lacey para mais perto e folheio as fotos do primeiro ano até chegar à letra *K*. Estão todos lá, os nomes que tenho ouvido desde que cheguei a Echo Ridge: Declan Kelly, Lacey Kilduff e Daisy Kwon.

Já vi Lacey antes em reportagens, mas Daisy não. Ela compartilha alguns traços com Mia, mas tem uma beleza muito mais convencional. Descoladinha até, com uma faixa de cabeça segurando o cabelo brilhante e liso. Declan Kelly me lembra Malcolm turbinado; tem uma beleza quase agressiva, olhos penetrantes com cílios grossos e covinha no queixo. Todos os três se parecem com o tipo de adolescente que você encontraria em uma dessas séries de TV — bonitos demais para ser verdade.

A letra *R* tem muito menos glamour. O policial Ryan Rodriguez do primeiro ano é uma infeliz combinação de gogó proeminente, acne e péssimo corte de cabelo. Mas melhorou desde essa época, então, bom para ele. Eu viro o anuário para mostrar a Ezra.

— Nosso vizinho.

Ezra olha para a foto do policial Rodriguez sem muito interesse.

— Nana falou dele hoje de manhã. Ela conseguiu umas caixas de papelão que pediu que levássemos para ele. Disse que ele vendeu a casa... Ou vai vender a casa. De qualquer forma, ele está empacotando as coisas.

Eu me endireito na cadeira.

— Ele está saindo da cidade?

Ele dá de ombros.

— Não foi o que ela disse. Só que a casa era grande demais para uma pessoa, agora que o pai morreu. Talvez esteja se mudando para um apartamento nas redondezas ou algo assim.

Puxo o anuário de volta para mim e viro a página. A seção de fotos em grupo vem depois das fotos da turma. Lacey participava de quase tudo — futebol, tênis, conselho estudantil e coral, apenas para citar alguns. Declan jogou principalmente futebol americano, ao que parece, e foi um *quarterback* tão bom que a equipe ganhou um campeonato estadual naquele ano. A última foto na seção do primeiro ano é da turma completa, posando diante do Lago Echo Ridge, durante o piquenique de fim de ano.

Vejo Lacey imediatamente; está bem no centro, rindo, os cabelos soprados ao vento. Declan está atrás, os braços em torno da cintura da namorada, a cabeça encaixada em seu ombro. Daisy está ao lado, parecendo assustada, como se não estivesse pronta para a foto. E, na extremidade mais distante do grupo, está o desengonçado Ryan Rodriguez, rígido, distante de todos os outros. Porém, não é sua pose estranha que chama minha atenção. A câmera o pegou olhando diretamente para Lacey... com uma expressão de desejo tão intenso que quase parecia zangado.

Provavelmente tinha uma queda por ela, disse Sadie. *Lacey era linda.*

Examino os três rostos: Declan, Daisy e Ryan. Alguém que nunca saiu — até agora, talvez — e dois que voltaram. Malcolm não sabe onde Declan está hospedado, mas Mia mencionou, mais de uma vez, que a irmã está de volta ao antigo quarto. O que Mia disse mesmo sobre Daisy durante a assembleia de quinta-feira? *Sempre madrinha, nunca a noiva.*

Ezra gira o anuário que está estudando de modo que fique de frente para mim, e o desliza sobre a mesa.

— É isso que você queria ver?

Uma garota com uma nuvem de cabelos escuros encaracolados está no topo da página, seu sorriso tão brilhante que quase ofusca. Minha mãe, há vinte e três anos. Exceto que o nome sob a imagem é *Sarah Corcoran.* Pisco algumas vezes; em minha mente, Sarah sempre foi a gêmea séria e quase sombria. Não reconheço essa versão. Eu viro para a página anterior e vejo a foto de Sadie na parte inferior. É idêntica, até a inclinação da cabeça e o sorriso. A única diferença é a cor dos suéteres.

As fotos foram tiradas no último ano, provavelmente em setembro. Algumas semanas depois, pouco depois que Sadie foi coroada rainha do baile, Sarah desapareceu.

Fecho o livro quando uma onda de exaustão me atinge.

— Sei lá — admito, me esticando e virando na direção a uma fileira de pequenas janelas na parede distante, que lança quadrados de luz solar sobre o piso de madeira. — Quando temos de voltar ao trabalho?

Ezra olha o celular.

— Daqui a uma hora.

— Devemos passar na casa de Mia e ver se ela vai trabalhar hoje?

— Ela não vai — responde Ezra.

— Devemos passar na casa de Mia e ver se ela vai trabalhar hoje? — repito.

Ezra pisca em confusão, depois balança a cabeça, como se tivesse acabado de acordar.

— Ah, desculpe. Você está sugerindo uma missão de reconhecimento?

— Não me importaria de conhecer a misteriosa Daisy.

— Câmbio — diz Ezra. Aponta para a pilha de anuários entre nós. — Vai dar uma olhada em algum desses?

— Não, só estou... Espere aí. — Pego o celular e fotografo algumas fotos do anuário que acabamos de ver. Ezra me observa com expressão confusa.

— O que vai fazer com isso?

— Documentar nossa pesquisa — respondo. Não sei se esta manhã vai acabar valendo de alguma coisa, mas pelo menos vai *parecer* produtiva.

Quando termino, cada um de nós pega um monte de anuários e os devolve para a seção de Referência. Jogo nossos copos de café vazios em uma lixeira, fazendo um barulho muito mais alto do que esperava. A bibliotecária sonolenta se assusta e pisca para nós com olhos lacrimosos e sem foco enquanto passamos por sua mesa.

— Posso ajudá-los? — Ela boceja, tateando para pegar os óculos presos em uma corrente em volta do pescoço.

— Não, obrigada, tudo resolvido — respondo, cutucando Ezra para andarmos mais rápido e sairmos antes que ela nos reconheça e tenhamos de passar quinze minutos em uma conversa educada sobre a Califórnia. Passamos pela porta da frente da biblioteca, adentrando o dia ensolarado, e descemos os degraus largos até a calçada.

Ezra e eu voltamos da escola com Mia há alguns dias, e sua casa fica a apenas um quarteirão da biblioteca. A casa dos Kwon é incomum para Echo Ridge: uma construção moderna, quadrada, localizada em um grande terreno gramado. Um caminho de pedra liga a calçada às escadas da frente, e já estamos na metade quando um Nissan cinza entra na garagem.

A janela do lado do motorista está entreaberta, emoldurando uma garota com longos cabelos escuros, que está segurando o volante como se fosse uma boia salva-vidas. Óculos de sol exagerados cobrem metade do rosto, mas consigo ver o suficiente para dizer que é Daisy. Ezra ergue a mão, prestes a cumprimentá-la, depois a abaixa quando Daisy leva o celular ao ouvido.

— Acho que ela não está nos vendo — comento, olhando do carro para a porta da frente. — Talvez a gente só deva tocar a campainha.

Antes que possamos nos mexer, Daisy solta o celular, cruza os braços sobre o volante e abaixa a cabeça sobre eles. Seus ombros começam a tremer, e Ezra e eu trocamos olhares inquietos. Ficamos lá pelo que pareceram dez minutos, embora provavelmente tenha passado menos de um, até que Ezra dá um passo em frente.

— Acha que a gente deve, hum...

Ele para quando Daisy, de repente, levanta a cabeça com um gritinho abafado e bate as mãos com força nos dois lados do volante. Tira os óculos de sol e passa as mãos sobre os olhos, como se estivesse tentando apagar qualquer traço de lágrimas, depois põe os óculos de volta. Ela engata a ré e começa a voltar, parando quando olha pela janela e nos vê.

Ezra dá aquele aceno meio acanhado de alguém que sabe ter invadido acidentalmente um momento particular. A única indicação de Daisy de que ela o vê é o fechar da janela antes de sair da garagem na direção de onde veio.

— Bem, você queria conhecer a misteriosa Daisy — diz Ezra, observando as lanternas traseiras desaparecerem em uma curva. — Lá vai ela.

CAPÍTULO ONZE

MALCOLM

QUINTA-FEIRA, 26 DE SETEMBRO

Quando enfio a cabeça no quarto de Mia, ela está na cama, recostada em uma pequena montanha de travesseiros, o MacBook apoiado no colo. Está com fones de ouvido, balançando a cabeça ao som da música, e eu tenho de bater na porta duas vezes antes de ela me ouvir.

— Oi — diz ela, alto demais antes de desconectar. — Já acabou o ensaio?

— Já passam das quatro. — Minha única atividade no Colégio Echo Ridge, uma a mais do que Mia jamais se comprometeu com, é a banda. O Sr. Bowman me inscreveu no nono ano, quando sugeriu que eu tivesse aulas de bateria, e tenho feito isso desde então.

Não é o mesmo sem ele. A mulher que assumiu não é tão engraçada quanto ele, e nos fez repetir a mesma porcaria do ano passado. Não sei se vou ficar. Mas amanhã à noite vamos tocar em um evento do time, e tenho um solo do qual ninguém mais sabe.

Mia estica os braços acima da cabeça.

— Não notei. Já ia mandar uma mensagem de texto para você.
— Ela desliga o laptop e o coloca de lado, joga as pernas para fora da cama e põe os pés no chão. — A droga do sonho mais caro a Viv se tornou realidade. O jornal *Burlington Free Press* pegou sua história sobre o vandalismo, e agora estão cobrindo a pauta com um artigo dedicado ao aniversário de cinco anos do assassinato de Lacey. Um repórter ligou há pouco, tentando falar com Daisy.

Meu estômago se debate como um peixe agonizante.

— Merda.

Eu não deveria estar surpreso. O Perseguidor do Baile — assim chamado pelo jornal estudantil *Echo Ridge Eagle* — tem estado ocupado. Ele, ou ela, deixou uma bagunça sangrenta de carne crua no capô do carro de Brooke na segunda-feira, o que a fez ter ânsia de vômito quando a viu. Um dia depois, Ellery apanhou um presente relativamente mais modesto, uma pintura na lateral da Oficina Armstrong's na qual se lê AS CORCORAN SÃO RAINHAS DE MATAR.

Ontem foi a vez de Katrin. Na rua onde o Sr. Bowman morreu, na esquina que virou um memorial improvisado com flores e bichos de pelúcia, alguém adicionou uma cópia enorme da foto de Katrin, os olhos arrancados e uma data de morte: 5 de outubro — a data do baile de boas-vindas, no próximo fim de semana.

Quando Peter descobriu, quase cagou nas calças; jamais o vi assim. Ele queria que o baile de boas-vindas fosse cancelado, e Katrin quase não o dissuadiu de telefonar para o diretor Slate. Nesta manhã, recebemos um anúncio na chamada, lembrando-nos de denunciar qualquer coisa suspeita a um professor. Mas, até agora, o baile de boas-vindas ainda está de pé.

Mia pega uma camiseta preta do espaldar da cadeira na escrivaninha.

— Você não ouviu nada de Declan sobre isso? Imagino que o repórter deve ter tentado falar com ele também.

— Não. — Declan finalmente respondeu minhas mensagens no fim de semana, dizendo que havia voltado a New Hampshire. Fora isso, não nos falamos desde que nos encontramos na Bukowski's Tavern. Ainda não sei o que ele estava fazendo aqui, ou onde estava hospedado.

— Daisy está trancada no quarto desde que recebeu a ligação — revela Mia, puxando o moletom sobre a cabeça. O tecido abafa sua voz enquanto acrescenta: — Não que tenha algo de incomum *nisso*.

— Você ainda quer ir jantar no Bartley's? — pergunto. A Dra. e o Sr. Kwon trabalham até tarde nas quintas-feiras, e é a *noite de sair* de Peter e minha mãe, então Mia e eu vamos ao único restaurante de Echo Ridge. — Estou com o carro da minha mãe, então não precisamos ir a pé.

— Sim, sem dúvida. Preciso sair desta casa. Além disso, convidei os gêmeos, então eles estão nos esperando. Mas marquei com eles às cinco. Podemos sair e tomar um café até lá. — Ela enfia as chaves no bolso e se dirige para a porta, hesitando quando chega ao corredor. — Só vou dar uma olhada... — Ela recua alguns passos até uma porta fechada em frente a seu quarto e bate no batente. — Daisy? — Nenhuma resposta, então Mia bate mais forte. — Daze?

— Quê? — Vem uma voz baixa.

— Eu e Malcolm vamos jantar no Bartley's. Quer ir?

— Não, obrigada. Estou com dor de cabeça.

— Talvez você se sinta melhor depois de comer alguma coisa.

O tom de Daisy endurece:

— Eu disse *não*, Mia. Vou ficar em casa hoje à noite.

O lábio de Mia treme um pouco antes de franzir o cenho.

— Está bem — murmura ela, se afastando. — Não sei por que me preocupo. Deixe que meus pais cuidam dela. — Ela desce as escadas, como se não aguentasse esperar para sair de casa. Mia e eu achamos que o outro está melhor em matéria de lar: gosto de como a casa dos Kwon é brilhante e moderna, e de como seus pais falam conosco, dando a entender que realmente sabemos o que está rolando no mundo; ela gosta do fato de que nem Peter nem minha mãe prestam atenção em qualquer coisa que eu faça. Os Kwon sempre quiseram que Mia fosse mais como Daisy: doce, estudiosa e popular. O tipo de pessoa com quem se pode contar para dizer e fazer todas as coisas certas. Até que, sem mais nem menos, ela não era mais assim.

— O que seus pais *acham*? — pergunto a Mia quando saímos e vamos até a frente da casa.

Mia chuta uma pedra solta.

— Sei lá. Na minha frente eles apenas dizem *Sua irmã estava trabalhando demais, precisava de um tempo*. Mas estão tendo todas essas conversas tensas no quarto dela, com a porta fechada.

Entramos no carro de minha mãe e colocamos o cinto.

— Tensas como? — pergunto.

— Não sei — admite Mia. — Tento ouvir, mas não consigo pegar nada, exceto o tom.

Manobro da frente da casa dos Kwon para a rua, mas não avancei muito quando meu celular vibra no bolso.

— Espere aí — digo, estacionando de novo. — Quero ter certeza de que não é Declan. — Deixo a marcha em ponto morto e tiro o celular do bolso, fazendo uma careta quando vejo o nome. — Deixa pra lá. É Katrin.

— O que *ela* quer?

Franzo a testa olhando a tela.

— Ela diz que tem um favor para pedir.

Mia agarra meu braço com horror fingido, os olhos saltados.

— Não responda, Mal. Seja o que for, você não quer fazer parte de nada disso.

Não respondi, mas Katrin ainda está digitando. Pontos cinzentos brilham por tanto tempo que imagino se ela desligou o celular e esqueceu de terminar a mensagem. Então, finalmente, aparece o texto. *Brooke acabou de terminar com Kyle. Não sei por que, mas o baile de boas-vindas é no próximo fim de semana e ela precisa de um par. Estava pensando se você poderia convidá-la. Ela parece gostar de você. Provavelmente apenas como amigo, mas não importa. Você não ia de qualquer jeito, certo? Espere aí, vou mandar o número dela.*

Mostro a mensagem para Mia, que bufa.

— Meu Deus, essa garota se acha! — Ela imita o tom tenso e seco de Katrin. — *Você não ia de qualquer jeito, certo?*

Outra mensagem de Katrin aparece, com as informações de contato de Brooke, e eu as salvo automaticamente. Então, dou de ombros e deixo meu celular de lado.

— Numa coisa ela tem razão. Eu não ia. — Mia morde o lábio sem responder, e eu levanto minhas sobrancelhas para ela. — O quê... *você ia?*

— Talvez. Se ainda fosse rolar — diz ela, e me olha com raiva quando começo a rir. — Não me zoe, Mal. Posso ir ao baile se eu quiser.

— Eu sei que você pode. Estou apenas surpreso com a parte de "se eu quiser". Você tem o espírito escolar mais débil que já vi. Achei que era, tipo, um distintivo de honra para você.

Mia faz uma careta.

— Humpf, não sei. Um dos velhos amigos de Daisy ligou para dizer que muitos deles seriam acompanhantes para a dança, e perguntou se ela queria ir também. Acho que ela estava considerando a ideia, o que seria a primeira coisa que faria além de se trancar no quarto desde que voltou para casa, mas então disse: *Bem, nem Mia vai.* Então eu disse, *Sim, eu vou,* e agora acho que preciso ir, e você pode tirar esse sorriso idiota do rosto quando quiser.

Engulo o sorrisinho.

— Você é uma boa irmã, sabia?

— Que seja. — Ela cutuca o esmalte preto descascado na unha do polegar. — Eu estava pensando mesmo em chamar aquela garota gostosa que trabalha no Café Luna. Se ela disser não, Ezra é meu amigo reserva.

Eu fecho a cara.

— *Ezra* é seu amigo reserva? Você o conhece faz duas semanas!

— Temos uma ligação. Gostamos do mesmo tipo de música. E você não tem ideia de como é bom finalmente ter um amigo *queer* na escola.

Não posso culpá-la por isso, acho. Mia é maltratada há anos por caras como Kyle e Theo, que pensam que *bissexual* é igual a *transar a três.*

— Você deveria ir com Ezra, então — sugiro. — Esqueça a garota Café Luna. Ela é arrogante.

Mia inclina a cabeça, ponderando.

— Talvez. E *você* devia ir com Ellery. — Ela me lança um olhar sagaz. — Você gosta dela, não é?

— Claro que gosto dela — confesso, mirando um tom casual. E errando feio.

— Ai, meu Deus! — Mia bufa. — Não estamos no quarto ano, Mal. Não me faça perguntar se você *gosta* de gostar dela. — Ela apoia as botas no porta-luvas. — Não sei o que você está esperando. Acho que ela também gosta de você. — Uma mecha de cabelo cai sobre seu olho, e ela espia o retrovisor para reajustar a presilha que a prende. Então, ela fica dura, retorcendo-se no banco para olhar pela janela de trás. — Caramba, o que é isso?

Não sei ao certo se fico aliviado ou decepcionado por algo ter distraído Mia.

— O quê?

Mia ainda está olhando pela janela, franzindo o cenho.

— Aonde ela vai? Achei que *ia ficar em casa.* — Eu me viro para ver o Nissan cinza de Daisy saindo da garagem dos Kwon, indo na direção oposta. — Siga Daisy — pede Mia de repente. Ela cutuca meu braço quando não me mexo imediatamente. — Vai, Mal, por favor? Quero saber o que ela está fazendo. Ela parece uma droga de caixa-forte ultimamente, cheia de segredos.

— Provavelmente vai comprar um analgésico — falo, mas faço uma manobra em três tempos para seguir as lanternas de Daisy, que desaparecem rapidamente. Estou curioso também.

Nós a seguimos pelo centro da cidade e passamos pelo Cemitério de Echo Ridge. Mia se endireita mais no banco quando o Nissan desacelera, mas Daisy não para. Imagino se ela pensou em visitar o túmulo de Lacey, e depois não conseguiu fazer isso.

Daisy sai de Echo Ridge e vai na direção de duas cidades vizinhas. Começo a copiá-la, como se estivesse no piloto automático, sem prestar muita atenção em onde estamos. São quase quatro e meia, quase passando da hora em que vamos conseguir chegar ao Bartley's a tempo de encontrar os gêmeos, quando finalmente ela entra na garagem de um edifício vitoriano branco. Freio e sigo pelo acostamento da estrada, estacionando enquanto esperamos Daisy sair do carro. Ela está usando óculos escuros, embora o sol esteja baixo no horizonte, e caminha rapidamente em direção à porta lateral do prédio. Quando desaparece lá dentro, avanço devagar com o carro para que Mia e eu possamos ler a placa na frente.

CENTRO DE ACONSELHAMENTO NORTHSTAR
DEBORAH CREIGHTON, PSICÓLOGA

— Hum — digo, sentindo-me estranhamente decepcionado. Pensei que o que Daisy estivesse fazendo fosse mais surpreendente. — Bem, acho que é isso.

Mia franze a testa.

— Daisy está consultando uma psicóloga? Por que não falaria sobre isso? Qual é a de se esgueirar desse jeito por aí?

Passei pelo consultório de Deborah Creighton, procurando um bom lugar para manobrar o carro. Quando chego à entrada vazia de uma casa escura, entro até metade e depois faço a conversão para que possamos voltar pelo caminho por onde viemos.

— Talvez ela queira privacidade.

— Tudo o que ela *tem* é privacidade — reclama Mia. — É tão estranho, Mal. Ela sempre teve um milhão de amigos e agora não tem nenhum. Ou pelo menos nunca os vê.

— Acha que ela está deprimida? Porque perdeu o emprego?

— Ela *abandonou* o emprego — corrige Mia. — E não me parece deprimida. Apenas... reticente. Mas realmente não sei; mal sei mais quem ela é. — Ela afunda no banco e liga o rádio, alto demais para continuarmos falando.

Seguimos em silêncio até passarmos a placa "Bem-vindo a Echo Ridge" e seguirmos para a Manchester Street, parando no semáforo na frente da área de lazer da cidade. Mia desliga o rádio e olha para a esquerda.

— Estão repintando o Armstrong's.

— Acho que eles precisavam. — Devem ter dado apenas uma demão de tinta na parede da Oficina Armstrong's até agora, porque ainda é possível ver o contorno fraco de AS CORCORAN SÃO RAINHAS DE MATAR por baixo. Uma escada está recostada à parede, e observamos enquanto um homem lentamente desce por ela. — É Vance Puckett? — pergunto. — Alguém realmente deixou aquele cara usar uma escada? E confiou nele para pintar faixas retas? — O bêbado e suposto ladrão de galinhas da cidade de Echo Ridge não é geralmente o pau para toda obra. A Oficina Armstrong's devia estar desesperada para que o trabalho fosse feito rapidamente.

— Isso aí dá processo por invalidez fácil — diz Mia. Ela estica o pescoço e estreita os olhos. — Espere aí. É sua futura acompanhante do baile indo na direção de Vance?

Por um segundo, acho que ela quer dizer Ellery, até que Brooke Bennett sai de um carro estacionado do outro lado da rua. O semáforo fica verde, mas não tem ninguém atrás de mim, então continuo parado. Brooke bate a porta do carro e caminha rapidamente em direção a Vance. Quase como se estivesse esperando que ele terminasse. Ela puxa sua manga enquanto ele desce da escada, e ele coloca uma lata de tinta no chão antes de encará-la.

— Eita? — Mia pega o telefone para dar zoom na câmera. — Sobre o que esses dois podem estar falando?

— Consegue ver alguma coisa?

— Na verdade, não — resmunga Mia. — Meu zoom é uma droga. Mas os gestos da mão dela parecem meio que... agitados, não acha? — Ela sacode uma das mãos em uma imitação muito ruim de Brooke.

O semáforo fica vermelho de novo, e um carro para atrás de nós. Brooke começa a se afastar de Vance, e eu o observo, caso ele esteja prestes a tentar algo bizarro. Mas ele não se move, e ela não parece estar tentando fugir. Quando se vira para a rua, vislumbro seu rosto pouco antes de o semáforo mudar. Não parece assustada ou chateada, nem às lágrimas, como tem estado nas últimas duas semanas.

Ela parece determinada.

CAPÍTULO DOZE

ELLERY

SEXTA-FEIRA, 27 DE SETEMBRO

Dessa vez é o telefone de Ezra que vibra com o número da Califórnia.

Ele ergue o aparelho em minha direção.

— Sadie? — pergunta ele.

— Provavelmente — respondo, olhando instintivamente para a porta. Estamos na sala matando o tempo, vendo Netflix depois do jantar, e Nana está no porão cuidando das roupas. Ela passa tudo a ferro, inclusive nossas camisetas, então vai ficar pelo menos mais meia hora lá embaixo. Ainda assim, Ezra se levanta e eu o sigo escada acima.

— Alô? — Ele atende na metade do caminho. — É, oi. Achamos que era você. Espere, estamos andando. — Nós nos instalamos no quarto dele com a porta fechada, Ezra em sua mesa e eu no banco da janela ao lado, antes de ele levantar o telefone e abrir o FaceTime.

— Olha vocês aí! — exclama Sadie. Seu cabelo está puxado para trás em um rabo de cavalo baixo e solto, com fios escapando por toda parte. Isso a faz parecer mais jovem. Procuro em seu rosto pistas de como ela está, porque nossas ligações "oficiais" pelo Skype não me dizem nada. E nem a Nana. Mas Sadie exibe a mesma expressão alegre e determinada que mantém em todas as vezes que eu a vi nas últimas semanas. Aquela que diz *Tudo está bem, e não tenho nada para explicar ou por que pedir desculpas.*

— O que vocês dois estão fazendo em casa numa sexta à noite?

— Esperando nossa carona — responde Ezra. — Vamos a uma balada. Na Fright Farm.

Sadie coça a bochecha.

— Balada *onde*?

— Fright Farm — repito. — Pelo visto, fazem coisas da escola lá às vezes. Ganhamos um monte de ingressos, então as pessoas podem aproveitar depois.

— Ah, que divertido! Com quem vocês vão?

Nós dois fazemos uma pausa.

— Amigos — diz Ezra.

É praticamente verdade. Vamos encontrar Mia e Malcolm lá. Mas, na realidade, nossa carona é o policial Rodriguez, pois Nana só nos deixou sair de casa porque se encontraram no centro, e ele se ofereceu para nos levar. Porém, não podemos dizer a Sadie sem cair no emaranhado de coisas que *não* contamos a ela.

Antes de iniciarmos nossas ligações semanais pelo Skype com Sadie, o Instituto de Reabilitação Casa Hamilton enviou um *Guia de interação com residentes* de três páginas, que abria com "A comunicação positiva e edificante entre os residentes e seus entes queridos é uma parte fundamental do processo de recuperação". Em outras palavras: *se atenha a futilidades.* Mesmo agora, quando estamos em uma ligação decididamente não oficial, seguimos as regras. A necessidade de uma escolta policial depois de ser alvo de um perseguidor anônimo não está na lista dos temas aprovados durante a reabilitação.

— Alguém especial? — pergunta Sadie, batendo os cílios.

Meu sangue ferve, porque Ezra *tinha* alguém especial em nossa casa. Ela sabe perfeitamente bem que ele não é do tipo cuja fila anda um mês depois.

— Só o pessoal da escola — respondo. — As coisas estão agitadas aqui. Temos essa festa hoje e o baile de boas-vindas no próximo sábado.

Se Sadie percebe a frieza em minha voz, não reage.

— Ah, meu Deus, já é baile de boas-vindas? Vocês vão?

— Eu vou — diz Ezra. — Com Mia. — Seu olhar se volta para mim, e eu leio em seus olhos o que ele não diz: *A menos que seja cancelado.*

— Que divertido! Ela parece ótima. E você, El? — pergunta Sadie.

Pego uma linha desfiada em minha calça jeans. Quando Ezra me disse, ontem à noite, que Mia o convidou para ir ao baile, me ocorreu que sou uma "princesa" sem par. Mesmo que eu tenha certeza de que os votos foram uma armação, algo nisso ainda me irrita. Talvez porque, até a noite passada, eu acreditava que nossos novos amigos não eram do tipo que iam a bailes da escola. Agora, acho que apenas Malcolm não vai. Ao menos não comigo.

Mas Sadie não sabe de nada.

— Não decidi — respondi.

— Você deveria ir! — insiste ela. — Vá com o vândalo fofo. — Ela dá uma piscadinha. — Senti uma pequena atração da última vez que nos falamos, certo?

Ezra se vira para mim com um sorriso malicioso.

— O quê, agora? Ela está falando de Mal?

Minha pele se arrepia de ressentimento. Sadie não pode fazer isso; não pode me deixar constrangida por ter sentimentos que ainda nem mesmo compreendi, quando nunca nos diz algo vital sobre si mesma. Endireito os ombros e inclino a cabeça, como se estivéssemos jogando xadrez e eu tivesse decidido meu próximo movimento.

— O baile é importante por aqui, não é? — argumento. — As pessoas ficam *obcecadas* com a corte. Até se lembram de como você foi rainha há vinte anos.

O sorriso de Sadie se transforma em algo que parece fixo, nada natural, e eu me inclino para mais perto do telefone. Ela fica desconfortável, e eu, feliz. Quero que ela se sinta assim. Estou cansada de ser sempre eu.

— Você nunca comentou nada — acrescento. — Deve ter sido uma noite divertida.

Sua risada é tão leve e frágil quanto algodão doce.

— Tão divertido quanto um baile de cidade pequena pode ser, acho. Mal me lembro.

— Você não se lembra de ter sido a rainha do baile? — pressiono. — Que estranho. — Ezra fica tenso ao meu lado, e, mesmo que eu não tire os olhos de Sadie, consigo sentir o olhar de meu irmão. Não costumamos fazer isso; não cavamos informações que Sadie não queira nos dar. Ela conduz, nós seguimos. Sempre.

Sadie molha os lábios.

— Não foi grande coisa. Provavelmente mais um evento que a garotada agora consegue registrar inteiro nas redes sociais. — Ela vira os olhos na direção de Ezra. — Falando nisso, estou amando seus Stories no Instagram, Ez. Você faz a cidade parecer tão bonita, quase sinto falta de morar aí.

Ezra abre a boca, prestes a responder, mas eu falo primeiro:

— Com quem você foi ao baile? — pergunto. Minha voz é contestadora, desafiando-a a tentar mudar de assunto de novo. Posso dizer que ela quer, tanto que quase recuo e o faço eu mesma. Mas não consigo parar de pensar no que Caroline Kilduff disse no Dalton's Emporium. *Princesa. Que idiotice querer ser princesa.* Sadie foi princesa; minha mãe extrovertida, que gosta de atenção, atingiu o auge da popularidade do ensino médio... e ela nunca fala sobre isso.

Preciso que ela fale sobre isso.

No início, não acho que ela vá responder. Quando as palavras passam por seus lábios, ela parece tão surpresa quanto eu.

— Vance Puckett — diz ela. Não estou preparada para isso, e meu queixo cai antes que eu possa impedir. Ezra suspira fundo ao meu lado. Um vinco aparece na testa de Sadie, e sua voz aumenta quando ela olha de mim para Ezra. — Quê? Vocês já o conheceram?

— Rapidamente — responde Ezra, ao mesmo tempo que eu pergunto:

— Você estava ficando com ele a sério?

— Eu não estava a sério com ninguém naquela época. — Sadie puxa um dos brincos, seu modo de mostrar que está nervosa; torço uma mecha de cabelo em volta do dedo, que é meu jeito de fazer o mesmo. Se Sadie não gosta dessa linha de interrogatório, vai *odiar* a próxima.

— Com quem Sarah foi? — pergunto.

É como se eu pegasse uma borracha e limpasse a expressão em seu rosto. Não perguntava sobre Sarah há anos; Sadie me treinou para nem me dar o trabalho. Ezra estala os dedos, o jeito *como ele* expressa nervosismo. Estamos todos muito desconfortáveis, e, de repente, posso ver por que a Casa Hamilton aconselha uma "comunicação edificante".

— Como? — questiona Sadie.

— Quem foi o par de baile de Sarah? Foi alguém de Echo Ridge?

— Não — responde Sadie, olhando para trás. — O quê? Ah, tudo bem. — Ela se volta para a câmera com uma expressão de brilho forçado. — Desculpem, mas preciso ir. Não posso usar esse telefone por mais que alguns minutos. Amo vocês dois! Divirtam-se esta noite! Logo nos falamos! — Ela nos manda um beijo e desliga.

Ezra olha para a tela recém-apagada.

— Não tinha ninguém atrás dela, tinha?

— Não — respondo, quando a campainha toca.

— O que foi aquilo? — pergunta ele, baixinho.

Não respondo. Não consigo explicar; meu desejo é de fazer Sadie confessar alguma coisa — *qualquer coisa* — verdadeira sobre sua época em Echo Ridge. Ficamos em silêncio até a voz de Nana subir pelas escadas.

— Ellery, Ezra. Sua carona chegou.

Ezra põe o celular no bolso e se levanta, e eu o sigo para o corredor. Estou inquieta, desorientada e tenho a súbita vontade de pegar a mão de meu irmão, como costumava fazer quando éramos pequenos. Sadie gosta de dizer que nascemos de mãos dadas, e, embora eu tenha certeza de que isso é fisicamente impossível, ela tem dezenas de fotos de um segurando os dedos minúsculos do outro no berço. Não sei se Sadie costumava fazer isso com Sarah, porque — *surpresa* — ela jamais nos contou.

Quando chegamos ao andar de baixo, o policial Rodriguez está esperando na antessala de Nana com o uniforme completo, as mãos apertadas com rigidez diante de si. Posso ver seu pomo de Adão subir e descer enquanto ele engole em seco.

— E aí, gente, tudo bem?

— Ótimo — responde Ezra. — Obrigado pela carona.

— Sem problemas. Sua avó tem razão de estar preocupada, mas estamos trabalhando com a equipe da Fright Farm e a direção da escola para garantir que a festa seja um ambiente seguro para todos os alunos.

Parece estar lendo um roteiro, e posso ver o adolescente desajeitado espreitando por baixo daquele verniz de policial novato. Contei para Nana como Sadie o descreveu durante nossa primeira ligação em Echo Ridge — com o coração partido e arrasado no funeral de Lacey —, mas ela simplesmente fez *"shh"*, o que comecei a associar com as conversas sobre Sadie.

— Não me lembro disso — bufou Nana. — Sua mãe está fazendo drama.

É sua resposta-padrão para Sadie, e acho que nem posso culpá-la. Mas continuo olhando a foto do piquenique de primeiro ano de Lacey que capturei com meu celular. Quando olho para o Ryan Rodriguez de 16 anos, consigo enxergar. Consigo imaginar aquele garoto apaixonado arrasado por ter perdido seu amor. O que não consigo dizer é se ele o faria porque estava triste ou porque estava com raiva.

Nana cruza os braços e olha para o policial Rodriguez enquanto Ezra e eu pegamos nossos casacos.

— Todos os alunos, claro. Mas vocês precisam estar especialmente atentos às três garotas envolvidas. — Sua boca se franze. — Eu ficaria mais feliz se cancelassem o baile de uma vez por todas. Por que dar mais uma chance a quem está por trás disso?

— Bem, o lado oposto desse argumento é: por que lhe dar mais poder? — pergunta o policial Rodriguez. Pisco na direção dele, surpresa, pois realmente faz sentido. — No mais, sentimos que há segurança na multidão — continua ele. — A Fright Farm está sempre lotada na sexta-feira. Seja lá com quem estivermos lidando, esse alguém gosta de operar nos bastidores, por isso estou otimista de que não vai aparecer hoje à noite. — Ele pega suas chaves e quase as deixa cair, salvando-as no último segundo com um movimento desajeitado da mão. Aquele breve momento de competência quase foi por água abaixo. — Estão prontos?

— Como sempre — responde Ezra.

Seguimos o policial Rodriguez até a viatura, estacionada na frente da casa, eu entro no banco da frente enquanto Ezra desliza para o de trás. Ainda estou abalada com a conversa com Sadie, mas não quero perder a oportunidade de observar o policial Rodriguez de perto.

— Então, vai ser na área do Topo Sangrento, certo? — pergunto, enquanto prendo meu cinto de segurança.

— Sim. No mesmo palco onde fazem a apresentação da Festa do Morto — diz o policial Rodriguez.

Encontro os olhos de Ezra no espelho retrovisor. Para uma cidade tão obcecada com seu passado trágico, Echo Ridge é estranhamente permissiva quanto à realização de uma festa de ensino médio no local de um assassinato.

— Você iria se não estivesse a trabalho? — pergunto.

O policial Rodriguez se afasta da frente da casa.

— Para a festa? Não — responde dele, parecendo divertir-se. — Essas coisas são para vocês. Não para os adultos da cidade.

— Mas não faz muito tempo que você se formou — comento. — Pensei que talvez fosse o tipo de evento onde as pessoas se encontravam quando voltavam à cidade? Tipo, minha amiga Mia talvez traga a irmã. — É uma mentira deslavada. Pelo que sei, Daisy ainda está trancada no quarto. — Ela se formou há um tempo. Daisy Kwon? Você a conheceu?

— Claro. Todo mundo conhece a Daisy.

O nome não provocou nenhuma reação; sua voz é calma, e ele parece um pouco preocupado quando entra na estrada principal. Então, tento algo diferente.

— E Declan Kelly também está de volta, não é? Malcolm não sabia se ele iria ao baile de hoje à noite. — Ezra chuta de leve meu banco, telegrafando uma pergunta com o movimento: *O que você está aprontando?* Eu ignoro e acrescento: — Acha que ele vai?

Um músculo na mandíbula do policial Rodriguez tensiona.

— Não saberia dizer.

— Estou tão curiosa com Declan — comento. — Você era amigo dele no ensino médio?

Seus lábios se apertam em uma linha fina.

— Não muito.

— Você era amigo de Lacey Kilduff? — Ezra entra na conversa lá do banco de trás. Finalmente entendeu aonde quero chegar. Antes tarde do que nunca.

Mas aquilo não adianta. O policial Rodriguez estende o braço e aciona um botão no painel, enchendo o carro de ruídos de estática e vozes baixas.

— Preciso verificar se há mensagens da delegacia. Podem esperar um segundo?

Ezra se mexe no banco de trás, inclinando-se para a frente a fim de murmurar em meu ouvido:

— Dois a zero.

CAPÍTULO TREZE

ELLERY

SEXTA-FEIRA, 27 DE SETEMBRO

O policial Rodriguez caminha conosco até o final do parque, passando pela Montanha-Russa do Demônio, com sua cachoeira vermelho-sangue, e pela entrada do Labirinto da Bruxa Obscura. Duas meninas riem nervosamente enquanto um atendente mascarado entrega a cada uma delas uma lanterna.

—Vocês vão precisar de uma para caminhar no covil escuro que estão prestes a adentrar — entoa ele. — Mas tenham cuidado ao longo de sua jornada. O medo as aguarda quanto mais longe se aventurarem.

Uma das garotas examina a lanterna, depois a aponta para a parede de palha do labirinto.

— Elas vão desligar bem quando precisarmos, não? — pergunta ela.

— O medo as aguarda quanto mais longe se aventurarem — repete o atendente, dando um passo para o lado. Uma mão com garras se lança para fora da parede e tentar puxar a garota mais próxima, que grita e se joga contra a amiga.

— Elas caem todas as vezes — diz o policial Rodriguez, levantando a aba para uma das tendas do Topo Sangrento. — Aqui é onde eu deixo vocês. Boa sorte para encontrar lugares.

As arquibancadas que rodeiam o palco circular estão lotadas, mas, enquanto Ezra e eu estudamos a multidão, vemos Mia acenando energicamente.

— Já não era sem tempo! — exclama ela, quando chegamos. — Está um inferno segurar esses bancos. — Ela se levanta, tirando o casaco do banco ao lado, e Ezra olha para uma pequena barraca de comes e bebes montada à esquerda do palco.

— Vou pegar uma bebida. Vocês querem alguma coisa?

— Não, estou bem — respondo, e Mia faz que não com a cabeça. Ezra desce as escadas com passos pesados enquanto aperto Mia no espaço pequeno demais. Só quando me sento vejo um relance de cabelos ruivos ao meu lado.

— Você gosta mesmo de chegar na última hora — diz Viv. Está com uma jaqueta de veludo cotelê verde e jeans, um lenço amarelo transparente em volta do pescoço. Duas outras garotas estão sentadas ao seu lado, cada uma segurando copos de isopor fumegantes.

Olho para ela e depois para o palco, onde Katrin, Brooke e as outras líderes de torcida estão se alinhando.

— Pensei que você fosse líder de torcida — digo, confusa.

Mia solta uma tosse falsa, sugerindo *"Assunto proibido"*, enquanto Viv fica rígida.

— Não tenho tempo para ser líder de torcida. Coordeno o jornal da escola. — Uma ponta de orgulho se insinua em sua voz enquanto gesticula na direção do corredor em frente ao palco, onde um homem está montando uma câmera enorme. — O Canal 5 de Burlington está cobrindo a história do vandalismo com base no *meu* artigo. Estão estudando a atmosfera local.

Eu me inclino para a frente, intrigada mesmo sem querer.

— A escola deixou?

— Não se pode impedir a imprensa livre — argumenta Viv, presunçosa. Aponta na direção de uma mulher impressionante de cabelos escuros parada ao lado da câmera, o microfone balançando em uma das mãos. — Aquela é Meli Dinglasa. Ela se formou em Echo Ridge há dez anos, e cursou jornalismo em Columbia. — Ela diz isso quase com reverência, torcendo o cachecol até que fique ainda mais artisticamente enrolado. Sua roupa ficaria incrível na TV, e acho que é esse o objetivo. — Estou me candidatando como aluna ouvinte. Espero que ela me dê uma referência.

Do outro lado, Mia puxa minha manga.

— A banda vai começar — diz ela. Ezra retorna na hora certa, uma garrafa de água na mão.

Tiro os olhos da repórter enquanto dezenas de estudantes segurando instrumentos entram pelos bastidores e se espalham no palco. Eu esperava os tradicionais uniformes de banda marcial, mas todos vestem calça esportiva preta e camisetas roxas onde se lê "Colégio Echo Ridge" em letras brancas. Malcolm está na primeira fila, um conjunto de taróis pendurado no pescoço.

Percy Gilpin corre para o palco com o mesmo blazer roxo que usou na semana passada, e chega a um pódio improvisado. Ajusta o microfone e levanta as mãos enquanto as pessoas nas arquibancadas começam a bater palmas.

— Boa noite, Echo Ridge! Estão prontos para um outono divertido para valer? Planejamos uma grande noite para apoiar o time Echo Ridge Eagles, que chega *invicto* ao jogo de amanhã contra o Colégio Solsbury!

Mais aplausos da multidão enquanto Mia bate palmas bem devagar.

— Viva!

— Vamos começar a festa! — grita Percy. As líderes de torcida tomam o centro do palco numa formação em V, os pompons roxos e brancos bem firmes nos quadris. Uma garotinha sai da seção de metal da banda, os olhos apertados contra as luzes fortes do teto. Percy sopra um apito, e a menina leva um trombone aos lábios.

Quando as primeiras notas de "Paradise City" explodem, Ezra e eu nos inclinamos sobre Mia para trocar sorrisos surpresos. Sadie é fanática por Guns N' Roses, e crescemos com essa música no último volume independentemente do apartamento em que morássemos. Uma tela de LED na parte de trás do palco começa a mostrar os destaques dos jogos de futebol, e, em segundos, a multidão inteira está de pé.

Mais ou menos na metade, enquanto tudo está evoluindo para um *crescendo*, os outros bateristas param, e Malcolm se lança em um solo fantástico e frenético. Suas baquetas se movem com uma rapidez impossível, os músculos dos braços tensos com o esforço, e, antes que eu perceba, minha mão já começou a me abanar. As líderes de torcida estão em sincronia perfeita com a batida, em uma apresentação certeira e cheia de energia, que termina com Brooke sendo lançada no ar, o rabo de cavalo esvoaçante, e amparada por mãos à espera, assim que a música termina e toda a banda se curva de uma vez só.

Estou aplaudindo com tanto entusiasmo que minhas mãos doem, e Mia me olha e sorri.

— Não é mesmo? — pergunta ela. — Meu cinismo vai pelo ralo quando a banda toca. É a força de união de Echo Ridge.

Sem querer, esbarro em Viv quando me sento de novo, e ela se afasta com uma careta.

— Não tem espaço suficiente neste banco — diz ela bruscamente, voltando-se para suas amigas. —Acho que podemos ver melhor lá de baixo.

— Que maravilha — murmura Mia, enquanto as três saem de nossa fila. — Mandamos Viv embora.

Alguns minutos depois, uma sombra cobre o banco desocupado por Viv.

Olho para cima e vejo Malcolm em sua camiseta roxa do Colégio Echo Ridge, mas sem os taróis.

— Oi — diz ele. — Cabe mais um? — Seus cabelos estão desgrenhados, e as bochechas, coradas, e ele está muito, muito fofo.

— Sim, claro. — Eu me aproximo de Mia. — Você foi ótimo — acrescento, e ele sorri. Um de seus dentes da frente é levemente torto e suaviza a aparência mal-humorada que normalmente tem. Aponto para o palco, onde o treinador Gagnon está falando apaixonadamente sobre tradição e sobre dar tudo de si. As fotos ainda estão em *loop* na tela de LED atrás dele. — Você vai tocar um bis?

— Não, já acabamos por hoje. É hora de falar de futebol.

Escutamos o discurso do treinador por alguns minutos. Está ficando repetitivo.

— O que aconteceu há seis anos? — pergunto. — Ele não para de falar disso.

— Campeonato estadual — responde Malcolm. — Echo Ridge venceu quando Declan estava no primeiro ano. — E então me lembro do anuário da biblioteca, cheio de fotos da enorme vitória do time lanterna contra uma escola muito maior. E Declan Kelly sendo carregado nos ombros pelos companheiros de equipe depois disso.

— Ah, é — digo. — Seu irmão fez um touchdown sensacional segundos antes do fim do jogo, não foi? — Talvez seja um pouco estranho como consigo lembrar, com perfeição, de um jogo a que nunca assisti, mas Malcolm apenas assente. — Deve ter sido incrível.

Algo como orgulho relutante surge na expressão de Malcolm.

— Acho que sim. Declan se gabou por semanas que ia ganhar esse jogo. As pessoas riam, mas ele foi lá e ganhou. — Ele passa a mão pelos cabelos úmidos de suor. Não devia ser atraente, o jeito como o cabelo fica espetado em tufos irregulares, mas é. — Sempre ganhava.

Não posso dizer se são apenas minhas suspeitas em relação a Declan que fazem as palavras de Malcolm parecerem sombrias.

— Vocês eram próximos? — pergunto. Assim que as palavras saem de minha boca, percebo que soei como se Declan estivesse morto. E corrijo: — *São* próximos?

— Não — responde Malcolm, inclinando-se para a frente, os cotovelos nos joelhos. Sua voz fica baixa, os olhos no palco. — Nem na época, nem agora.

De vez em quando, parece que Malcolm e eu estamos tendo algum tipo de conversa nas entrelinhas que não admitimos. Supostamente estamos falando de futebol e de seu irmão, mas também estamos falando de *antes e depois*. É o que penso de Sadie — que ela era de um jeito antes do tipo de perda que destroça seu mundo, e se tornou uma versão diferente de si mesma depois. Mesmo que não a tenha conhecido antes de Sarah ter desaparecido, muito tempo antes, tenho certeza de que é assim.

Quero fazer mais perguntas a Malcolm, mas, antes que consiga, Mia estende o braço e dá um soco no dele.

— Ei — diz ela. — Você fez aquela coisa?

— Não — responde Malcolm, evitando o olhar de Mia. Ela olha para nós dois e sorri, e eu tenho a nítida sensação de que perdi alguma coisa.

— E não vamos esquecer, depois que derrotarmos o Solsbury amanhã, e *vamos derrotar*, teremos o maior teste da temporada com o jogo de boas-vindas na próxima semana — diz o treinador Gagnon. Com sua cabeça totalmente careca e as sombras projetadas pela iluminação de estádio do Topo, ele parece um alienígena excepcionalmente entusiasmado. — Vamos jogar contra a Lutheran, nossa única derrota no ano passado. Mas isso não vai acontecer dessa vez! Porque *dessa vez...*

Um estalo alto enche meus ouvidos, me fazendo pular. As luzes brilhantes se apagam, e a tela LED fica preta e, em seguida, volta à vida. A estática preenche a tela, seguida por uma foto de Lacey com sua coroa de boas-vindas, sorrindo para a câmera. A multidão suspira, e Malcolm fica tenso ao meu lado.

Então, a foto de Lacey se divide em duas, substituída por três outras: Brooke, Katrin e eu. São fotos de aula, mas a minha é espontânea, meio de perfil. Um frio sobe pela minha espinha quando reconheço o capuz que usava ontem, quando Ezra e eu fomos ao centro para encontrar Malcolm e Mia no Bartley's.

Alguém estava nos observando. Nos *seguindo.*

A risada do filme de terror começa a sair dos alto-falantes, literalmente *muá-ha-has* que ecoam pela tenda, enquanto o que parece ser um líquido vermelho grosso escorre pela tela, seguido por letras brancas irregulares: EM BREVE. Quando desaparece, o Topo Sangrento está totalmente silencioso. Todos estão congelados, com uma exceção: Meli Dinglasa, do Canal 5. Ela caminha determinada até o palco, na direção do treinador Gagnon, com o microfone estendido e um cinegrafista no encalço.

CAPÍTULO CATORZE

MALCOLM

SÁBADO, 28 DE SETEMBRO

A mensagem de Declan chega quando estou caminhando no sentido contrário da multidão que deixa a Fright Farm sábado à noite: *Na cidade por algumas horas. Não pira.*

Eu quase respondo *Estou no local de seu suposto crime. Não pira*, mas consigo me ater a um simples *Por quê?* Que ele ignora. Coloco o celular de volta no bolso. Se Declan estiver prestando atenção ao noticiário local, já sabe sobre a festa pré-jogo convertida em pequeno espetáculo de perseguidor na noite passada. Torço para que ele estivesse em New Hampshire, cercado de gente, quando tudo aconteceu, ou só pioraria a especulação.

Não é problema meu. Hoje à noite sou apenas o motorista, pegando Ellery e Ezra depois do trabalho. De jeito algum a avó os deixaria andar pela floresta depois do que aconteceu na noite passada. Para ser sincero, fico um pouco surpreso por ela ter concordado que eu os buscasse, mas Ellery diz que o fechamento é duas horas depois do horário de a Sra. Corcoran se recolher.

Imagino que a Casa dos Horrores esteja vazia, mas música e risadas se espalham em minha direção quando me aproximo do prédio. O parque inteiro foi construído em torno desta casa em estilo vitoriano antigo, no limite do que costumava ser outra área arborizada. Vi fotos da construção antes de se tornar uma atração do parque temático, e sempre foi imponente, mas com aparência desgastada, como se suas torres estivessem prestes a desmoronar, ou os degraus que levam até a ampla varanda fossem despencar caso alguém os pisasse de mau jeito. Ainda tem essa aparência, mas agora tudo faz parte da atmosfera.

Não venho aqui desde que tinha 10 anos, quando Declan e seus amigos me trouxeram. Eles desapareceram quando estávamos na metade do caminho, como os babacas que sempre foram, e eu tive de visitar o restante da casa sozinho. Cada quarto me apavorava. Tive pesadelos por semanas com um cara em uma banheira ensanguentada, com tocos no lugar das pernas.

Meu irmão gargalhou quando finalmente saí da Casa dos Horrores, com o nariz escorrendo e apavorado. *Não seja tão fracote, Mal. Nada disso é de verdade.*

A música fica mais alta quando subo os degraus e giro a maçaneta. Ela não se mexe, e não há campainha. Bato algumas vezes, o que é estranho, tipo, quem exatamente espero que atenda a porta em uma casa assombrada? Ninguém o faz, então desço as escadas e vou até os fundos da casa. Quando viro a esquina, vejo degraus de concreto que levam a uma porta que está escorada com um pedaço de madeira. Desço as escadas e abro a porta.

Estou em um quarto do porão que parece ser parte do camarim, parte da sala dos funcionários. O espaço é grande, pouco iluminado e repleto de prateleiras e araras de roupa. Uma penteadeira com um espelho iluminado de dimensões exageradas está encostada em um dos lados; sua superfície coberta de jarros e garrafas. Dois sofás de couro rachado estão alinhados às paredes, com uma mesa de tampo de vidro entre eles. Há um banheiro do tamanho de um armário à esquerda, e uma porta entreaberta à minha frente, que leva a um pequeno escritório.

Arrisco alguns passos para dentro, procurando um caminho até o andar de cima, quando uma mão abre a cortina de veludo puída do outro lado da sala. O movimento repentino me faz ofegar como uma criança assustada, e a garota que atravessa a cortina ri. Ela é quase do meu tamanho, vestida com um top preto apertado que mostra tatuagens intrincadas na pele morena. Parece ser alguns anos mais velha que eu, talvez.

— Buu — diz ela e, em seguida, cruza os braços e inclina a cabeça. — Penetra?

Pisco, confuso.

— Como?

Ela estala a língua.

— Não banque o inocente comigo. Sou a maquiadora. Conheço todo mundo, e *você* está invadindo. — Eu abro a boca para protestar, depois a fecho enquanto o olhar severo da garota se desmancha em um sorriso largo. — Estou brincando com você. Suba as escadas, encontre seus amigos. — Ela vai até um frigobar ao lado da penteadeira e pega duas garrafas de água, apontando uma em minha direção como um aviso. — Mas é uma festa careta, entendeu? A coisa toda acaba se tivermos de lidar com um bando de adolescentes bêbados. Especialmente depois do que aconteceu ontem à noite.

— Claro. Certo — concordo, tentando parecer que sei do que ela está falando. Ellery e Ezra não disseram nada sobre festa. A garota alta abre a cortina de veludo para me deixar passar.

Subo um lance de escadas até outro corredor que se abre para um quarto parecido com uma masmorra. Reconheço o quarto imediatamente de minha última visita, com Declan, mas parece muito menos sinistro, cheio de convidados. Algumas pessoas ainda estão parcialmente fantasiadas, sem as máscaras ou com elas na testa. Um cara segura uma cabeça de borracha debaixo do braço enquanto fala com uma garota vestida de bruxa.

Dedos puxam minha manga. Olho para baixo para ver unhas curtas e brilhantes, e as acompanho até o rosto. É Viv, e ela está falando, mas não consigo ouvir o que diz com a música alta. Coloco a mão em concha na orelha, e ela levanta a voz.

— Eu não sabia que você trabalhava na Fright Farm.

— Não trabalho — confesso.

Viv franze a testa. Está encharcada em algum tipo de perfume de morango que não é exatamente desagradável, mas lembra algo que uma criança usaria.

— Então, por que você veio para a festa da equipe?

— Eu não sabia da festa — respondo. — Só vim buscar Ellery e Ezra.

— Bem, *timing* perfeito. Queria mesmo falar com você. — Olho para ela com cuidado. Vejo Viv quase toda semana desde que me mudei para a casa dos Nilsson, mas mal trocamos meia dúzia de palavras nesse tempo. Nosso relacionamento inteiro, se é que se pode chamar assim, é baseado em *não* querer conversar um com o outro. — Posso entrevistar você para meu próximo artigo? — pergunta ela.

Não sei o que ela está tentando, mas não pode ser bom.

— Por quê?

— Estou fazendo a série "Por onde andam?" com foco no assassinato de Lacey. Pensei que seria interessante ter a perspectiva de alguém que estava nos bastidores quando aconteceu, considerando o fato de que seu irmão foi um dos suspeitos e tudo mais. Poderíamos...

— Você ficou maluca? — Eu a interrompo. — Não.

Viv ergue o queixo.

— Vou escrever de qualquer jeito. Você não quer dar sua versão? Talvez ouvir o irmão faça as pessoas sentirem mais empatia por Declan.

Eu me viro sem responder. Ontem à noite, Viv brilhava na cobertura de notícias locais do evento, sendo entrevistada como uma espécie de especialista em crimes de Echo Ridge. Ficou à sombra de Katrin por tempo demais, não tem como deixar escapar seu momento sob os holofotes. Mas não preciso ajudá-la a estender seus quinze minutos de fama.

Abro caminho pela multidão e finalmente vejo Ellery. É difícil não notá-la — os cabelos foram penteados como uma nuvem preta ao redor de sua cabeça, e a maquiagem dos olhos é tão forte que eles parecem ocupar metade do rosto. Lembra algum tipo de personagem de anime gótico. Não sei o que o fato de eu estar caidinho por esse visual diz sobre mim.

Ela flagra meu olhar e acena para eu me aproximar. Está com um cara alguns anos mais velho, de coque, cavanhaque e uma camisa henley justa e com os botões abertos. A aparência inteira grita *cara de faculdade atrás de meninas do ensino médio,* e eu o odeio no mesmo instante.

— Oiê — cumprimenta Ellery, quando me aproximo. — Então, pelo visto tem festa hoje à noite.

— Percebi — digo, olhando feio para o cara de coque.

Ele nem liga.

— É tradição na Casa dos Horrores — explica ele. — Cai sempre no sábado mais próximo do aniversário do dono. Mas não posso ficar. Tenho uma criança em casa que nunca dorme. Preciso dar uma folga para minha esposa. — Ele passa a mão no rosto e se vira para Ellery. — Saiu o sangue todo?

Ellery olha para ele.

— Sim, você está bem.

— Obrigado. Até mais — diz o cara, e começa a abrir caminho entre as pessoas.

— Até — digo, acompanhando sua saída com muito menos raiva, agora que sei que ele não estava dando em cima de Ellery. — O sangue de que ele falou é maquiagem, certo?

Ellery ri.

— Sim. Darren passa a noite toda em uma banheira ensanguentada. Algumas pessoas não ligam e só tiram a maquiagem quando chegam em casa, mas ele tentou uma vez e *aterrorizou* o filho. O pobre garoto talvez fique traumatizado para sempre.

Eu estremeço.

— Fiquei traumatizado para sempre quando visitei aquele quarto, e tinha 10 anos.

Os olhos gigantes de anime de Ellery ficam ainda mais arregalados.

— Quem te trouxe aqui quando você tinha *10 anos*?

— Meu irmão — respondo.

— Ah. — Ellery parece pensativa. Como se conseguisse espiar o canto secreto de meu cérebro que tento não visitar com frequência, porque é onde vivem minhas perguntas sobre o que realmente aconteceu entre Declan e Lacey. Esse canto me deixa igualmente horrorizado e envergonhado, porque, de vez em quando, ele imagina meu irmão perdendo o controle sobre seu temperamento explosivo exatamente no momento errado.

Engulo em seco e deixo o pensamento de lado.

— Estou surpreso com essa festa depois do que aconteceu ontem à noite.

Ellery olha ao redor.

— Eu sei bem. Mas, olha, todo mundo aqui trabalha em um parque temático de Halloween. Não se assustam fácil.

— Quer ficar mais um tempo?

Ela parece chateada.

— Melhor não. Nana nem queria que a gente trabalhasse hoje à noite. Está bem assustada.

— Você está? — pergunto.

— Eu... — Ela hesita, puxando uma mecha de cabelo eriçado e enrolando em torno do dedo. — Quero dizer que não, porque odeio o fato de um desconhecido bizarro me abalar. Mas sim. Estou. É tudo muito... próximo, sabe? — Ela estremece quando alguém passa por ela com uma máscara do *Pânico*. — Tenho conversado sempre com minha mãe, e ela não tem ideia do que está acontecendo, e tudo que consigo pensar é... não é de se admirar que ela jamais quis nos trazer para cá. A irmã gêmea desaparece, a filha de sua babá favorita é assassinada, e agora isso? É o bastante para fazer uma pessoa sentir como se toda a cidade estivesse amaldiçoada.

— Sua mãe não sabe de... nada? — pergunto.

— Não. Nós só podemos ter *comunicações edificantes* com ela. — Ela solta o cabelo. — Você sabe que ela está em reabilitação, certo? Imaginei que toda a cidade soubesse.

— Sei — admito. Ela ri, mas a tristeza por trás do sorriso aperta meu peito. — Sinto muito que esteja lidando com isso. E sinto muito por sua tia. É isso que eu queria te dizer. Sei que tudo aconteceu muito antes de a gente nascer, mas... é um saco. Dizer isso é imensamente óbvio, mas é isso.

Ellery abaixa os olhos.

— Tenho certeza de que é por isso que acabamos aqui. Não acho que Sadie jamais tenha lidado com isso. Sem encerramento, sem nada. Não liguei os pontos quando Lacey morreu, mas sim quando as coisas começaram a descambar. Deve ter trazido lembranças ruins à tona. Então, é meio irônico que ela esteja no escuro agora, mas... o que se pode fazer? — Ela levanta sua garrafa d'água em uma saudação simulada. — Três vivas para a *comunicação edificante*. De qualquer forma. Acho que precisamos encontrar Ezra, não é? Ele disse que ia descer para pegar um pouco de água.

Saímos da masmorra lotada e descemos a escadaria até a sala dos funcionários, mas não há sinal de Ezra. Está mais fresco que no andar de cima, mas ainda estou com calor e com um pouco de sede. Vou até o frigobar e pego duas garrafas de água, colocando uma na penteadeira e oferecendo a outra para Ellery.

— Obrigada. — Ela estende a mão, mas estamos dessincronizados; solto a garrafa antes que ela a segure completamente, e ela cai no chão entre nós. Quando abaixamos para pegar, quase batemos a cabeça. Ellery ri e pousa a mão em meu peito.

— Peguei! — exclama ela, e levanta a garrafa. Ela se endireita, e, mesmo sob a luz fraca, consigo ver o vermelho das bochechas.

— Somos tão graciosos, não somos?

— Foi minha culpa — admito. Toda aquela conversa nos deixou mais próximos que o necessário, mas nenhum de nós se afasta. — Passe ruim. Dá para sacar por que jamais consegui ser jogador de futebol. — Ela sorri e inclina a cabeça para cima e, caraca, seus olhos são bonitos.

— Obrigada — murmura ela, ficando mais vermelha.

Ai. Eu disse isso em voz alta.

Ela se aproxima um pouco mais, roçando meu quadril, e uma carga elétrica me atravessa. Nós estamos... eu deveria...

Não seja tão mané, Mal.

Meu Deus. Isso é hora de ouvir justamente a voz estúpida de meu irmão?

Estendo a mão e corro o polegar ao longo do queixo de Ellery. Sua pele é tão macia quanto eu pensava que seria. Seus lábios se abrem, eu engulo em seco, e então ouço um barulho alto atrás de nós e alguém diz "Droga!" em um tom frustrado.

Ellery e eu nos separamos, e ela se vira para olhar o escritório. Atravessa a sala em um segundo, empurrando a porta entreaberta.

Brooke Bennett está caída no chão, espremida entre a mesa e algum tipo de lixeira gigante. Ellery vai até ela e se agacha.

— Brooke? Você está bem? — pergunta.

O cabelo de Brooke pende diante do rosto, e, quando ela o empurra para o lado, quase cutuca os olhos com algo pequeno e prateado. Ellery estica o braço e pega o objeto. Consigo ver da porta que é um clipe de papel aberto e desenrolado para que as pontas fiquem expostas. Outro igual está caído no chão ao lado de Brooke.

— É mais duro do que ele disse que seria — comenta Brooke, a voz embargada.

— Quem disse? — pergunta Ellery, colocando os dois clipes na mesa. — Como assim, duro?

Brooke dá uma risadinha.

— Foi o que *ela* disse.

Parece que ninguém avisou Brooke sobre a noite ser uma festa careta.

— Você quer um pouco de água? — pergunto, segurando minha garrafa intocada.

Brooke tira a garrafa de minha mão e desenrosca a tampa. Dá um gole ávido, babando um pouco na camisa, antes de devolvê-la.

— Obrigada, Malcolm. Você é tão legal. A pessoa mais legal de sua casa inteira. *Muito* mais. — Ela limpa a boca na manga da camisa e se concentra em Ellery. — Você parece diferente. São seus olhos de verdade?

Ellery e eu nos entreolhamos e reprimimos uma risada. Brooke é divertida quando está bêbada.

— O que está fazendo aqui embaixo? — pergunta Ellery. — Quer subir?

— Não. — Brooke balança a cabeça de um jeito veemente. — Preciso pegar de volta. Eu não deveria... simplesmente não deveria. Preciso mostrar a eles. Não está certo, não está legal.

— Mostrar o que a eles? — pergunto. — O que aconteceu?

Lágrimas repentinas surgem em seus olhos.

— Essa é a pergunta que não quer calar, não é? *O que aconteceu?* — Ela põe um dedo nos lábios e faz um "shh" alto. — Você não gostaria de saber?

— É sobre a festa do time? — pergunta Ellery.

— Não. — Brooke soluça e segura a barriga. — Ai. Não estou me sentindo bem.

Pego uma lixeira próxima e a estendo para ela.

— Vai precisar disso?

Brooke aceita, mas apenas olha indiferente para o fundo.

— Quero ir para casa.

— Quer que a gente encontre Kyle?

— Kyle e eu *terminamos* — revela Brooke, fazendo um aceno com a mão, como se tivesse acabado de fazê-lo desaparecer. — E, de qualquer forma, ele não está aqui. — Ela suspira. — Viv me trouxe de carro, mas não quero vê-la agora. Ela só vai me esculachar.

— Posso te dar uma carona — ofereço.

— Obrigada — agradece Brooke em um tom arrastado.

Ellery se levanta e puxa minha manga.

— Vou procurar Ezra. Volto logo.

Eu me agacho ao lado de Brooke depois que Ellery sai.

— Quer mais um pouco de água? — pergunto. Brooke acena para eu me afastar, e, juro, não consigo pensar no que dizer em seguida. Mesmo depois de morar com Katrin por quatro meses, ainda não me sinto à vontade com garotas como Brooke. Bonita demais, popular demais. Parecida demais com Lacey.

Os minutos se arrastam até que Brooke puxa os joelhos até o peito e ergue os olhos na direção dos meus. Estão desfocados e com olheiras.

— Você já cometeu um erro realmente grave? — pergunta baixinho.

Paro, tentando descobrir o que está acontecendo com ela para que eu possa dar uma boa resposta.

— Bem, sim. Na maioria dos dias.

— Não. — Ela balança a cabeça, em seguida enterra o rosto nos braços. — Não estou falando de coisas comuns — diz ela, com voz abafada. — Estou falando de coisas que a gente não consegue desfazer.

Fico perdido. Não sei como ajudar.

— Tipo o quê?

Sua cabeça ainda está baixa, e preciso me aproximar para ouvir o que ela está dizendo.

— Eu queria ter amigos diferentes. Queria que tudo fosse diferente.

Passos se aproximam, e eu me levanto enquanto Ellery e Ezra enfiam a cabeça no vão da porta.

— Ei, Mal — cumprimenta Ezra, e então seu olhar cai em Brooke. — Tudo bem por aqui?

— Quero ir para casa — repete Brooke, e eu ofereço a mão para ajudá-la a se levantar.

Ela revive um pouco quando chegamos lá fora, e só precisa de um apoio ocasional enquanto seguimos em direção ao Volvo de minha mãe. É o melhor carro que já tivemos, cortesia de Peter, e eu realmente espero que Brooke não vomite nele. Ela parece estar pensando a mesma coisa e abaixa a janela assim que Ezra a ajuda a sentar no banco da frente.

— Qual é o seu endereço? — pergunto, enquanto me sento no banco do motorista.

— Briar Lane, 17 — diz Brooke. Na outra ponta da cidade.

Os gêmeos batem as portas traseiras, e eu me viro para encará--los enquanto põem o cinto de segurança.

— Vocês ficam logo ali na esquina. Vou deixá-los primeiro para que sua avó não fique preocupada.

— Seria ótimo, obrigada — agradece Ellery.

Tiro o Volvo da vaga e me dirijo para a saída.

— Desculpem, tirei vocês da festa — diz Brooke, encolhendo--se no banco. — Eu não devia ter bebido nada. Não consegui me segurar. É o que Katrin sempre diz.

— É, bem. Katrin não sabe de tudo. — Parece ser a coisa certa a se dizer, mesmo que ela estivesse certa nesse caso específico.

— Espero que não — comenta Brooke em um tom baixo.

Olho para ela antes de entrar na estrada principal, mas está escuro demais para ler sua expressão. Parece que ela e Katrin andaram brigando, o que é estranho. Nunca as vi discutindo, talvez porque Brooke deixa Katrin assumir a liderança em tudo.

— Não estávamos planejando ficar de qualquer maneira. — Eu a tranquilizo.

É uma viagem rápida até a casa dos Corcoran, que está escura, exceto por uma única luz acesa na varanda da frente.

— Parece que Nana está dormindo — diz Ezra, tirando um molho de chaves do bolso. — Fiquei com medo de ela ter ficado acordada, esperando. Obrigado pela carona, Mal.

— Sempre que precisar.

Ezra abre a porta do carro e sai, esperando na entrada pela irmã.

— Bem, obrigada, Malcolm — agradece Ellery, jogando a bolsa sobre o ombro. — A gente se fala.

— Amanhã, talvez? — deixo escapar, virando-me para ela. Ela faz uma pausa, seus olhos questionadores, e eu congelo por um segundo. Será que fantasiei que quase a beijei no porão, ou que parecia que ela queria que eu a beijasse? Então, continuo falando de qualquer forma: — Quero dizer... posso te ligar ou algo assim. Se você quiser, sabe, conversar.

Meu Deus. Bem suave.

Mas ela me abre um sorriso, com covinha e tudo.

— Sim, sem dúvida. Parece ótimo. Vamos conversar. — Brooke pigarreia, e Ellery pisca. Como se ela tivesse esquecido por alguns segundos que Brooke estava no carro. Sei que eu esqueci.

— Tchau, Brooke — diz Ellery, saindo pela porta da qual Ezra havia acabado de sair.

— Tchau — diz Brooke.

Ellery fecha a porta do carro e se vira para seguir o irmão até a entrada. Ela passa pela janela aberta de Brooke no momento que a garota suspira profundamente e esfrega a mão apática no rosto. Ellery hesita por um instante e pergunta:

— Você vai ficar bem?

Brooke se volta para encará-la. Ela fica calada por tanto tempo que Ellery franze a testa, lançando olhares preocupados para mim. Então Brooke dá de ombros.

— Por que não ficaria? — argumenta ela.

CAPÍTULO QUINZE

ELLERY

DOMINGO, 29 DE SETEMBRO

Os álbuns de fotos têm mais de vinte anos, empoeirados e marrons nas bordas. Mesmo assim, a Sadie de 17 anos praticamente salta da página em seu ousado vestido de baile preto, cabelo selvagem e lábios vermelhos. Ela é inteiramente reconhecível como a versão mais jovem de seu eu atual, o que é mais do que posso dizer de seu par.

— Uau! — exclama Ezra, aproximando-se de mim no tapete da sala de Nana. Depois de muita tentativa e erro com a mobília dura, decidimos que é o assento mais confortável do lugar. — Sadie não estava brincando. Vance era gostoso naquela época.

— É — concordo, estudando as maçãs do rosto e o sorriso preguiçoso de Vance. Então olho para o relógio sobre a lareira de Nana pela quinta vez desde que estamos sentados aqui. Ezra flagra o movimento e ri.

— Ainda são oito e meia. Não passou nem um minuto. Em outras palavras: cedo demais para Malcolm ligar. — Ezra viu meu momento com Malcolm no carro ontem à noite, e não me deixou dormir até que eu lhe contasse sobre nosso quase beijo na sala de funcionários da Fright Farm.

— Calado! — resmungo, mas sinto uma palpitação no estômago enquanto luto para impedir um sorriso.

Nana entra na sala de estar com um frasco de lustra-móveis com perfume de limão e um pano de limpeza. É o ritual habitual da manhã de domingo: a missa das sete horas e depois o trabalho doméstico. Em cerca de quinze minutos ela vai mandar Ezra e eu sairmos para tirar as folhas do gramado.

— O que vocês estão olhando aí? — pergunta.

— As fotos de Sadie no baile de boas-vindas — responde Ezra.

Espero que ela franza a testa, mas apenas aponta um jato de lustra-móveis para a mesa de mogno diante da janela da sacada.

— Você gostava de Vance, Nana? — pergunto, enquanto ela limpa a superfície. — Quando ele e Sadie estavam namorando?

— Não muito. — Nana funga. — Mas eu sabia que não duraria. Nunca duravam.

Folheio as próximas páginas do álbum.

— Sarah foi ao baile?

— Não, Sarah demorou para amadurecer. Os únicos meninos com quem conversava eram os que saíam com Sadie. — Nana para de tirar o pó e abaixa o frasco, empurrando a cortina da janela da sacada e espiando a rua. — Ora, o que ele está fazendo aqui tão cedo no domingo?

— Quem? — pergunta Ezra.

— Ryan Rodriguez.

Fecho o álbum de fotos enquanto Nana se dirige para a porta da frente e a abre. "Olá, Ryan", cumprimenta ela, mas antes que ela possa dizer mais alguma coisa ele a interrompe:

— Ellery está aqui? — pergunta ele. Parece apressado, afobado.

— Claro...

Ele não espera que Nana termine. Passa por ela, os olhos vasculhando a sala até que pousam em mim. Está vestindo um suéter desbotado do Colégio Echo Ridge e jeans, a barba por fazer manchando o queixo. Parece ainda mais jovem sem uniforme, e também parece que acabou de acordar.

— Ellery. Graças a Deus! Você ficou aqui a noite toda?

— Ryan, o que foi, pelo amor de Deus? — Nana fecha a porta e cruza os braços com força. — É sobre as ameaças do baile? Alguma novidade?

— Sim, mas não é... É diferente... — Ele passa a mão pelos cabelos e respira fundo. — Brooke Bennett não voltou para casa ontem à noite. Seus pais não sabem onde ela está.

Nem sequer percebo que me levantei até ouvir um baque alto — o álbum de fotos escorregou de minha mão para o chão. Ezra se levanta mais devagar, com o rosto pálido e o olhar indo de mim para o policial Rodriguez. Mas, antes que qualquer um de nós possa dizer qualquer coisa, Nana solta um grito abafado. Cada gota de cor escoa de seu rosto, e, por um segundo, acho que ela vai desmaiar.

— Ai, meu Deus! — Ela cambaleia até uma poltrona e desmorona, agarrando-se aos braços. — Aconteceu. Aconteceu de novo, bem na frente de vocês, e vocês não fizeram nada para impedir!

— Não sabemos o que aconteceu. Estamos tentando... — O policial Rodriguez começa, mas Nana não o deixa terminar.

— Uma garota está *desaparecida*. Uma garota que foi ameaçada na frente de toda a cidade dois dias atrás. Assim como minha neta. — Nunca vi Nana desse jeito; é como se cada emoção que ela reprimiu nos últimos vinte anos tivesse vindo à tona de uma vez. Seu rosto está vermelho, seus olhos, lacrimejantes, e todo o corpo treme enquanto fala. A visão de minha calma e sensata avó perturbada desse jeito faz com que meu coração palpite ainda mais forte. — Ninguém da polícia fez algo substancial para proteger Ellery *ou* Brooke. *Vocês deixaram isso acontecer.*

O policial Rodriguez recua, tão assustado como se ela tivesse lhe dado um tapa.

— Nós não... Olhe, eu sei como isso é perturbador. Estamos todos preocupados, é por isso que estou aqui. Mas não sabemos se Brooke está desaparecida. Ela pode muito bem estar com uma amiga. Temos vários policiais investigando. É muito cedo para acreditar no pior.

Nana cruza as mãos sobre o colo, os dedos entrelaçados com tanta força que os nós estão brancos.

— Garotas desaparecidas não voltam para casa em Echo Ridge, Ryan — diz ela, em uma voz oca. — Você sabe disso.

Nenhum deles está prestando atenção em Ezra ou em mim.

— El — diz meu irmão em voz baixa, e eu sei o que vem a seguir. *Nós temos de contar a eles.* E vamos contar, claro. Pelo que o policial Rodriguez disse até agora, não parece saber que Brooke saiu da Fright Farm conosco. Ou que Malcolm foi quem a levou para casa no fim das contas. Sozinho.

Ontem à noite, afundada no banco do passageiro enquanto Malcolm nos deixava, Brooke parecia tão cansada e derrotada que não pude deixar de checar uma última vez se ela estava bem.

Você vai ficar bem?

Por que não ficaria?

Nana e o policial Rodriguez ainda estão conversando, mas só posso processar partes do que estão dizendo. Meu peito treme quando respiro. Sei que preciso falar. Sei que tenho de contar ao oficial Rodriguez e a minha avó que nosso amigo, *irmão de Declan Kelly*, muito provavelmente foi a última pessoa a ver uma princesa do baile de boas-vindas de Echo Ridge antes de ela desaparecer.

E sei exatamente como vai parecer.

CAPÍTULO DEZESSEIS

MALCOLM

DOMINGO, 29 DE SETEMBRO

Só percebo o *déjà vu* quando já está na metade.

Quando entro na cozinha no domingo de manhã, a princípio não me parece estranho que o policial McNulty esteja sentado na ilha da cozinha. Ele e Peter são do conselho da cidade, então imagino que, provavelmente, estão falando dos semáforos de novo. Mesmo que sejam apenas oito e meia da manhã, e mesmo que o policial McNulty esteja ouvindo com uma surpreendente quantidade de interesse a longa descrição de Katrin de seu encontro com Theo na noite anterior.

Minha mãe está esvoaçando pela cozinha, tentando encher xícaras de café que as pessoas ainda não esvaziaram. O policial McNulty deixa que ela encha a dele e então pergunta:

— Então, você não viu Brooke ontem à noite? Ela não ligou para você nem mandou mensagens em nenhum momento?

— Ela mandou uma mensagem para saber se eu ia à festa. Mas eu não ia.

— E a que horas foi isso?

Katrin franze o rosto, pensando.

— Por volta das... dez, talvez?

— Posso ver seu celular, por favor?

O tom oficial do pedido faz minha pele arrepiar. Já ouvi isso antes.

— Aconteceu alguma coisa com Brooke? — pergunto.

Peter passa a mão pelo queixo não barbeado.

— Pelo visto ela não estava no quarto esta manhã, e parece que ela não dormiu em casa. Os pais não a veem desde que ela saiu para o trabalho na noite passada, e ela não está atendendo o telefone.

Minha garganta se aperta e as palmas de minhas mãos começam a suar.

— Não?

O policial McNulty devolve o telefone de Katrin assim que ele vibra. Ela olha para baixo, lê a mensagem que aparece em sua tela e empalidece.

— É Viv — diz ela, a voz trêmula de repente. — Ela diz que perdeu Brooke de vista na festa, e não fala com ela desde então. — Katrin morde o lábio inferior e empurra o telefone para o policial McNulty, como se ele pudesse mudar aquela mensagem. — Realmente pensei que elas estavam juntas. Brooke dorme lá depois do trabalho às vezes, porque a casa de Viv é mais próxima.

O medo começa a subir pela minha espinha. *Não. Isso não pode estar acontecendo.*

Mamãe abaixa o bule de café e se vira para mim.

— Malcolm, você não viu Brooke quando buscou os gêmeos, não é?

O policial McNulty olha para a frente.

— Você esteve na Fright Farm ontem à noite, Malcolm?

Merda. Merda. Merda.

— Só para dar carona aos gêmeos Corcoran até em casa — responde rapidamente minha mãe. Mas não parece realmente preocupada que eu vá me meter em encrencas.

Sinto um nó no estômago. Ela *não faz* ideia.

O policial McNulty descansa os antebraços no brilhante mármore preto da ilha da cozinha.

— Por acaso você viu Brooke enquanto estava lá? — Seu tom é interessado, mas não intenso, como quando interrogou Declan.

Ainda não.

Há cinco anos, estávamos em uma cozinha diferente: a de nosso pequeno sítio, a 3 quilômetros daqui. Meu pai fitava com um ar zangado de um canto, e minha mãe retorcia as mãos enquanto Declan estava sentado à mesa, diante do policial McNulty, e repetia as mesmas coisas várias vezes.

Faz dois dias que não vejo Lacey. Não sei o que ela estava fazendo naquela noite. Eu estava fora, dirigindo.

Dirigindo para onde?

Apenas dirigindo. Faço isso às vezes.

Alguém estava com você?

Não.

Você ligou para alguém? Enviou mensagem para alguém?

Não.

Então você simplesmente dirigiu sozinho pelo quê? Duas, três horas?

Isso.

Lacey já estava morta nesse momento. Não apenas desaparecida. Os trabalhadores encontraram seu corpo no parque, antes que seus pais soubessem que ela não havia voltado para casa. Eu estava sentado na sala de estar enquanto o policial McNulty crivava Declan de perguntas, meus olhos grudados em um programa de televisão que eu não assistia. Não fui à cozinha. Não disse uma palavra. Porque nada daquilo me envolvia, exceto pela parte em que incendiou o pavio que queimou lentamente até explodir minha família.

— Eu... — Estou demorando demais para responder. Examino os rostos ao meu redor, como se pudessem me dar uma ideia de como responder, mas tudo o que consigo ver são as mesmas expressões que sempre exibem quando costumo falar: mamãe parece atenta, Katrin exasperada, e Peter é de uma tolerância paciente, marcada apenas por um leve inflar de narinas. O policial McNulty rabisca algo no bloco a sua frente, depois vira os olhos para mim de um jeito rápido, quase preguiçoso. Até que vê algo em meu rosto que o deixa tenso, como se fosse um gato batendo em um brinquedo que de repente tomou vida. Ele se inclina para a frente, seus olhos azuis-acinzentados fixos nos meus.

— Você tem alguma coisa para nos dizer, Malcolm? — pergunta ele.

CAPÍTULO DEZESSETE

ELLERY

DOMINGO, 29 DE SETEMBRO

Dessa vez, ao contrário do atropelamento do Sr. Bowman, sou uma boa testemunha. Eu me lembro de tudo.

Eu me lembro de pegar o clipe da mão de Brooke e pegar um segundo no chão.

— Clipes de papel? — pergunta o policial Rodriguez. Ele entrou dirctamente no modo interrogatório assim que Ezra lhe disse que tínhamos saído da Fright Farm com Brooke. Fomos para a cozinha, e Nana fez chocolate quente para todos. Agradecida, agarro a caneca ainda quente enquanto explico o que havia acontecido antes de Ezra se juntar a Malcolm e a mim.

— É. Eles foram abertos, sabe, então estavam quase retos. As pessoas fazem esse tipo de coisa às vezes, como um tique nervoso. — Quero dizer, eu faço. Jamais peguei um clipe de papel que não tenha retorcido imediatamente.

Eu me lembro de Brooke meio idiota, engraçada e desconexa no início.

— Ela fez uma piada do tipo *Foi o que ela disse* — revelo ao policial Rodriguez.

Seu rosto fica totalmente sem expressão.

— Isso foi o que ela disse?

— É, sabe, do seriado *The Office*? — Inclino a cabeça para ele, esperando que ele entenda, mas sua testa mostra que ainda está confuso. Como alguém de 20 e poucos anos desconhece essa referência? — É o que o personagem principal costumava dizer como piada em uma frase de duplo sentido. Como quando alguém diz que algo está duro, pode estar se referindo a uma situação difícil ou, você sabe. A um pênis.

Ezra cospe o chocolate enquanto o policial Rodriguez fica vermelho.

— Pelo amor de Deus, Ellery — ralha Nana. — Isso não é pertinente para nossa conversa aqui.

— Pensei que fosse — argumento, dando de ombros. *Sempre* é interessante observar as reações do policial Rodriguez a coisas que ele não espera.

Ele pigarreia e evita meus olhos.

— E o que aconteceu depois da... piada?

— Ela bebeu um pouco de água. Perguntei o que ela fazia no porão. Então, começou a parecer mais perturbada. — Eu me lembro das palavras de Brooke como se ela tivesse acabado de falar há cinco minutos: *E não deveria ter... simplesmente não deveria. Preciso mostrar para eles. Não está certo, não está legal. O que aconteceu? Você não gostaria de saber?*

Meu estômago aperta. Esse é o tipo de coisa que parece bobagem quando uma garota bêbada balbucia em uma festa, mas sinistra quando ela está desaparecida. Brooke está *desaparecida*. Não acho que essa ficha tenha realmente caído. Continuo achando que o policial Rodriguez vai receber uma ligação a qualquer momento, dizendo que ela se encontrou com amigos depois que chegou em casa.

— Ela ficou um pouco chorosa quando disse tudo isso — explico. — Perguntei se era sobre a festa, mas ela disse que não.

— Você a pressionou? — pergunta o policial Rodriguez.

— Não. Ela disse que queria ir para casa. Eu me ofereci para buscar Kyle, e ela disse que eles tinham terminado. E que, de qualquer forma, ele não estava lá. Então Malcolm lhe ofereceu uma carona até em casa, e ela aceitou. Foi quando saí para pegar Ezra. Levar Brooke para casa foi... — Paro, pesando o que dizer em seguida. — Não foi planejado. De jeito algum. Simplesmente aconteceu.

A testa do oficial Rodriguez se franze de maneira interrogativa.

— O que você quer dizer com isso?

Boa pergunta. O que *eu* quero dizer? Meu cérebro está zumbindo desde que o policial Rodriguez disse que Brooke estava desaparecida. Ainda não sabemos o que isso significa, mas sei de uma coisa: se ela não aparecer logo, as pessoas vão esperar o pior e começar a apontar o dedo para o suspeito mais óbvio. Que seria a pessoa que a viu pela última vez.

É o momento clichê de cada especial do programa *Dateline*: o amigo ou vizinho ou colega que diz: *Ele sempre foi um cara tão legal, ninguém jamais acreditaria que ele seria capaz disso.* Não consigo pensar em tudo claramente ainda, mas sei de uma coisa: não havia nenhum plano mirabolante para pegar Brooke sozinha. Jamais tive a sensação de que Malcolm estava fazendo qualquer outra coisa que não ajudá-la.

— Quero dizer que foi apenas por acaso que Malcolm acabou dando carona a Brooke. Para começar, nós nem sabíamos que ela estava no escritório — esclareço.

— Tudo bem — apazigua o policial Rodriguez, a expressão neutra. — Então, você saiu para encontrar Ezra, e Malcolm ficou sozinho com Brooke por... quanto tempo?

Olho para Ezra, que dá de ombros.

— Cinco minutos, talvez? — respondo.

— O comportamento de Brooke parecia diferente quando você voltou?

— Não. Ela ainda estava triste.

— Mas você disse que ela não parecia triste antes. Que ela estava fazendo piadas.

— Ela estava fazendo piadas e *depois* ficou triste — recordo a ele.

— Certo. Então, descreva a caminhada até o carro para mim, por favor. Vocês dois.

Continua assim por mais dez minutos até que por fim, de um jeito meticuloso, chegamos ao momento que paramos na frente de casa, quando perguntei a Brooke se ela ficaria bem. Passo por cima da parte em que Malcolm perguntou se poderia me ligar, o que não parece pertinente agora. Ezra também não menciona isso.

— Ela disse *Por que não ficaria?* — repete o policial Rodriguez.

— Isso.

— E você respondeu?

— Não. — Não respondi, o que me causa uma pontada de arrependimento agora. Eu deveria ter respondido.

— Tudo bem. — O policial Rodriguez fecha a caderneta. — Obrigado. Foi útil. Eu aviso vocês se eu tiver alguma questão adicional.

Abro as mãos, percebendo que estou com elas apertadas no colo, cobertas com uma fina película de suor.

— E se encontrar Brooke? Você vai nos avisar que ela está bem?

— Claro. Estou indo para a delegacia agora. Talvez ela já esteja em casa, recebendo um sermão dos pais. Em geral, é isso que...

— Ele para de repente, seu pescoço ficando vermelho enquanto olha para Nana. — É isso que esperamos.

Sei o que ele estava prestes a dizer. *Em geral, é isso que acontece.* É o tipo de coisa que os policiais são treinados para dizer a pessoas preocupadas de modo que não entrem em pânico quando alguém desaparece. Mas não é reconfortante em Echo Ridge.

Porque Nana está certa. Nunca era verdade.

CAPÍTULO DEZOITO

MALCOLM

DOMINGO, 29 DE SETEMBRO

— Você é uma testemunha importante aqui, Malcolm. Não tenha pressa.

O policial McNulty ainda está descansando seus antebraços na ilha da cozinha. Suas mangas estão enroladas e seu relógio mostra 9h15. Brooke está desaparecida há quase dez horas. Não é muito tempo, mas parece uma eternidade quando você começa a imaginar todas as coisas que poderiam acontecer a uma pessoa enquanto o resto do mundo está dormindo.

Estou sentado no banquinho ao seu lado. Há apenas alguns centímetros entre nós, o que não parece suficiente. Os olhos do policial McNulty ainda estão sobre mim, frios e indiferentes. Ele disse *testemunha*, não *suspeito,* mas não é assim que olha para mim.

— É isso — digo. — Isso é tudo de que me lembro.

— Então os gêmeos Corcoran podem corroborar sua história até o momento que você os deixou na casa deles?

Jesus. *Corroborar sua história.* Meu estômago se aperta. Deveria ter levado Brooke para casa primeiro. Tudo seria muito diferente se eu tivesse feito isso.

— Sim — respondo.

Que diabos Ellery deve estar pensando agora? Será que ela já sabe?

Quem estou querendo enganar? Estamos em Echo Ridge. O policial McNulty já está em nossa casa há mais de uma hora. *Todo mundo* sabe.

— Tudo bem — diz o policial McNulty. — Vamos voltar um pouco, antes da noite passada. Você notou algo incomum em Brooke nas últimas semanas? Alguma coisa que o preocupou ou surpreendeu?

Deslizo os olhos na direção de Katrin. Ela está encostada no balcão, mas rígida, como se fosse um manequim que alguém botou ali.

— Eu não conheço Brooke muito bem — respondo. — Não a vejo muito.

— Ela vem muito aqui, não vem? — pergunta o policial McNulty.

Parece que está atrás de alguma coisa, mas não sei o que é. Os olhos do policial McNulty vão do meu rosto para o joelho, e percebo que este está balançando nervosamente. Aperto o punho na perna para estancar o movimento.

— Sim, mas não para sair comigo.

— Ela achava que você era fofo — revela Katrin, de repente.

Caramba, que é isso? Minha garganta se fecha, e eu não conseguiria responder mesmo se soubesse o que dizer.

Todos se voltam para Katrin.

— Faz um tempo que ela vem dizendo isso — continua ela. Sua voz é baixa, mas cada palavra é perfeitamente clara e precisa.

— Na semana passada, quando estava dormindo aqui, acordei e ela não estava no quarto. Esperei por, tipo, vinte minutos antes de adormecer novamente, mas ela não voltou. Pensei que talvez estivesse visitando *você*. Especialmente porque ela terminou com Kyle alguns dias depois.

As palavras me atingem como um soco no estômago enquanto todas as cabeças na cozinha viram para mim. Meu Deus, por que Katrin diria algo assim? Ela precisa saber como isso me deixaria. Ainda mais suspeito do que já estou.

— Ela não estava — consigo dizer.

— Malcolm não tem namorada — diz minha mãe, rapidamente. No espaço de meia hora, ela envelheceu um ano: suas bochechas estão encovadas, seus cabelos, desgrenhados, e há uma linha profunda marcada entre as sobrancelhas. Sei que ela está percorrendo a mesma estrada da memória que eu. — Ele não é como... ele sempre passou mais tempo com os amigos do que com garotas.

Ele não é como Declan. É o que ela estava prestes a dizer.

Os olhos do policial McNulty se fixam nos meus.

— Se alguma coisa estava acontecendo entre você e Brooke, Malcolm, agora é a hora de dizer. Não significa que está encrencado. — Sua mandíbula se contrai, revelando a mentira. — É só mais um pedaço deste quebra-cabeça que estamos tentando desvendar.

— Não estava — nego, encontrando o olhar frio de Katrin. Ela se aproxima de Peter. Ele ficou em silêncio todo esse tempo, braços cruzados, uma expressão de profunda preocupação no rosto. — As únicas vezes em que vejo Brooke são quando ela está com Katrin. Menos... — Um pensamento me ocorre, e eu olho para o policial McNulty de novo. Ele está totalmente alerta, inclinando-se para a frente. — Eu a vi há alguns dias. Eu estava no carro com Mia — acrescento apressadamente. — Nós vimos Brooke no centro, conversando com Vance Puckett.

Oficial McNulty pisca. Franze a testa. O que quer que estivesse esperando que eu dissesse, não era isso.

— Vance Puckett?

— Sim. Ele estava apagando o grafite na Oficina Armstrong's, e Brooke foi até ele. Estavam falando de um jeito meio... intenso. O senhor perguntou sobre qualquer coisa incomum, e isso foi incomum. — Mesmo quando as palavras saem de minha boca, sei como elas soam.

Como um cara com algo a esconder tentando desviar a atenção.

— Interessante. — O policial McNulty meneia a cabeça. — Vance Puckett estava na delegacia, na cela dos bêbados, na noite passada, e, na verdade — ele olha para o relógio —, provavelmente ainda está lá. Mas obrigado pela informação. Vamos checar com ele. — Ele se recosta e cruza os braços. Está vestindo camisa e calça bem passadas. Percebo que provavelmente estava se preparando para ir à igreja quando tudo aconteceu. — Tem mais alguma coisa que você acha que seria bom sabermos?

Meu telefone pesa no bolso. Não está tocando, o que significa que Mia provavelmente ainda não acordou. A última mensagem que recebi foi a que Declan mandou antes de eu entrar na Casa dos Horrores para buscar os gêmeos.

Na cidade por algumas horas. Não pira.

Por que ele estava aqui? Por que meu irmão estava aqui, *de novo,* quando uma garota desaparece?

Se eu mostrasse o texto ao policial McNulty agora, tudo mudaria. Katrin pararia de me lançar esses olhares fuzilantes. O policial McNulty não faria a mesma pergunta de dez maneiras diferentes. Sua suspeita se afastaria de mim e se voltaria para onde está desde que Lacey morreu. Para Declan.

Engulo em seco e mantenho meu celular onde está.

— Não. Não tem mais nada.

CAPÍTULO DEZENOVE

ELLERY
DOMINGO, 29 DE SETEMBRO

Não consigo ficar parada.

Ando de um lado para o outro na casa de Nana a tarde toda, pegando coisas e depois deixando-as de lado. As estantes de livros na sala estão cheias daquelas figuras de porcelana de que ela gosta — bibelôs, como Nana as chama. Meninos e meninas com cabelos loiros e bochechas vermelhas, subindo em árvores e carregando cestos e abraçando uns aos outros. Nana me disse, quando peguei um deles alguns dias atrás, que Sadie o havia quebrado quando tinha 10 anos.

— Derrubou-o no chão e ele rachou a cabeça em dois — disse Nana. — Ela colou os pedaços novamente. Levou semanas até eu notar.

Mas, se observar com cuidado, fica óbvio. Segurei a moça de porcelana na mão e olhei para a linha branca e irregular que corria pela lateral de seu rosto.

— Você ficou brava? — perguntei a Nana.

— Furiosa — respondeu ela. — São itens de colecionador. As garotas não podiam tocá-los. Mas Sadie não conseguia manter as mãos longe. Eu sabia que tinha sido ela, mesmo quando Sarah me disse que *ela* havia feito aquilo.

— Sarah disse isso? Por quê?

— Não queria que a irmã fosse punida — explicou Nana. Pela primeira vez, um espasmo de dor cruzou seu rosto quando falou de Sarah. — Acho que sempre fui um pouco mais dura com Sadie. Porque ela costumava causar problemas.

Não tinha me ocorrido até agora que parte daquela tristeza podia ter sido por minha mãe. Pela outra garota rachada, quebrada e remendada de forma desajeitada. Ainda em pé, mas nunca a mesma.

Há apenas uma foto de família na sala de estar: é de Nana e meu avô, parecendo que estão com 30 e tantos anos, e Sadie e Sarah com cerca de 12. Pego e examino seus rostos. Tudo o que posso pensar é: *eles não faziam ideia.*

Assim como a família de Brooke não fazia ideia. Ou talvez fizessem. Talvez tenham ficado preocupados desde que o armário de Brooke na escola foi vandalizado e carne ensanguentada foi jogada sobre seu carro, imaginando se havia algo que deviam fazer. Talvez estejam loucos com isso agora. Porque é quase uma da tarde e ninguém soube nada dela.

Meu celular vibra, e eu deixo de lado a foto para tirá-lo do bolso. Minha pulsação acelera quando vejo uma mensagem de Malcolm: *Podemos conversar?*

Eu hesito. Pensei em mandar uma mensagem para ele depois que o policial Rodriguez partiu, mas não sabia o que dizer. Ainda não sei. Pontinhos cinzentos aparecem na minha frente, e eu perco o fôlego enquanto os observo.

Vou entender se não quiser.

A questão é que eu quero.

Respondo: *Ok. Onde?*

Onde quiser. Eu poderia passar aí?

É uma boa ideia, porque não tem como Nana me deixar sair de casa hoje. Fiquei surpresa que ela tenha ido ao porão para lavar roupa. *Quando?*, pergunto.

Dez minutos?

Está bem.

Subo e bato na porta do quarto de Ezra. Ele não responde, provavelmente porque está ouvindo música no último volume com seus fones de ouvido. É sua fuga sempre que está preocupado. Giro a maçaneta e abro a porta, e, claro, ele está à escrivaninha com o fone Bose preso bem firme nas orelhas, olhando para o laptop. Tem um sobressalto quando cutuco seu ombro.

— Malcolm está vindo para cá — aviso assim que ele tira os fones de ouvido.

— Está? Por quê?

— Hum. Não disse exatamente. Mas acho que... você sabe. Quer falar sobre Brooke e talvez... — Penso na segunda mensagem. *Vou entender se não quiser.* — Talvez explique o que aconteceu depois que nos deixou.

— Nós sabemos o que aconteceu — diz Ezra. Já ouvimos uma versão de Nana, que ouviu de Melanie, que provavelmente ouviu de Peter Nilsson. Ou uma daquelas outras pessoas em Echo Ridge que parecem saber de tudo assim que acontece. — Malcolm deixou Brooke, e ela entrou. — Ele franze a testa quando não respondo. — O quê, você não acredita? Ellery, pare com isso. Ele é nosso *amigo*.

— Que conhecemos há um mês — retruco. — E, quando o conheci, ele estava segurando uma lata de tinta spray no evento beneficente da Lacey. — A boca de Ezra se abre, mas continuo antes que ele possa interromper: — Olhe, tudo o que estou dizendo é que é bem razoável questioná-lo agora mesmo.

— *Você* vai questioná-lo? — pergunta Ezra.

Hesito. Não quero. Só vi Malcolm ser gentil até agora, mesmo quando frustrado. Sem mencionar que ele passou os últimos cinco anos à sombra de *Declan Kelly, suspeito de assassinato.* Mesmo que fosse o tipo de pessoa que quisesse ferir Brooke, não é um idiota. Não se colocaria em uma situação semelhante à de Declan logo antes de fazê-lo.

A menos que não tenha sido premeditado.

Meu Deus. É cansativo pensar assim. Ezra tem sorte de ele não ter lido tantos livros sobre crimes reais quanto eu. Não consigo deixá-los de lado.

Ele balança a cabeça para mim, parecendo decepcionado, mas não especialmente surpreso.

— Isso é exatamente do que não precisamos agora, El. Teorias malucas que desviam as pessoas do que realmente está acontecendo.

— O que está acontecendo?

Ele passa a mão no rosto.

— Eu é que sei? Mas não acho que envolva nosso amigo só porque ele estava no lugar errado na hora errada.

Torço minhas mãos e bato com o pé. Ainda não consigo parar de me mexer.

— Vou esperar lá fora. Você vem?

— Vou — diz Ezra, tirando os fones de ouvido do pescoço e deixando-os na mesa atulhada. Ele se esforçou mais para personalizar seu quarto do que eu, cobrindo as paredes com fotos de nossa última escola e pôsteres de suas bandas favoritas. Parece um quarto de adolescente, enquanto o meu ainda parece um quarto de hóspedes. Não sei o que estou esperando. Alguma sensação de que pertenço a este lugar, talvez.

Descemos e vamos para a varanda da frente de Nana, nos acomodando no banco ao lado da porta. Ficamos ali poucos minutos até o carro da Sra. Nilsson estacionar na frente de casa. Malcolm sai e levanta a mão em um aceno anêmico, depois sobe pelo gramado até nós. Há espaço para mais um no banco, mas Malcolm não se senta. Ele se recosta na grade da varanda, de frente para nós, e enfia as mãos nos bolsos. Não sei para onde olhar, então escolho um ponto acima de seu ombro.

— Ei, pessoal — cumprimenta ele, baixinho.

— Como você está, Mal? — pergunta Ezra.

Observo Malcolm enquanto as linhas tensas de seu rosto relaxam por um instante. Percebo que, para ele, significa o mundo inteiro o fato de Ezra o cumprimentar normalmente.

— Já estive melhor — responde ele. — Só queria contar a vocês. — Ele está olhando para mim, como se soubesse que Ezra nunca duvidou por um segundo. — Só queria que vocês soubessem o que eu disse ao policial McNulty, que vi Brooke chegar em casa em segurança. Eu esperei ela entrar e fechar a porta. Então, voltei para casa, e é tudo que sabia sobre isso até esta manhã.

— Nós sabemos. Lugar errado, hora errada — diz Ezra, repetindo o que havia dito lá em cima. — As pessoas não podem usar isso contra você.

— É. — Malcolm se curva mais contra o corrimão. — A questão é que... Katrin tem falado coisas. — Ele engole em seco. — Ela acha que Brooke e eu estávamos ficando.

Fico tensa quando Ezra inspira profundamente.

— Quê? — pergunta ele. — Por quê?

Malcolm dá de ombros, desamparado.

— Não sei. Ela me perguntou na semana passada se eu levaria Brooke ao baile. Pois ela havia terminado com Kyle e não tinha um par. — Ele lança um olhar para mim, que percebo de soslaio, pois estou olhando por cima de seu ombro novamente. — Eu não a chamei, e Katrin nunca mais falou disso. E foi a única vez que ela fez menção a nós dois juntos. Mesmo assim, disse que íamos apenas como amigos.

Abaixo a cabeça e vejo uma joaninha rastejar em uma das tábuas da varanda até escorregar por uma fenda.

— Pensei que você e Katrin se dessem bem — argumento.

— Também achava — diz Malcolm, com um peso na voz. — Sinceramente, não sei de onde isso está vindo. Estou cheio de tudo. Estou preocupado demais com Brooke. Mas isso não é verdade. Nada disso. Então, eu queria que vocês soubessem disso também.

Finalmente encontro seus olhos. Parecem tristes e assustados e, sim, são gentis. Naquele momento, escolho acreditar que ele não é *um Kelly temperamental* ou *alguém com oportunidade e motivo*, ou *o tipo quieto de quem a gente nunca suspeitaria*. Escolho acreditar que ele é a pessoa que sempre se mostrou ser.

Escolho confiar nele.

— Nós acreditamos em você — digo, e seu corpo relaxa, visivelmente aliviado.

CAPÍTULO VINTE

MALCOLM

SEGUNDA-FEIRA, 30 DE SETEMBRO

Brooke ainda está desaparecida na hora do almoço. E revivo, em primeira mão, o que meu irmão passou há cinco anos.

Todo o corpo estudantil do Colégio Echo Ridge tem me encarado a manhã toda. Todo mundo está sussurrando pelas minhas costas, exceto os poucos que fazem isso na minha cara. Como Kyle McNulty. Ele e sua irmã, Liz, ficaram fora o fim de semana inteiro, visitando seus amigos na Universidade de Vermont, então ninguém o está *interrogando*. Assim que entrei no corredor esta manhã, ele agarrou meu braço e me jogou contra a parede de armários.

— Se você fez alguma coisa com Brooke, *acabo* com você — rosnou ele.

Eu me afastei e o empurrei também.

— Vá se foder, McNulty. — Ele provavelmente teria me batido se um professor não se intrometesse.

Agora, Mia e eu estamos a caminho da cantina, passando por um cartaz do baile de boas-vindas no corredor. Durante os anúncios da manhã, o diretor Slate disse que, embora não tivessem decidido cancelar o baile de sábado, ele seria "significativamente reduzido", sem corte de boas-vindas. Terminou com um lembrete para relatar qualquer coisa ou pessoa suspeita.

Que, para a maior parte do corpo estudantil, sou eu.

Se eu não estivesse tão enjoado, poderia rir de como Mia encarava ferozmente todos por quem passamos no corredor.

— Vamos lá, tentem — murmura ela, quando dois companheiros de equipe de Kyle, com o dobro de seu tamanho, me secam de cima a baixo. — Espero que vocês tentem.

Na cantina, pegamos as bandejas. Empilho na minha comida que eu sei que não vou conseguir comer, e depois vamos para nossa mesa de costume. Por acordo tácito, nos sentamos de costas para a parede, de frente para a cantina. Se alguém vier em minha direção, prefiro saber antes.

Mia lança um olhar de ódio puro para a mesa de Katrin, onde Viv está gesticulando de um jeito dramático.

— Já trabalhando na próxima matéria, aposto. Essa é exatamente a reviravolta na história que ela estava esperando.

Forço um gole de água.

— Meu Deus, Mia. Elas são amigas.

— Pare de acreditar no melhor das pessoas, Mal — retruca Mia. — Ninguém está fazendo isso por você. Nós deveríamos... — Sua voz some quando o nível de ruído na cantina aumenta. Os gêmeos Corcoran saíram da fila de comida com bandejas na mão. Hoje ainda não falei com eles, e todas as vezes que vi um deles, estava cercado por grupinhos de alunos. Toda a escola sabe que eles foram os penúltimos a ver Brooke antes de ela desaparecer, e todo mundo quer seu ponto de vista sobre sábado à noite. Não preciso estar por perto para saber que tipo de perguntas estão respondendo: *Vocês souberam que Brooke e Malcolm estavam ficando? Eles agiam de forma estranha quando estavam próximos? Estavam brigando?*

Acham que ele fez alguma coisa com ela?

Ontem eu consegui ver que Ezra é exatamente como Mia: jamais lhe ocorreu que eu poderia ter feito qualquer coisa, exceto dar carona a Brooke. No entanto, a mente de Ellery não funciona dessa maneira. Ela é naturalmente desconfiada. Eu entendo, mas... doeu. E, mesmo que tenha parecido que ela acabou acreditando em mim, não tenho certeza de que não vai mudar de ideia com metade da escola sussurrando em seu ouvido.

Mia observa os dois como se estivesse pensando exatamente a mesma coisa. Os olhos de Ezra se iluminam quando nos vê, quase ao mesmo tempo que a mão de Katrin se ergue no ar. "Ellery!", Katrin chama. "Aqui!" Ela não inclui Ezra, e me sinto pateticamente agradecido quando ele começa a vir em nossa direção. Mesmo sabendo que, provavelmente, é só porque não foi convidado para outro lugar.

Ellery hesita, e parece que toda a cantina está a observando. Seu cabelo encaracolado está longo e solto hoje, e, quando olha para Katrin, os fios escondem metade de seu rosto. Meu coração palpita enquanto tento dizer a mim mesmo que não importa o que ela faça. Nada vai mudar. Brooke ainda continuará desaparecida, e metade da cidade ainda vai me odiar porque sou um dos Kelly.

Ellery levanta a mão e acena para Katrin, depois se afasta e segue Ezra até nossa mesa. Exalo pelo que parece ser a primeira vez durante todo o dia, aliviado, mas o falatório na cantina só faz aumentar. Ezra nos alcança primeiro, puxando duas cadeiras com um ruído alto e se sentando em uma delas.

— Oi — cumprimenta ele, baixinho. Ellery coloca sua bandeja ao lado da do irmão e desliza para a outra cadeira, abrindo para mim um sorriso hesitante.

Ficamos todos juntos, os excluídos. Simples assim.

Não está certo, não está legal.

Essa é a parte do diálogo de Brooke no escritório da Fright Farm que mais me intriga. E a Ellery também.

— A única vez que me sentei com ela e Katrin no almoço, ela parecia exausta — diz ela. — Sem dúvida tinha alguma coisa incomodando Brooke.

Viemos para a casa de Mia depois da escola, e nos espalhamos pela sala. Estou de olho nas redes sociais o tempo todo, esperando algum tipo de atualização positiva sobre Brooke, mas tudo que vejo são posts sobre como organizar uma busca. A polícia não quer que as pessoas façam nada por conta própria, então estão recrutando voluntários para um esforço coordenado.

Daisy continua escondida em seu quarto, como de costume, e os pais de Mia não estão em casa. Graças a Deus. Gosto de pensar que a Dra. e o Sr. Kwon me tratariam da mesma forma que sempre trataram, mas não estou pronto para descobrir.

— Talvez por isso ela estivesse conversando com Vance — diz Mia. Ainda está fervilhando porque ninguém me levou a sério nessa questão. — Talvez estivesse pedindo ajuda.

Ezra parece em dúvida.

— Não sei. Só encontrei o cara uma vez, mas ele não me pareceu o tipo prestativo.

— Ele foi o par do baile de boas-vindas de Sadie — diz Ellery. — Isso não significa nada, acho, mas... é estranho como ele continua aparecendo do nada, não é?

— Sim — concordo. — Mas ele ficou preso a noite toda.

— Segundo o policial McNulty — argumenta Ellery, de um jeito sombrio.

Eu pisco para ela.

— O quê, você... você acha que ele inventou tudo isso? — Pelo menos ela é democrática em suas teorias da conspiração.

— Não acho a polícia de Echo Ridge muito competente. Vocês acham? — pergunta ela. — Alguém basicamente desenhou um mapa que era todo *"oi, olá, aqui está minha próxima vítima"*. E, ainda assim, ela desapareceu.

Ela meio que engole a última palavra, afundando na enorme poltrona de couro dos Kwon. Pisco algumas vezes, surpreso com o quanto ela parece perdida de repente, e então sinto vontade de me bater por estar tão envolvido em meus problemas que não liguei os pontos antes.

— Você está com medo — digo, porque *é claro* que está. Ela também estava nessa lista.

Ezra se inclina para a frente no sofá.

— Nada vai acontecer com você, El — assegura ele. Como se pudesse transformar as palavras em verdade apenas pela pura força de vontade. Mia assente vigorosamente ao seu lado.

— Eu sei. — Ellery puxa os joelhos contra o peito e os abraça, descansando o queixo sobre eles. — Não é assim que as coisas funcionam, certo? É sempre uma garota. Não tem motivo para se preocupar comigo agora, ou com Katrin. Apenas com Brooke.

Caramba, não tem quem me obrigue a lembrar a ela de que não temos a mínima ideia de como essas coisas funcionam.

— Podemos nos preocupar com todas vocês. Mas tudo vai ficar bem, Ellery. Vamos cuidar para que fique. — É o pior jeito de tranquilizar alguém, vindo do cara que achou que havia levado Brooke para casa em segurança. Mas é tudo o que posso fazer.

Passos leves vêm das escadas, e Daisy aparece no patamar. Está usando óculos escuros gigantes e um suéter enorme, segurando a bolsa como escudo.

— Vou sair um pouco — avisa ela, indo para a porta da frente dos Kwon e tirando uma jaqueta do cabideiro. Ela se move tão rapidamente que parece estar deslizando pelo chão.

— Tá — responde Mia, mexendo no telefone como se mal estivesse ouvindo. Mas, assim que a porta se fecha atrás de Daisy, a cabeça de Mia se ergue. — Vamos segui-la — diz ela em um sussurro alto, ficando em pé de uma vez.

Ezra e Ellery erguem as sobrancelhas numa sincronia quase cômica.

— Nós já sabemos aonde ela vai — retruco, meu rosto ficando quente enquanto os gêmeos trocam olhares surpresos. Ótimo. Nada como se revelar um perseguidor na frente de seus únicos amigos.

— Mas não sabemos por quê — comenta Mia, espiando através das persianas da janela ao lado da porta. — Daisy está se consultando com uma psicóloga e não me contou — acrescenta para os gêmeos por sobre o ombro. — É tudo muito misterioso, e eu, de minha parte, cansei de mistérios por aqui. Pelo menos podemos resolver esse se agirmos rápido. Tudo bem, ela acabou de sair. Vamos.

— Mia, isso é ridículo — protesto, mas, para minha surpresa, Ellery já está a meio caminho da porta, com Ezra logo atrás. Nenhum deles parece preocupado com o fato de Mia estar espionando a própria irmã com minha ajuda. Então, entramos no Volvo de minha mãe e seguimos pela mesma estrada que Daisy tomou na última quinta-feira. Nós a alcançamos rapidamente, e nos mantemos a alguns carros de distância.

— Não a perca de vista — diz Mia com os olhos na estrada. — Precisamos de respostas.

— O que você vai fazer? Tentar ouvir a sessão? — Ezra parece confuso e perturbado. Estou com ele; mesmo que isso não fosse uma violação gigantesca da privacidade de Daisy e provavelmente ilegal, não vejo como seria possível.

— Não sei — admite Mia, dando de ombros. Típico de Mia: muita ação, nenhum planejamento. — Ela foi duas vezes em uma semana. Isso parece muito, não é?

— Sei lá — respondo, entrando na pista da esquerda, me preparando para a curva que Daisy fará no próximo cruzamento. Mas ela não a faz. Desvio para ficar na pista, e o carro atrás de mim buzina quando passo um sinal amarelo.

— Suave — observa Ezra. — Está indo bem. Muito furtivo.

Mia franze a testa.

— Aonde ela está indo *agora*?

— Academia? — Tento adivinhar, começando a me sentir idiota. — Compras?

Mas Daisy não vai para o centro ou para a rodovia que nos levaria ao shopping mais próximo. Ela continua por vias secundárias até passarmos pela Bukowski's Tavern e entrarmos em Solsbury, a cidade mais próxima. As casas são menores e mais próximas aqui que em Echo Ridge, e os gramados parecem muito menos aparados. A seta de Daisy acende depois que passamos por uma loja de bebidas, e ela vira na frente de uma placa que diz "Pine Crest Estates".

Esse é um nome pomposo, penso. É um condomínio cheio de prédios baratos, parecidos com caixotes, que não existem em Echo Ridge, mas que estão por toda Solsbury. Minha mãe e eu vimos um lugar parecido antes de ela e Peter se casarem. Se não tivessem se conhecido, não poderíamos ficar em nossa casa por muito mais tempo. Mesmo que ela *fosse* a menor e a mais horrível casa de toda Echo Ridge.

— Ela está saindo? — arrisca Mia. Daisy avança pelo estacionamento, parando o Nissan cinza na frente do número 9. Há um carro azul à direita, e eu estaciono em uma vaga vazia ao seu lado. Todos nos encolhemos nos bancos quando ela sai do carro, como se isso fosse nos manter anônimos. Tudo o que Daisy tem de fazer é virar a cabeça para avistar o Volvo de minha mãe. Mas ela não olha em volta quando sai, apenas avança com passos largos e bate na porta.

Uma vez, duas vezes e depois uma terceira vez.

Daisy tira os óculos de sol, enfia-os na bolsa e bate de novo.

— Talvez devêssemos sair antes que ela desista. Não acho que eles são... — Paro de falar quando a porta do número 9 se abre. Alguém abraça Daisy e a gira, beijando-a tão profundamente que Mia solta um suspiro ao meu lado.

— Ai, meu Deus, Daisy tem um namorado! — exclama ela, desafivelando o cinto de segurança e inclinando-se tanto que praticamente cai em meu colo. — E ela tem bancado a Deprimildes desde que voltou para casa! *Nem* sabia que podia acontecer.

Estamos todos esticando o pescoço para ter uma visão melhor, mas só quando Daisy se separa que vejo quem está com ela; e com algo que não via há anos.

Meu irmão sorrindo como se seu rosto estivesse prestes a quebrar, antes de puxar Daisy para dentro e fechar a porta atrás dela.

CAPÍTULO VINTE E UM

ELLERY

SEGUNDA-FEIRA, 30 DE SETEMBRO

— Então — começa Malcolm, botando fichas em uma ponta da mesa de pebolim. — Isso foi interessante.

Depois de deixar o apartamento de Declan, paramos no primeiro lugar por onde passamos que nos pareceu impossível de se tornar cenário de um encontro entre ele e Daisy. Por acaso era um Chuck E. Cheese's. Não entrava em um havia anos, então esqueci que são um ataque sensorial: luzes piscando, bipes tocando, música rolando e crianças gritando.

Para começar, o cara que recebia as pessoas na porta cismou conosco.

— Vocês tinham de estar com crianças — disse ele, olhando para trás no corredor vazio.

— Nós *somos* crianças — argumentou Mia, estendendo a mão para ganhar um carimbo.

O Chuck E. Cheese's mostrou-se um lugar perfeito para um interrogatório clandestino. Todos os adultos no local estão ocupados demais, correndo atrás ou se escondendo de seus filhos para prestar atenção em nós. Eu me sinto estranhamente calma depois de nossa viagem a Pine Crest Estates, o pavor que se apoderou de mim na casa de Mia quase desapareceu. Há algo de prazeroso em desvendar outra peça do quebra-cabeça de Echo Ridge, mesmo que eu ainda não tenha certeza de onde ela se encaixa.

— Então — ecoa Mia, segurando uma manopla na outra extremidade da mesa de pebolim. Ezra está ao seu lado, e eu, ao lado de Malcolm. Uma bola sai de um canto, e Mia gira uma barra furiosamente, errando a esfera completamente. — Seu irmão e minha irmã. Há quanto tempo você acha que está rolando?

Malcolm manobra um de seus jogadores com cuidado antes de bater na bola, e teria marcado se Ezra não tivesse bloqueado.

— Eu sei lá! Desde que os dois voltaram, talvez? Mas isso ainda não explica o que estão fazendo aqui. Não podiam ter ficado em New Hampshire? Ou Boston? — Ele passa a bola para um dos próprios jogadores, depois para trás, para mim, e eu faço um lance através do campo para o gol aberto. Malcolm me dá um sorriso surpreso e desarmado, que faz relaxar sua mandíbula tensa. — Nada mal.

Quero sorrir de volta, mas não consigo. Tem algo que venho pensando desde que saímos de Pine Crest Estates e continuo ponderando como — ou se vou — trazer isso à tona.

— Não acho que podem se encontrar em *qualquer lugar* — diz Mia. — Conseguem imaginar se um dos repórteres que tem rondado Echo Ridge fica sabendo disso? O namorado e a melhor amiga de Lacey Kilduff juntos, cinco anos depois? Enquanto alguém está zombando da morte dela, escrevendo besteiras por toda a cidade, e outra garota desaparece? — Ela estremece, tentando cortar a bola com a lateral de um de seus jogadores. — As pessoas *odiariam* os dois.

— E se não tiver sido cinco anos depois? — As palavras saem de dentro de mim, e Malcolm fica imóvel. A bola de pebolim rola sem ser impedida pela extensão da mesa e se acomoda em um canto. — Quero dizer — acrescento, quase em tom de desculpa —, eles já podem estar juntos há um tempo.

Mia balança a cabeça.

— Daisy teve outros namorados. Quase ficou noiva do cara que ela namorava em Princeton.

— Tudo bem, então, não todos os cinco anos — insisto. — Mas talvez... em algum momento no ensino médio?

A mandíbula de Malcolm tensiona novamente. Ele apoia os antebraços na mesa e fixa os olhos verdes em mim. São desconcertantes de perto, sinceramente.

— Tipo quando?

Tipo enquanto Declan ainda estava namorando Lacey. Seria o clássico triângulo amoroso fatal. Tenho de morder o interior das bochechas para não dizer isso em voz alta. E se Declan e Daisy tivessem se apaixonado há anos e quisessem ficar juntos, mas Lacey não o largava? Ou ameaçou fazer alguma coisa com Daisy em retaliação? E isso enfureceu tanto Declan que ele perdeu o controle certa noite e a matou? Então, Daisy rompeu com ele, obviamente, e tentou esquecê-lo, mas não conseguiu. Estou ansiosa para expandir minha teoria, mas uma espiada no rosto congelado de Malcolm me diz que não devo.

— Não sei. — Eu me contenho, abaixando os olhos. — Só estou explorando hipóteses.

É como eu disse a Ezra na biblioteca: não se pode jogar uma teoria do tipo *seus irmãos podem ser assassinos* na cabeça das pessoas sem aviso.

Mia não percebe o subtexto de meu bate-bola com Malcolm. Está muito ocupada, empurrando bruscamente a barra de jogadores azuis sem tocar na bola.

— Não seria um problema se Daisy simplesmente *falasse* comigo. Ou com qualquer pessoa de nossa família.

— Talvez você precise apelar para o poder de irmã mais nova — sugere Ezra.

— Tipo?

Ela dá os ombros.

— Ela diz para você o que está acontecendo ou você conta a seus pais o que acabou de ver.

Mia arregala os olhos para ele.

— Isso é muito *mau.*

— Mas aposto que é eficaz — diz Ezra. Ele olha para Malcolm. — Eu sugeriria a mesma coisa para você, mas não conheço seu irmão direito, então.

— Ah, sim. — Malcolm faz careta. — Ele me mataria. Não literalmente — acrescenta apressadamente, com um olhar de esguelha para mim. — Mas, também, ele sabe que eu nunca faria isso. Nosso pai não se importaria, mas nossa mãe ficaria doida. Especialmente agora.

Os olhos de Mia brilham enquanto ela alinha um de seus jogadores para um lance.

— Eu não tenho essas preocupações.

Jogamos por alguns minutos sem falar. Minha mente continua acelerada com a teoria de Declan-Daisy que não comentei, testando-a para ver se não há furos. Existem alguns, obviamente. Mas é o clássico de um crime real envolvendo garotas desaparecidas ou feridas: *é sempre o namorado.* Ou um pretendente frustrado. Porque quando a pessoa tem 17 anos, é linda e é encontrada morta em um conhecido ponto de encontro para casais, o que poderia ser além de feminicídio?

O que nos leva a Declan. A única outra pessoa da qual suspeito remotamente é o cara que Lacey jamais notou — o policial Ryan Rodriguez. Não consigo tirar sua foto no anuário da cabeça, ou a descrição de Sadie sobre seu descontrole no funeral de Lacey. Ainda assim, o policial Rodriguez não *se encaixa* como Declan; faz todo o sentido, especialmente agora que sabemos sobre ele e Daisy.

Não acredito nem por um segundo que essa relação seja nova. A única questão em minha mente é se Malcolm está disposto a admitir.

Dou uma olhada em Malcolm enquanto ele mexe as manoplas, totalmente concentrado no jogo. A sobrancelha franzida, os olhos verdes se estreitando quando faz um bom lance, flexionando os braços magros. Sem dúvida, não faz ideia de como é atraente, e isso é um problema. Está tão acostumado a viver à sombra do irmão que não acredita ser o tipo de cara que poderia ter atraído a atenção de uma garota como Brooke. Qualquer outra pessoa consegue enxergar isso a mais de um quilômetro de distância.

Ele olha para cima e encontra meus olhos. *Fui pega.* Sinto meu rosto enrubescer quando sua boca se levanta num meio-sorriso. Então, ele olha para baixo de novo, tirando o celular do bolso e destravando a tela. Seu rosto muda em um instante. Mia também olha e para de girar as manoplas.

— Alguma novidade? — pergunta ela.

— Mensagem da minha mãe. Nada de Brooke — responde Malcolm, e todos nós relaxamos. Porque, pela expressão em seu rosto, não teria sido bom. — Exceto que vai haver um grupo de busca amanhã. Durante o dia, então os alunos de Echo Ridge estão dispensados. E há um artigo no *Boston Globe*.— Ele suspira pesadamente. — Minha mãe está surtando. Fica traumatizada toda vez que os jornais mencionam Lacey.

— Posso ver? — pergunto. Ele me entrega o celular, e eu leio a seção enquadrada na tela:

A cidade já estava no limite após uma série de incidentes de vandalismo que começaram no início de setembro.

Edifícios e placas foram cobertos com mensagens escritas como se fossem do assassino de Lacey Kilduff.

As ameaças anônimas prometiam outro ataque a uma das meninas eleitas para a corte do baile de boas-vindas — uma lista curta que incluía Brooke Bennett. No entanto, aqueles que acompanham a história de perto não veem nenhuma conexão real.

"Mesmo que alguém tenha se desequilibrado o suficiente para sair ileso do assassinato e se gabar disso cinco anos depois, os *modi operandi* são completamente diferentes", diz Vivian Cantrell, terceiranista na Echo Ridge High, que cobriu a história para o jornal da escola. "Estrangulamento é um crime passional brutal. As ameaças são públicas e exigem planejamento. Não acho que haja nenhuma relação com o que aconteceu com Lacey ou com o que está acontecendo com Brooke."

Seguro o telefone com mais força. É quase exatamente o que eu disse há duas semanas no almoço. Viv basicamente roubou meu discurso inteiro e usou para substituir seu ponto de vista original. Antes disso, ela dizia a todos que a morte de Lacey e as ameaças anônimas *tinham* de estar relacionadas.

Por que Viv de repente mudou de opinião?

CAPÍTULO VINTE E DOIS

ELLERY

QUARTA-FEIRA, 2 DE OUTUBRO

É a primeira semana de outubro, e está escurecendo mais cedo. Mas, mesmo que não estivesse, Nana insistiria em levar Ezra e eu para nosso turno na Fright Farm, depois do jantar.

Nem me preocupo em lembrá-la que é apenas uma caminhada de dez minutos enquanto ela tira as chaves de um gancho ao lado do telefone de parede. Brooke está desaparecida há quatro dias, e os nervos da cidade inteira estão à flor da pele. Grupos de busca durante o dia e vigílias à luz de velas à noite. Depois de dois dias de debate acalorado na escola, o baile ainda está marcado para sábado, mas sem corte. Tecnicamente, não sou mais uma princesa. O que é bom, acho, já que ainda não tenho par.

As mesmas poucas teorias continuam circulando: que Brooke fugiu, que é vítima do assassino de Murderland, que um dos garotos Kelly fez alguma coisa com ela. Tudo em Echo Ridge parece uma confusão espessa e borbulhante que está prestes a transbordar.

Nana fica em silêncio durante a viagem, agarrada ao volante e dirigindo quinze quilômetros abaixo do limite de velocidade até chegarmos perto da entrada. Então, ela para no acostamento e diz:

— A Casa dos Horrores fecha às onze, certo?

— Isso.

— Vou estar aqui fora às onze e cinco.

São duas horas depois de sua hora de dormir, mas não discutimos. Antes disso, falei com ela que Malcolm poderia nos dar uma carona, e ela insistiu em nos buscar de qualquer jeito. Não acho que ela acredita que ele esteja envolvido no desaparecimento de Brooke — ela não nos disse que parássemos de sair com ele —, mas não vai se arriscar, e não tiro sua razão. Estou um pouco surpresa por ela ainda nos deixar trabalhar.

Ezra e eu saímos do carro e observamos suas lanternas traseiras se afastarem tão devagar que uma bicicleta as ultrapassa. Estamos na metade do caminho até os portões quando meu telefone toca com um número familiar da Califórnia.

Ergo o telefone para Ezra.

— Sadie já ficou sabendo.

Era só uma questão de tempo. O desaparecimento de Brooke se espalhou em rede nacional, e Nana ficou a semana toda desligando o telefone na cara de repórteres que buscavam uma história de "Uma cidade, três garotas desaparecidas". A Casa Hamilton supostamente proíbe o acesso à Internet, mas como Sadie já usou o celular emprestado para checar o Instagram de Ezra antes de nos ligar no FaceTime, obviamente está desrespeitando essa regra também.

Corro o dedo sobre a tela para atender, e levo o telefone ao ouvido.

— Oi, Sadie.

— Ellery, graças a Deus você atendeu. — Sua voz agitada estala do outro lado da linha. — Acabei de ler o que está acontecendo aí. Você e Ezra estão bem?

— Estamos bem. Só estamos preocupados com Brooke.

— Ai, meu Deus, claro que estão. Coitada dela. Coitada da família. — Ela faz uma pausa por um momento, sua respiração forte em meu ouvido. — Então, o artigo... dizia que houve *ameaças* antes? Para três garotas, e uma delas era alguém que... tinha relação com... Era você, Ellery?

— Era eu — confirmo. Ezra gesticula, como se quisesse que eu fizesse um FaceTime, mas gesticulo em negativa. Está lotado demais aqui.

— Por que você não me *contou*?

A risada amarga sai de mim sem aviso prévio.

— Por que eu deveria?

Silêncio do outro lado da linha, tão profundo que acho que a ligação caiu. Estou prestes a tirar o telefone da orelha para verificar quando Sadie diz:

— Porque sou sua mãe e tenho direito de saber.

Foi mesmo um erro ela dizer isso. O ressentimento inunda minhas veias, e preciso segurar o celular com força extra para não jogar o aparelho no chão.

— Sério? Você tem *direito de saber*? É uma maravilha ouvir isso vindo de alguém que nunca nos contou nada que importasse.

— Do que você está falando?

— De nosso pai? Não temos permissão para perguntar sobre ele! Nossa avó? Mal a conhecíamos até sermos obrigados a morar com ela! Nossa tia? Você tinha uma irmã gêmea, tão próxima quanto eu e Ezra, e você nunca, *jamais* fala dela. Agora estamos presos aqui, assistindo à mesma história horrível acontecer *de novo*, e todo mundo está falando sobre a primeira garota que desapareceu. Menos nós. Não sabemos nada sobre Sarah porque você nem sequer fala o nome dela!

Respiro com dificuldade, meu coração palpita enquanto ando pelo parque. Não sei se estou aliviada ou horrorizada por finalmente estar dizendo essas coisas para Sadie. Tudo o que sei é que não consigo parar.

— Você não está bem, Sadie. Quero dizer, você sabe disso, certo? Não está em reabilitação por causa de algum acidente estranho que vai ser uma história engraçada para contar em festas quando você sair. Não estava tomando as pílulas para *relaxar*. Passei anos esperando que algo assim acontecesse, e pensava... que tinha medo... — Lágrimas turvam minha visão e deslizam pelo rosto. — O ano todo eu esperei *aquela* ligação. A que Nana recebeu, e que Melanie recebeu. Aquela que diz que você nunca vai voltar para casa.

Ela ficou em silêncio durante todo o meu discurso, mas dessa vez, antes que eu possa checar se ela desligou, ouço um soluço abafado.

— Eu... *não consigo.* — Sadie diz em uma voz trêmula que eu nunca reconheceria se não soubesse que era dela. — Não consigo falar dela. Isso me *mata.*

Caminho para perto da seção de jogos e preciso tampar meu ouvido livre para evitar o barulho do parque. Ezra fica por perto, os braços cruzados e o rosto sério.

— O que mata você é não falar — argumento. Ela não responde, e eu fecho os olhos. Não consigo olhar meu irmão agora. — Sadie, eu *sei*, ok? Sei exatamente como você se sente. Eu e Ezra sabemos. É horrível o que aconteceu com Sarah. É uma merda e não é justo, e eu sinto muito. Por você, por Nana e por ela. — Os soluços de minha mãe do outro lado da linha me perfuram o coração como uma faca. — E me desculpe, eu gritei com você. Eu não queria. Só que... sinto que vamos ficar emperrados desse jeito para sempre se não pudermos falar sobre isso.

Abro os olhos enquanto espero que ela responda. Está quase escuro agora, e as luzes do parque brilham contra o céu azul profundo. Gritos e assobios enchem o ar, e crianças pequenas correm atrás umas das outras com seus pais a uma distância segura. Todo o sucesso da Fright Farm se baseia no quanto as pessoas gostam de ter medo em um ambiente controlado. Há algo de profundo e fundamentalmente prazeroso em confrontar um monstro e escapar ileso.

Monstros reais não são desse jeito. Eles não deixam ninguém escapar.

— Você sabe o que eu estava fazendo na noite em que Sarah desapareceu? — pergunta Sadie na mesma voz rouca.

Minha resposta é apenas um sussurro.

— Não.

— Perdendo minha virgindade com meu par do baile. — Ela solta uma quase risada, um quase soluço histérico. — Eu deveria estar com Sarah. Mas eu dei um perdido nela. Por *isso.*

— Ai, Sadie. — Nem percebo que agachei até minha mão livre tocar a grama. — Não é sua culpa.

— Claro que é minha culpa! Se eu estivesse com ela, Sarah ainda estaria aqui!

— Você não sabe disso. Você não pode... você estava apenas vivendo sua vida. Sendo *normal.* Não fez nada de errado. Nada disso é culpa sua.

— Você se sentiria assim? Se algo acontecesse com Ezra quando você deveria estar com ele? — Eu não respondo imediatamente, e seu choro fica mais doído. — Não consigo encarar minha mãe. Não consegui encarar meu pai. Não falei com ele por quase um ano antes de ele morrer, e depois fiquei bêbada durante todo o funeral. Você e seu irmão são a única coisa que fiz direito desde que Sarah desapareceu. E agora estraguei isso também.

— Você não estragou nada — digo automaticamente para confortá-la, mas, assim que as palavras saem de minha boca, percebo que são verdadeiras. Talvez Ezra e eu não tenhamos vivido a infância mais estável, mas nunca tivemos dúvidas de que nossa mãe nos amava. Ela jamais colocou um emprego ou um namorado antes de nós, e só quando as pílulas assumiram o controle que a maternidade irregular se transformou em negligência real. Sadie cometeu erros, mas não do tipo que fazem uma pessoa se sentir desimportante. — Estamos bem e amamos você, e, por favor, não faça isso consigo mesma. Não se culpe por algo tão horrível que você nunca poderia ter previsto. — Estou balbuciando agora, minhas palavras tropeçando umas nas outras, e Sadie solta uma risada chorosa.

— Escute o que estamos dizendo. Você queria conversar, não? Cuidado com o que deseja.

Há tantas coisas que quero dizer, mas tudo o que consigo é:

— Fico feliz por estarmos conversando.

— Eu também. — Ela respira fundo, estremecendo. — Há mais coisas que eu deveria te dizer. Não sobre Sarah, mas sobre... Ai, inferno. Preciso ir, Ellery, me desculpe. Por favor, tenha cuidado aí, e eu ligo novamente quando puder. — Então, ela desligou. Tiro o telefone do ouvido e fico em pé quando Ezra se aproxima de mim, pronto para explodir.

— O que está acontecendo? Ouvi um pouco, mas...

O movimento atrás de mim chama a atenção e ponho a mão no braço dele.

— Espere um pouco. Tenho *muitas coisas* para te contar, mas... tem uma pessoa com quem quero conversar primeiro. — Limpo os olhos e encaro meu celular. Já estamos atrasados para o trabalho, mas tudo bem.

Uma mulher mais velha está cuidando da galeria de tiro onde Brooke costumava trabalhar, bocejando enquanto conta o troco e puxa alavancas. Vance Puckett está com uma arma de brinquedo no ombro, derrubando metodicamente os alvos. Malcolm nos falou no almoço que ele havia sido interrogado novamente ontem à noite pelo policial McNulty, que disse que a polícia interrogou Vance sobre sua conversa com Brooke no centro da cidade. De acordo com Vance, Brooke só perguntou a ele que horas eram. Malcolm ficou frustrado, mas Mia ergueu as mãos, resignada. "Claro. Por que ele ajudaria? Ele não ganha nada com isso e não se importa com ninguém nesta cidade."

Talvez ela esteja certa. Ou talvez seja apenas seu jeito de ficar arrasado.

Vance procura um troco nos bolsos para jogar outra rodada. Passo entre um trio de pré-adolescentes e coloco dois dólares no balcão.

— Minha vez de pagar — digo.

Ele se vira e estreita os olhos, batendo o dedo indicador no queixo. Demora alguns segundos para ele me reconhecer.

— A garota atiradora. Você teve sorte no último jogo.

— Talvez — comento. — Tenho seis dólares comigo. Que tal uma melhor de três? — Ele assente com a cabeça, e eu aponto na direção dos alvos. — Campeões primeiro.

Vance começa mal, atingindo apenas oito dos doze alvos. É um baque em meu espírito esportivo errar cinco alvos quando chega minha vez, mas tudo isso vai ser inútil se ele ficar irritado no fim.

— Você perdeu o jeito. — Vance sorri quando abaixo minha arma. Ezra, que está nos observando com as mãos nos quadris, parece estar mordendo a língua.

— Eu estava apenas me aquecendo — minto.

Mantenho esse placar nas próximas rodadas, perdendo a cada vez por um alvo. Vance fica empolgado no fim, se gabando e rindo, chegando ao ponto de me dar tapinhas nas costas quando erro o tiro final.

— Boa tentativa, garota. Quase conseguiu uma.

— Acho que tive sorte da última vez — digo, com um suspiro teatral. Não tenho o talento de Sadie, o que é óbvio pela careta de Ezra quando nos desviamos para que as pessoas que estão atrás de nós possam jogar. Mas espero que seja bom o suficiente para um bêbado.

— Minha mãe me disse que provavelmente não aconteceria de novo.

Vance ajusta o boné sobre o cabelo oleoso.

— Sua mãe?

— Sadie Corcoran — respondo. — Você é Vance, certo? Ela disse que vocês foram ao baile juntos e que eu deveria me apresentar. Meu nome é Ellery.

É estranho estender minha mão para ele depois do que Sadie acabou de me contar. Mas ele a toma, parecendo genuinamente desnorteado.

— Ela disse isso? Achei que ela nem se lembrava mais de mim.

Ela fala sobre você o tempo todo, quase digo, mas decido manter as coisas no terreno do real.

— Sim, disse. Não é fácil para ela falar sobre Echo Ridge depois do que aconteceu com a irmã, mas... ela sempre fala bem de você.

Está perto o bastante da verdade, acho. E estou me sentindo muito caridosa para com ele, já que é a única pessoa em Echo Ridge que tem um álibi para os desaparecimentos de Sarah e Brooke. De repente, Vance Puckett vira o homem mais confiável da cidade.

Ele cospe no chão, perto do meu tênis. Consigo não recuar.

— Que horrível o que aconteceu.

— Eu sei. Ela nunca superou. E agora minha amiga está desaparecida... — Olho para a nova mulher atrás do balcão. — Acho que você conhecia Brooke, não é? Já que joga aqui o tempo todo.

— Garota bacana — diz ele, com rispidez. Arrasta os pés, parecendo ansioso e pronto para ir embora. Ezra bate no relógio e ergue as sobrancelhas para mim. *Vá direto ao ponto.*

— O pior é que sei que alguma coisa a incomodava antes de ela desaparecer — comento. — A gente ia se encontrar no domingo para ela me contar o que estava acontecendo, mas não tivemos essa chance. E isso está me matando. — Lágrimas, ainda latentes depois de minha conversa com Sadie, brotam de meus olhos e rolam pelas bochechas. Estou interpretando um papel, mas Sadie sempre diz que a melhor atuação nasce da ligação emocional com a cena. Estou bem perturbada com o que aconteceu a Brooke, então é fácil. — Eu só... queria saber do que ela precisava.

Vance esfrega o queixo. Balança para a frente e para trás nos calcanhares, e se vira para olhar as pessoas.

— Não quero me envolver — murmura ele. — Não com as pessoas desta cidade e, especialmente, com a polícia.

— Nem eu — concordo, rapidamente. — Somos forasteiros completos aqui. Brooke era... *é...* uma de minhas únicas amigas. — Tiro da bolsa um lenço de papel e assoo o nariz.

— Ela me fez uma pergunta estranha na semana passada — Vance fala baixinho, apressado, e meu coração sobe até a garganta.

— Queria saber como abrir uma fechadura sem chave. — Uma expressão maliciosa passa por seu rosto. — Não sei por que ela pensou que *eu* saberia. Disse a ela para procurar no Google ou ver vídeos no YouTube, ou algo assim. Ou simplesmente usar alguns clipes de papel.

— Clipes de papel? — questiono.

Vance afasta um mosquito.

— Funciona às vezes. Foi o que me disseram. Enfim... — Ele sustenta meu olhar, e eu vejo um vislumbre de bondade em seus olhos injetados. — Era isso que passava na cabeça dela. Agora você já sabe.

— Obrigada — agradeço, sentindo uma pontinha de vergonha por manipulá-lo. — Não tem ideia do quanto isso ajuda.

— Bem. Mande um oi para sua mãe. — Ele inclina o boné de beisebol e passa por Ezra, que bate palmas devagar quando Vance se afasta o suficiente para não ouvir.

— Ótima atuação, El. Embora esse cara nunca vá deixar você esquecer que perdeu no tiro.

— Eu sei — suspiro, procurando outro lenço para secar as bochechas ainda úmidas. Enquanto vejo Vance desaparecer na multidão, um arrepio de empolgação percorre minha espinha. — Você ouviu o que ele disse? Disse a Brooke para abrir uma fechadura com *clipes de papel.*

— Sim, e daí?

— Daí que era isso que ela estava segurando no escritório da Casa dos Horrores, lembra? Um clipe de papel aberto. Eu tirei de suas mãos. Ela disse algo como: *Isso é mais duro do que ele disse que seria.* — Minha voz aumenta com a ansiedade, e eu a forço a abaixar. — Ela estava tentando abrir a fechadura ali mesmo. E nós a interrompemos.

— Da escrivaninha, talvez? — Ezra se pergunta.

Balanço a cabeça.

— Pego coisas daquela escrivaninha o tempo todo. Não fica trancada. Mas... — O calor inunda meu rosto quando lembro onde Brooke estava sentada. — Mas acho que sei o que é.

CAPÍTULO VINTE E TRÊS

MALCOLM

QUINTA-FEIRA, 3 DE OUTUBRO

Na quinta-feira, os grupos de busca de Brooke não se limitam mais ao horário escolar. Há um hoje à tarde, cobrindo a floresta atrás da casa dos Nilsson. Peter é capitão voluntário e, quando chego em casa, ele está carregando uma caixa de papelão cheia de panfletos, garrafas de água e lanternas no porta-malas de seu Range Rover.

— Olá, Malcolm. — Ele não olha para mim quando salto do Volvo de minha mãe. Apenas esfrega as palmas das mãos, como se estivessem empoeiradas. Tenho certeza de que não estão. O carro de Peter é tão imaculado quanto tudo o que os Nilsson possuem. — Como foi na escola?

— Mesma coisa. — Em outras palavras: *não foi boa.* — Que horas vamos?

Peter cruza os braços, exibindo vincos perfeitos nas mangas de sua camisa.

— *Nós* vamos sair em dez minutos — diz ele. A ênfase é clara, mas, quando não respondo, ele acrescenta: — Não acho que seja uma boa ideia vir conosco, Malcolm.

Sinto um peso no peito.

— Por quê? — É uma pergunta inútil. Sei o porquê. O policial McNulty já voltou duas vezes para me fazer perguntas complementares.

As narinas de Peter se inflam.

— Os ânimos estão exaltados agora. Você seria uma distração. Sinto muito. Sei que é difícil de ouvir, mas é a verdade, e nossa prioridade é encontrar Brooke.

Meu nervosismo chega às alturas.

— Eu *sei*. Quero ajudar.

— A melhor maneira de você ajudar é ficando aqui — argumenta Peter, e a palma da minha mão coça com uma vontade quase irresistível de dar um soco naquele rosto presunçoso. Tenho certeza de que ele está realmente preocupado, e pode até estar certo. Mas também curte ser o herói. Sempre curtiu.

Ele pousa a mão em meu ombro, rapidamente, como se estivesse matando um inseto.

— Por que não entra e vê se tem mais água na geladeira? Isso seria útil.

Uma veia acima de meu olho começa a latejar.

— Claro — digo, engolindo minha raiva, porque entrar em uma briguinha besta com Peter não vai ajudar Brooke.

Quando entro, ouço a escada no vestíbulo do saguão ranger. Espero que seja minha mãe, mas é Katrin com um monte de tecido vermelho pendurado no braço, seguida por Viv. Katrin congela quando me vê, e Viv quase esbarra na amiga. O rosto das duas congela na máscara de antipatia que tenho visto em todo lugar desde domingo.

Faço um esforço para agir como normalmente faria.

— O que é isso? — pergunto, apontando para o braço de Katrin.

— Meu vestido do baile — responde ela.

Olho o vestido com uma leve sensação de pavor. Tenho tentado bloquear o fato de que o baile é sábado.

— É estranho que ainda continuem com isso. — Katrin não responde, e eu acrescento: — O que vai fazer com seu vestido?

— Sua mãe vai mandar passar. — Ela me contorna, com folga, enquanto vai até a cozinha, cuidadosamente colocando o vestido sobre o espaldar de uma cadeira. É legal, acho, que minha mãe faça esse tipo de coisa por Katrin. Peter diz que a mãe de Katrin não respondeu a nenhuma de suas ligações durante toda a semana, a não ser para escrever algo sobre o sinal ruim de celular no sul da França. Sempre há alguma desculpa.

Quando termina de arrumar o vestido, Katrin me encara com olhos azuis glaciais.

— É melhor eu não te ver lá.

De alguma forma, Katrin não me deixa com raiva como Peter. Talvez porque eu saiba que ela mal havia comido ou dormido desde que Brooke desapareceu. Suas bochechas estão encovadas, os lábios, rachados, o cabelo preso em um rabo de cavalo bagunçado.

— Ora, Katrin — digo, com as palmas das mãos abertas. O gesto universal de um cara que não tem nada a esconder. — Podemos conversar sobre isso? O que já fiz para você pensar que eu seria capaz de machucar Brooke?

Ela aperta os lábios, as narinas se inflando de leve. Por um segundo, ela fica exatamente igual a Peter.

— Você estava envolvido com ela e não contou a ninguém.

— Meu Deus. — Passo a mão pelos cabelos, sentindo uma fisgada no peito. — Por que continua *dizendo* isso? Porque ela sumiu quando dormiu aqui? Provavelmente estava no banheiro. — Katrin e eu nunca fomos exatamente amigos, mas eu achava que ela me conhecia melhor.

— Meu quarto *é* uma suíte — enfatiza Katrin. — Ela não estava no banheiro.

— Então, foi passear.

— Ela tem medo do escuro.

Desisto. Ela se agarrou ao fato por algum motivo, e não há como tirar isso de sua cabeça. Acho que qualquer vínculo que eu pensava que tínhamos estava apenas em minha mente. Ou foi algo que a divertiu quando não tinha nada melhor para fazer.

— Seu pai está se preparando para sair — aviso, em vez disso.

— Eu sei. Preciso de um carregador de celular. Espere aqui, Viv — instrui ela. Então, caminha pelo corredor que leva ao escritório, deixando Viv e eu sozinhos para nos olharmos com cautela. Meio que espero que ela siga Katrin, mas Viv é uma boa lacaia. Fica onde está.

— Ainda está escrevendo aquele artigo? — pergunto.

Viv enrubesce.

— Não. Estou chateada demais com esse negócio da Brooke para pensar nisso. — No entanto, seus olhos estão secos. Como têm estado a semana toda. — De qualquer forma, já contei à imprensa o que penso, então... no que me diz respeito, já acabou.

— Ótimo — digo. Eu me afasto e abro as portas duplas da geladeira. Há dois pacotes de seis garrafas de água na prateleira do meio, e eu os coloco debaixo do braço antes de sair.

O porta-malas do Range Rover de Peter ainda está aberto. Empurro de lado uma caixa de papelão e solto os fardos de água ao lado dela. O vislumbre de um rosto familiar me chama a atenção, e eu tiro um panfleto da caixa.

A foto de turma de Brooke está estampada ao lado da palavra DESAPARECIDA, o cabelo cai solto em volta dos ombros, o sorriso brilha. Isso me assusta, porque não me lembro da última vez que vi Brooke parecendo tão feliz. Examino o restante do panfleto:

Nome: Brooke Adrienne Bennett
Idade: 17 anos
Olhos: esverdeados
Cabelo: castanho
Altura: 1,63 m
Peso: 50 kg
Vista pela última vez usando: blazer verde-oliva, camiseta branca, jeans preto, sapatilhas com estampa de leopardo

Alguém mais deve ter acrescentado a última parte; não ajudei muito quando o policial McNulty me pediu para descrever as roupas de Brooke. *Ela estava bonita*, eu disse.

— Acho que é tudo. — A voz de Peter me assusta, e eu solto o panfleto de volta na caixa. Ele abre a porta do lado do motorista e olha para o relógio de cara fechada. — Poderia pedir a Katrin e Viv para virem ao carro, por favor?

— Tudo bem.

Meu telefone vibra quando volto para dentro, e, ao entrar na cozinha, eu o tiro do bolso e vejo uma série de mensagens de Mia.

Oi.

Você devia vir para cá.

Isso acabou de aparecer on-line e já está em todo lugar.

A última mensagem tem um link para um artigo do *Burlington Free Press* intitulado "Um passado trágico — e uma ligação em comum". Meu estômago pesa quando começo a ler.

Echo Ridge está em polvorosa.

Essa cidade pitoresca, aninhada perto da fronteira canadense e ostentando a maior renda per capita do condado, vivenciou sua primeira perda trágica em 1996, quando Sarah Corcoran, terceiranista do ensino médio, desapareceu enquanto caminhava da biblioteca para casa. Então, há cinco anos, a rainha do baile de formatura, Lacey Kilduff, foi encontrada morta no parque temático de Halloween, Murderland (que recebeu um novo nome).

Agora, outra adolescente bonita e popular, Brooke Bennett, de 17 anos, está desaparecida. Embora Brooke e Lacey tivessem quase a mesma idade, parece haver pouca relação entre as duas jovens, exceto uma estranha coincidência: o terceiranista que deixou Bennett em casa na noite em que ela desapareceu é o irmão mais novo do ex-namorado de Lacey Kilduff, Declan Kelly.

Declan foi interrogado repetidas vezes após a morte de Lacey Kilduff, mas jamais preso, e mudou-se do estado há quatro anos, se mantendo discreto desde então.

Por isso, foi uma surpresa para muitos nessa comunidade tão unida que Declan Kelly tenha se mudado para a cidade vizinha, Solsbury, pouco antes do desaparecimento de Brooke Bennett.

Merda. Viv pode não estar escrevendo mais artigos, porém outra pessoa com certeza está. De repente, Peter parece um gênio. Se eu não fosse causar drama durante a busca por Brooke antes, com certeza causaria agora.

Katrin entra na cozinha segurando seu celular. Suas bochechas estão vermelhas, e eu me preparo para outro discurso. Provavelmente acabou de ler o mesmo artigo.

— Peter está esperando vocês lá fora — aviso, na esperança de cortar qualquer sermão que ela tenha planejado.

Ela acena mecanicamente sem falar, olhando primeiro para Viv e depois para mim. Seu rosto está estranhamente imóvel, como se estivesse usando uma máscara de Katrin. Suas mãos tremem quando enfia o telefone no bolso.

— Ele não me deixou ir — acrescento. — Disse que vou ser uma distração.

Estou a testando, aguardando o esperado *Bem, você seria* ou *Distração é pouco, babaca.* Mas tudo o que ela diz é:

— Tudo bem.

Ela engole em seco uma vez, depois duas vezes.

— Tudo bem — repete, como se estivesse tentando se convencer de algo. Fita meus olhos e abaixa rapidamente o olhar, mas não antes de eu perceber o quanto suas pupilas estão enormes.

Ela não parece mais brava. Parece apavorada.

CAPÍTULO VINTE E QUATRO

MALCOLM

QUINTA-FEIRA, 3 DE OUTUBRO

Chego à casa de Mia meia hora depois, e ouço gritos assim que paro na frente da garagem. É cedo demais para seus pais terem chegado em casa, e, de qualquer forma, eles não gritam. Mia é a única da família Kwon que levanta a voz. Mas não é ela quem está fazendo todo esse barulho.

Ninguém atende a campainha, então abro a porta e entro na sala dos Kwon. A primeira coisa que vejo é Ellery, sentada de pernas cruzadas em uma poltrona, os olhos arregalados enquanto observa a cena diante de nós. Mia está descalça ao lado da lareira, as mãos nos quadris, parecendo desafiadora, mas minúscula sem a altura que suas botas lhe emprestam. Daisy está diante dela, um castiçal em uma das mãos e uma expressão de pura raiva distorcendo seus traços geralmente serenos.

— Eu vou *matar você* — grita Daisy, puxando o braço para trás de um jeito ameaçador.

— Pare de ser tão dramática — retruca Mia, mas não tira os olhos do candelabro.

— Caramba, o que é isso? — pergunto, e as duas se voltam para mim.

A expressão furiosa de Daisy cede por um instante, depois volta urrando como um maremoto.

— Ah, ele também? Você vai juntar toda a Turma do Scooby Doo aqui enquanto fala esse monte de merda sobre mim?

Pisco algumas vezes. Jamais tinha ouvido Daisy falar palavrão antes.

— Que merda?

Mia fala antes que Daisy consiga responder:

— Disse a ela que sei tudo sobre Declan e vou contar pra meu pai e minha mãe se ela não explicar por que voltaram a Echo Ridge. — Ela dá um passo involuntário para trás quando Daisy a encara com um olhar enfraquecido. — Está sendo um pouco pior do que eu esperava.

— Você é muito abusada... — Daisy brande o candelabro para dar ênfase, mas para com o queixo caído de horror quando o candelabro escorrega de sua mão e voa em direção à cabeça de Mia, que fica assustada demais para sair do caminho. Quando o castiçal a atinge na têmpora, ela cai como uma pedra.

Daisy cobre a boca rapidamente.

— Ai, meu Deus. Ai, meu Deus, Mia. Você está bem? — Ela cai de joelhos e se arrasta na direção de sua irmã, mas Ellery, que não havia se movido até então, já está lá.

— Malcolm, você consegue uma toalha molhada? — pergunta ela.

Olho para Mia. Seus olhos estão abertos, o rosto, pálido, e um fio grosso de sangue corre por sua têmpora.

— Ai, não, ai, não! — Daisy geme com as mãos cobrindo o rosto. — Sinto Muito. Sinto muito, sinto muito.

Vou direto ao banheiro e pego uma toalha de mão, em seguida coloco debaixo da torneira e volto correndo para a sala de estar.

Mia está sentada agora, parecendo atordoada. Entrego a toalha para Ellery, e ela gentilmente esfrega a lateral da cabeça de Mia até limpar o sangue.

— Ela vai precisar de pontos? — pergunta Daisy, com voz trêmula.

Ellery pressiona a toalha na têmpora de Mia por alguns segundos, em seguida a tira e espia o corte.

— Acho que não. Quero dizer, não sou especialista, mas é minúsculo, na verdade. Parece um daqueles arranhões superficiais que por acaso sangram muito. Provavelmente vai deixar um hematoma, mas deve ficar bem com um band-aid.

— Vou pegar. — Eu me ofereço, voltando ao banheiro dos Kwon. A Dra. Kwon é obstetra, e seu armário de remédios é tão perfeitamente organizado que encontro o que preciso em segundos. Quando volto dessa vez, parte da cor retorna ao rosto de Mia.

— Meu Deus, Daze — diz ela em tom de reprovação enquanto Ellery posiciona o band-aid no corte e o pressiona. — Não percebi que você queria *realmente* me matar.

Daisy recua com as pernas dobradas para o lado.

— Foi um acidente — lamenta ela, deslizando os dedos pelo piso de madeira. Ela olha para cima, a boca retorcida em um sorriso irônico. — Sinto muito por tirar sangue de você. Mas você meio que mereceu.

Mia passa o dedo indicador pela bandagem.

— Só quero saber o que está acontecendo.

— Então, você arma uma emboscada para mim enquanto sua amiga está aqui? — A voz de Daisy começa a se alterar de novo, mas ela se controla e abaixa. — Sério, Mia? Não é legal.

— Eu precisava de apoio moral — resmunga Mia. — E de proteção, pelo visto. Mas, olhe só, Daisy. Você não pode continuar assim. As pessoas sabem onde Declan mora agora. As coisas vão circular. Você precisa de alguém do seu lado. — Ela aponta na minha direção enquanto me coloco à beira da lareira de pedra dos Kwon. — Estamos todos do lado de Mal. Também podemos ficar do seu.

Olho para Ellery, que não parece convencida. Não acho que Mia entendeu o que Ellery estava insinuando no Chuck E. Cheese's — que Daisy e Declan poderiam estar envolvidos enquanto Lacey ainda estava viva. Esse tipo de coisa passaria batida por Mia, porque, embora se queixe de Daisy, também confia nela plenamente. Jamais consegui dizer o mesmo sobre Declan.

Daisy se vira para mim, os olhos escuros cheios de compaixão.

— Ai, Malcolm. Nem te falei como sinto muito sobre o que está acontecendo. O jeito como as pessoas estão... fofocando. Acusando você sem nenhuma prova. Tudo traz de volta tantas lembranças.

— Daisy — interrompe Mia antes que eu possa responder. Sua voz é calma e baixa, em nada como seu habitual tom estridente. — Por que você largou o emprego se mal havia começado?

Daisy solta um suspiro profundo. Ela ergue um chumaço de cabelo escuro brilhante e solta sobre o ombro.

— Tive um colapso nervoso. — Ela franze os lábios quando as sobrancelhas de Mia se levantam. — Não esperava?

Mia, sabiamente, não menciona a psicóloga para Daisy.

— O quê, você foi, tipo... para o hospital ou algo assim?

— Por um tempinho. — Daisy abaixa os olhos. — A questão é que eu nunca lidei de verdade com a morte de Lacey, sabe? Foi tão horrível. Tão distorcida, terrível e dolorosa que eu reprimi e me forcei a esquecer. — Ela solta uma risada abafada. — Ótimo plano, não é? Funcionou totalmente. Tudo bem enquanto eu estava na escola, acho. Mas, quando me mudei para Boston e tive tantas responsabilidades novas, não conseguia agir. Comecei a ter pesadelos, depois ataques de pânico. Em determinado momento, chamei uma ambulância porque achei que estava morrendo de ataque cardíaco.

— Você passou por uma perda horrível — argumenta Mia, tranquilizadora.

Os cílios de Daisy tremulam.

— Sim. Mas eu não estava apenas triste. Eu me sentia culpada.

Com o canto do olho, vejo Ellery ficar tensa.

— Pelo quê? — pergunta Mia.

Daisy faz uma pausa.

— Total confiança, certo? Não pode sair desta sala. Ainda não. — Ela olha para mim, depois para Ellery, e morde o lábio.

Mia lê sua mente.

— Ellery é totalmente confiável.

— Posso sair — oferece Ellery. — Eu entendo. Não nos conhecemos.

Daisy hesita e depois balança a cabeça.

— Está tudo bem. Você já ouviu até aqui, pode ouvir o restante também. Meu psicólogo continua me dizendo que tenho de parar de sentir vergonha. Está começando a cair a ficha, embora eu ainda me sinta uma amiga horrível. — Ela se vira para Mia. — Fui apaixonada por Declan durante todo o ensino médio. Jamais disse uma palavra. Era só... uma coisa com a qual eu vivia. Daí, no verão antes do último ano, ele começou a me tratar de um jeito diferente. Como se ele me *enxergasse*. — Ela dá uma risada constrangida. — Meu Deus, pareço uma menina do oitavo ano.

Mas isso me deu, sei lá, *esperança*, acho, de que as coisas poderiam ser diferentes um dia. Então, uma noite, ele me disse que também estava apaixonado por mim.

O rosto inteiro de Daisy brilha, e eu lembro por que eu costumava ter uma queda por ela. Mia está sentada tão imóvel como eu jamais a vi, como se estivesse com medo de que o menor movimento acabasse com a conversa.

— Eu disse a ele que não poderíamos fazer nada quanto a isso — continua Daisy. — Eu não era uma amiga *tão* ruim assim. Ele disse que, de qualquer forma, achava que Lacey havia encontrado outra pessoa. Estava distante. Mas, se ele lhe perguntasse, ela não admitiria. Eles começaram a brigar. As coisas ficaram muito confusas e feias e... eu meio que me afastei. Não queria ser a causa daquilo.

Os olhos de Daisy brilham quando ela continua:

— Daí Lacey morreu, e o mundo inteiro desmoronou. Eu não conseguia *me segurar*. Não conseguia lidar com o fato de saber que estava mantendo esse segredo e que jamais conseguiria lhe explicar. — Lágrimas escorrem por suas bochechas, e ela solta um pequeno soluço abafado. — E eu *sentia falta* dela. Ainda sinto muito a falta dela.

Dou uma olhada para Ellery, que está limpando os olhos. Tenho a sensação de que ela acabou de tirar Daisy de sua lista mental de suspeitos do assassinato de Lacey. Se Daisy se sente culpada por outra coisa que não seja gostar do namorado de sua melhor amiga, ela é uma atriz incrível.

Mia pega a mão de Daisy com suas duas enquanto Daisy acrescenta:

— Eu disse a Declan que não podíamos mais nos falar, então saí de Echo Ridge assim que pude. Pensei que era a coisa certa a fazer por nós dois. Estávamos errados em não termos aberto o jogo com Lacey desde o início, e não havia mais como consertar a situação. — Ela abaixa a cabeça. — Além disso, há toda essa outra questão quando você faz parte de uma das únicas famílias minoritárias da cidade. Não pode cometer um erro, sabe? Sempre tivemos de ser tão perfeitos.

Pensativa, Mia observa sua irmã.

— Pensei que você gostasse de ser perfeita — confessa ela em voz baixa.

Daisy funga.

— É exaustivo *pra caralho.*

Mia solta uma risada, surpresa.

— Bem, se *você* não consegue lidar com isso, não há esperança para mim nesta cidade. — Ela ainda está segurando a mão de Daisy e a balança como se estivesse tentando trazer sua irmã à razão. — Seu psicólogo tem razão, Daze. Você não fez nada de errado. Você gostou de um cara. Ficou longe dele, mesmo quando ele demonstrou que também gostava de você. Isso é ser uma boa amiga.

Daisy enxuga os olhos com a mão livre.

— Mas eu não fui. Não aguentava mais pensar na investigação e ficava bloqueada sempre que chegava perto da polícia. Só anos mais tarde comecei a pensar em coisas que talvez fossem realmente úteis.

— Como assim? — pergunto. Ellery se inclina para a frente, como uma marionete de quem acabaram de puxar as cordas.

— Me lembrei de uma coisa — diz Daisy. — Uma pulseira que Lacey começou a usar pouco antes de morrer. Era realmente diferente... uma pulseira que quase parecia com galhos retorcidos. — Ela dá de ombros para a expressão duvidosa de Mia.

— Parece estranha, eu sei, mas era linda. Ela não dizia onde a havia conseguido. Disse que não tinha ganhado de Declan ou dos pais. Quando eu estava no hospital em Boston, tentando descobrir como minha vida tinha saído tanto dos trilhos, comecei a me perguntar quem tinha lhe dado a joia, e se era alguém que, bem... — Ela se interrompe. — Vocês sabem. Fiquei imaginando.

— Então, você voltou para investigar? — Ellery parecia aprovar aquilo.

— Voltei aqui para me *recuperar* — corrige Daisy. — Mas também perguntei à mãe de Lacey se poderia ficar com a pulseira, como lembrança. Ela não se importou. Comecei a pesquisar no Google, tentando encontrar uma semelhante. E achei. — Um tom de orgulho se insinua em sua voz. — Tem uma artista local que faz essas pulseiras. Queria ir vê-la, mas não me senti forte o suficiente para fazer isso sozinha. — A voz suaviza um pouco. — Declan costumava me mandar mensagens de vez em quando. A primeira vez que ele mandou uma, depois de tudo que aconteceu, pedi a ele para visitar a joalheria comigo.

E aí está, penso. Uma explicação real e racional para o que Declan vem fazendo em Echo Ridge. Teria sido bom se ele tivesse me contado isso.

Mia ergue as sobrancelhas.

— Foi a primeira vez que você o viu desde que partiu para Princeton? Aposto que vocês dois tinham muito o que conversar. Ou, você sabe, o que *não* conversar.

O rosto de Daisy fica totalmente vermelho.

— Nós estávamos principalmente concentrados na pulseira.

— *Claro* que estavam. — Mia sorri.

A conversa está descarrilhando.

— Vocês conseguiram alguma coisa? — pergunto, tentando colocá-la de volta nos trilhos.

Daisy suspira.

— Não. Pensei que talvez a joalheira procurasse por seus registros de vendas quando disse a ela por que estava lá, mas ela não ajudou em nada. Entreguei a pulseira para a polícia, esperando que a mulher levasse tudo mais a sério se eles a interrogassem, mas eu não soube de nada desde então. — Ela solta a mão de Mia e ergue os ombros como se tivesse acabado um treino exaustivo. — E essa é nossa história sórdida. Exceto pela parte em que Declan e eu finalmente ficamos juntos. Eu amo Declan. — Ela dá de ombros, indefesa. — Sempre amei.

Mia se inclina para trás sobre os quadris.

— Essa é uma história e tanto.

— Você *não pode* contar para nossos pais — diz Daisy, e Mia faz o gesto de fechar um zíper sobre os lábios.

— Tenho uma pergunta — interrompe Ellery. Ela começa a fazer aquela coisa sinuosa com o cabelo de novo quando Daisy se vira para ela. — Só estava aqui imaginando para quem você deu a pulseira? Para qual policial, quero dizer. Foi alguém de Echo Ridge?

Daisy assente com a cabeça.

— Ryan Rodriguez. Ele se formou no Colégio Echo Ridge no mesmo ano que eu. Você o conhece?

Ellery assente.

— Sim. Vocês eram amigos na escola? — Ela parece estar de volta ao modo investigativo, o que estou começando a perceber que é sua configuração padrão.

— Não. — Daisy parece se divertir com a ideia. — Ele era bem quieto naquela época. Eu mal o conhecia. Mas era ele quem estava de serviço quando fui à delegacia, então... — Ela deu de ombros. — Dei a pulseira a ele.

— Acha que ele, hum, era a melhor pessoa para lidar com esse tipo de coisa? — pergunta Ellery.

Daisy franze a testa.

— Não sei. Eu acho. Por que não?

— Só estou imaginando. — Ellery se inclina para a frente, cotovelos nos joelhos. — Alguma vez lhe ocorreu que *ele* pode ter dado a pulseira a Lacey?

CAPÍTULO VINTE E CINCO

ELLERY

SEXTA-FEIRA, 4 DE OUTUBRO

Quando bato na porta do porão, não tenho certeza se alguém vai responder. São quatro horas da tarde de sexta-feira, três horas antes do horário de abertura da Casa dos Horrores. Não trabalho nessa noite, e ninguém está me esperando. A menos que se considere minha avó, que *está esperando* que eu esteja no quarto e vai ficar furiosa se perceber que saí e andei pela floresta sozinha. Mesmo no meio da tarde.

Brooke está desaparecida há quase uma semana, e ninguém mais em Echo Ridge deve andar sozinho.

Bato mais forte. O parque é barulhento e cheio de gente, uma mistura de música, risos e gritos enquanto uma montanha-russa chacoalha por perto. A porta se abre em uma fresta suficiente apenas para um olho aparecer. É castanho-escuro, delineado com habilidade. Aceno com os dedos.

— Oi, Shauna.

— Ellery? — A maquiadora da Fright Farm abre a porta com um braço tatuado. — O que está fazendo aqui?

Entro e olho em volta, procurando qualquer sinal de Murph, meu chefe. Ele é um defensor das regras. Shauna é muito mais descontraída. Mal posso acreditar que tive a sorte de encontrar com ela aqui, e não com ele, embora eu meio que espere que Murph saia correndo pela cortina de veludo com uma prancheta a qualquer segundo.

— Você está sozinha? — pergunto.

Shauna levanta uma sobrancelha para mim.

— Essa é uma pergunta sinistra.

No entanto, ela não parece preocupada. Shauna tem pelo menos 15 centímetros a mais que eu e é só músculos esguios e braços perfeitamente torneados. Além disso, seus saltos finos virariam armas letais em uma piscar de olhos.

— Haha. Desculpe. Mas preciso pedir um favor, e não queria pedir a Murph.

Shauna se encosta no batente da porta.

— Bem, agora quero saber o que é. O que aconteceu?

Canalizo Sadie de novo, retorcendo minhas mãos com um nervosismo falso.

— Minha avó me deu um envelope para depositar no banco um dia desses, e não consigo encontrá-lo. Eu estava tentando descobrir onde o deixei, e lembrei que joguei um monte de coisa na lixeira da última vez que estive aqui. — Mordo o lábio e olho para o chão. — Tenho certeza de que o envelope foi junto.

— Ah, que pena. — Shauna faz uma careta. — Ela não pode fazer outro cheque?

Estou pronta para essa objeção.

— Não era cheque. Era dinheiro. — Puxo meu colar de punhal, correndo o polegar na ponta afiada da parte inferior. — Quase quinhentos dólares.

Os olhos de Shauna se arregalam.

— Caramba, para que carregar tanto dinheiro assim?

Ora. Talvez ela tenha notado que eu peguei toda essa desculpa de *A felicidade não se compra*.

— Minha avó — digo do jeito mais inocente que consigo. — Ela não confia em cheques. Ou cartões de crédito. Ou caixas eletrônicos.

— Mas confia em você? — Parece que Shauna gostaria de dar a Nana uma explicação detalhada de por que essa ideia é horrível.

— Não vai mais quando descobrir. Shauna, existe alguma chance... acha que eu poderia pegar as chaves da lixeira de reciclagem? Sabe onde ficam? — Ela hesita, e junto as mãos em um gesto de súplica. — Por favor? Só dessa vez, para me salvar de precisar entregar cada centavo que ganhei a minha avó? Fico te devendo essa.

Shauna ri.

— Olhe, não precisa implorar. Eu abriria aquela porcaria se tivesse a chave, mas não tenho. Não faço ideia de onde fica. Vai ter de perguntar pro Murph. — Ela dá um tapinha compassivo em meu braço. — Ele vai entender. Quinhentos dólares é muito dinheiro.

Provavelmente vai. Também vai ficar em cima de mim o tempo todo.

— Tudo bem — suspiro.

Shauna vai até a penteadeira e pega alguns pincéis de maquiagem de uma lata, jogando-os em uma sacola de couro entreaberta apoiada na cadeira.

— Preciso ir, você me pegou de saída. Os palhaços do mal precisam de um retoque no Topo Sangrento. — Ela fecha a bolsa e a coloca sobre o ombro, passando pela porta e mantendo-a aberta. — Quer vir comigo? Murph deve estar lá.

— Claro. — Finjo que vou segui-la, então estremeço e ponho a mão na barriga. — Ai. Você se importa se eu usar o banheiro antes? Estou com um tipo de virose. Achei que estava melhor, mas...

Shauna acena para eu ficar.

— Me encontre lá. Só não esqueça de fechar a porta.

— Obrigada. — Corro na direção do pequeno banheiro para impressionar, mas ela já saiu. Assim que ouço o clique, puxo dois clipes de papel do bolso e vou até o escritório.

Jamais tentei arrombar uma fechadura antes. Mas segui o conselho de Vance e assisti a muitos vídeos do YouTube nas últimas 24 horas.

— Você pegou *tudo*? — Ezra me encara enquanto esvazio um saco de lixo inteiro, cheio de papéis, no chão do quarto de Mia.

— Bem, como eu ia saber o que era importante e o que não era? Não podia sentar no chão e fuçar lá. Qualquer um podia ter entrado.

Malcolm olha a pilha.

— Pelo menos sabemos que não esvaziam as gavetas faz um tempo.

Mia se senta de pernas cruzadas no chão e pega um punhado de papel.

— O que estamos procurando mesmo? — murmura ela. — Isto é algum tipo de fatura. Isto parece um envelope de conta de eletricidade. — Ela faz uma careta. — Vamos ficar um bom tempo por aqui.

Nós quatro nos sentamos em círculo ao redor da pilha de papéis e começamos a separar seu conteúdo. Minha pulsação desacelerou desde que saí da Casa dos Horrores, mas ainda está palpitando. Vasculhei o escritório todo e não vi nenhuma câmera de segurança, mas sei que há câmeras em todo o parque. É perfeitamente possível que agora alguém esteja olhando fotos minhas, carregando um saco de lixo na Fright Farm. O que, bem, poderia facilmente ser o tipo de coisa que um funcionário faria no expediente normal. Mas também poderia parecer estranho, e eu não fui muito sutil. Nem usei boné de beisebol nem puxei meus cabelos para trás.

Então, espero que valha a pena.

Ficamos em silêncio por quase quinze minutos até que Malcolm, que está esparramado ao meu lado, pigarreia.

— A polícia quer dar uma olhada no meu celular.

Mia fica paralisada com um pedaço de papel pendurado entre os dedos.

— *Quê?*

Estamos todos olhando para ele, mas ele não encara ninguém.

— O policial McNulty disse que Brooke ainda está desaparecida, eles precisam ir um pouco mais fundo. Não soube o que fazer. Peter foi... meio que legal, na verdade. Conseguiu convencer o cara de que não deveriam estar pedindo acesso a minhas coisas pessoais sem um mandado, embora ainda soasse totalmente prestativo. O policial McNulty acabou pedindo desculpas *a ele*.

— Então, não olharam? — pergunto, deixando outra fatura em nossa pilha de rejeitados. Foi tudo o que encontramos até agora: faturas de comida, manutenção, suprimentos e coisas do gênero. Acho que eu não deveria me surpreender com quanto sangue falso é preciso para manter um parque temático de Halloween funcionando.

— Ainda não — responde Malcolm de cara fechada. Por fim, ele ergue os olhos, e fico impressionada com o quanto estão opacos. — Não vão encontrar nada sobre Brooke se olharem. Além daquela mensagem de Katrin me dizendo que eu deveria convidá-la para o baile, que nem imagino como poderia ser interpretada. Mas há um monte de mensagens trocadas entre mim e Declan e... eu não sei. Depois daquele artigo de ontem, prefiro não ser investigado assim. — Ele joga de lado uma folha de papel com um grunhido frustrado. — Tudo parece ruim quando você o examina muito de perto, certo?

O artigo do *Burlington Free Press* de quinta-feira relembrou os últimos cinco anos da vida de Declan, desde a época em que Lacey morreu até sua recente mudança para Solsbury, salpicado com referências ocasionais ao irmão mais novo, que era testemunha-chave no desaparecimento de Brooke. Era o tipo de artigo que Viv poderia ter escrito; sem notícias reais, mas muita especulação e insinuações.

Ontem à noite, sentei no quarto em frente à estante cheia de livros sobre crimes reais e fiz uma linha do tempo de tudo o que pude pensar em relação às três meninas desaparecidas e a Echo Ridge:

Outubro de 1996: Sadie & Vance são coroados rainha/rei do baile de boas-vindas

Outubro de 1996: Sarah desaparece enquanto Sadie está com Vance

Junho de 1997: Sadie deixa Echo Ridge

Agosto de 2001: Sadie volta para o funeral do vovô

Junho de 2014: piquenique do primeiro ano de Lacey com Declan, Daisy e Ryan

Agosto de 2014: Declan e Daisy saem juntos; Lacey tem um namorado secreto?

Outubro de 2014: Lacey e Declan são coroados rainha/rei do baile de boas-vindas

Outubro de 2014: Lacey é morta em Murderland (Fright Farm)

Outubro de 2014: Sadie volta para o funeral de Lacey

Junho de 2015: Daisy & Declan se formam, vão embora de Echo Ridge (separadamente?)

Julho de 2019: Daisy volta para Echo Ridge

Agosto de 2019: Daisy dá a pulseira de Lacey para Ryan Rodriguez

30 de agosto de 2019: Ellery e Ezra se mudam para Echo Ridge

Setembro (ou agosto???) de 2019: Declan volta a Echo Ridge

4 de setembro de 2019: começam as ameaças anônimas do baile de boas-vindas

28 de setembro de 2019: Brooke desaparece

Então, pendurei na parede e olhei para ela por mais de uma hora, esperando ver algum tipo de padrão. Não vi, mas, quando Ezra entrou, ele notou algo que eu não havia observado.

— Olhe para isso — disse ele, apontando *agosto de 2001*.

— O quê?

— Sadie voltou a Echo Ridge em agosto de 2001.

— Eu sei. Eu escrevi isso. E daí?

— Então, nós nascemos em maio de 2002. — Eu olhei para ele inexpressiva, e ele acrescentou: — Nove. Meses. Depois — diz ele, pronunciando cada palavra lentamente.

Surpresa, meu queixo cai. De todos os mistérios de Echo Ridge, nossa paternidade foi a última que eu imaginaria descobrir.

—*Ah* não. Não, não, não — disse eu, pulando para trás, como se a linha do tempo tivesse pegado fogo. — De jeito algum. Essa linha não serve para isso, Ezra!

Ele deu de ombros.

— Sadie disse que tinha mais alguma coisa para nos contar, não é? Essa história de dublê sempre foi meio esquisita. Talvez tenha procurado um amor antigo enquanto estava...

— Sai daqui! — gritei antes que ele pudesse terminar. Eu puxei *A sangue-frio* da estante e joguei nele. — E não volte a menos que você tenha algo de útil, ou ao menos possa contribuir com algo que não seja *horripilante*.

Desde então, tenho tentado tirar da cabeça o que Ezra disse. O que quer que isso signifique não tem absolutamente nada a ver com as garotas desaparecidas, e, de qualquer forma, tenho certeza de que o *timing* é apenas coincidência. Eu teria trazido isso à tona com Sadie ontem à noite em nossa ligação semanal pelo Skype se ela não tivesse faltado. Sua conselheira disse a Nana que ela estava "exausta".

Um passo para a frente, outro para trás.

— Hum. — A voz de Ezra me traz de volta ao presente. — Isto aqui é diferente. — Ele separa uma folha fina e amarela de todo o resto, alisando um canto amassado.

Eu me aproximo.

— O que é isso?

— Conserto de automóvel — responde ele. — Para alguém chamado Amy Nelson. De um lugar chamado Dailey's Auto em... — Ele estreita os olhos para a folha de papel. — Bellingham, New Hampshire.

Viramos os dois instintivamente para Malcolm. A única coisa que sei sobre New Hampshire é que o irmão dele mora lá. *Morava* lá.

A expressão de Malcolm fica tensa.

— Nunca ouvi falar disso.

Ezra continua lendo.

— *Dano na frente do veículo devido a impacto desconhecido. Remoção e substituição do para-choque dianteiro, reparação de capô, pintura do veículo. Pagamento de urgência, 48 horas.* — Suas sobrancelhas se erguem. — Eita. A conta deu mais de dois mil. Paga em dinheiro. Por um dono de... — Ele faz uma pausa, os olhos examinando a conta. — Um BMW X6 2016. Vermelho.

Malcolm se mexe ao meu lado.

— Posso ver? — Ezra entrega a ele o recibo, e um profundo vinco aparece entre as sobrancelhas de Malcolm enquanto ele o examina. — Este é o carro de Katrin — diz ele por fim, olhando adiante. — É a mesma marca, modelo. E a mesma placa.

Mia pega o papel amarelo fino de sua mão.

— Mesmo? Tem certeza?

— Absoluta — diz Malcolm. — Ela me leva para a escola quase todos os dias. E eu estaciono ao lado desse carro toda vez que dirijo o carro de minha mãe.

— Quem é Amy Nelson? — pergunta Ezra.

Malcolm balança a cabeça.

— Não faço ideia.

— Tem o número de telefone dela — diz Mia, estendendo o papel na frente de Malcolm. — Esse é o número de Katrin?

— Não sei o número dela de cabeça. Deixa eu ver. — Malcolm pega o celular e toca na tela algumas vezes. — Não é o dela. Mas, espere, esse número está na memória do meu. É... — Ele respira fundo e se vira para Mia. — Você se lembra de que Katrin me enviou aquela mensagem me pedindo para convidar Brooke para ir ao baile? — Mia assente. — Ela enviou o número de Brooke também. Eu salvei nos meus Contatos. É esse número.

— Espere aí, o quê? — pergunta Ezra. — O número de Brooke está em um recibo de reparo para o carro de Katrin?

Enquanto Malcolm estava rolando a tela do celular, eu procurava Bellingham, New Hampshire no meu.

— A oficina fica a três horas de distância daqui — informo.

— Então Brooke... — Mia examina o recibo. — Então Brooke ajudou Katrin a consertar o carro, acho. Mas não o levaram para a Oficina Armstrong's ou mesmo para algum lugar em Vermont. E usaram um nome falso. Por que fariam isso?

— Katrin comentou sobre ter batido com o carro? — pergunto, olhando para Malcolm.

Malcolm franze a sobrancelha.

— Nada. Não. — Pisco para ele, confusa, e ele acrescenta: — Não foi batido, quero dizer. Ele está bem. Talvez haja algum tipo de erro. A menos que... espere. — Ele se vira para Mia, que ainda está olhando para o recibo. — Quando o carro foi consertado?

— Hum... — Os olhos de Mia se movem para o topo do papel. — Foi para lá em 30 de agosto, e "Amy" o buscou no dia 2 de setembro. Ah, sim. — Ela olha para Malcolm. — Você e sua mãe estavam de férias, não estavam? Quando voltaram?

— Dia 4 de setembro — responde Malcolm. — No dia do evento beneficente de Lacey.

— Então, você não saberia que o carro ficou sumido — diz Mia. — Mas o senhor Nilsson não teria dito alguma coisa?

— Talvez não. Katrin passou vários dias na casa de Brooke durante o verão. — Malcolm batuca inconscientemente o joelho com o punho fechado, a expressão pensativa. — Então, talvez seja por isso que Brooke se envolveu. Era a cobertura de Katrin enquanto o carro estava sendo consertado. Peter sempre diz que ela precisa dirigir com mais cuidado. Provavelmente estava com medo de que ele lhe tirasse o carro se soubesse.

— Tudo bem — diz Ezra. — Isso tudo faz sentido, acho. O nome falso é meio idiota... quero dizer, tudo que alguém precisa fazer é procurar o número da placa para saber de quem é o carro. Mas provavelmente acharam que não chegaria a esse ponto. — Ele faz uma pausa, franzindo a testa. — A única coisa que não entendo é, se foi isso que aconteceu, por que Brooke ficou tão desesperada para pegar o recibo de volta? Supondo que era isso que ela estava procurando, mas — ele gesticula para a pilha de faturas que já descartamos — nada mais parece relevante. Se você se desse o trabalho de consertar um carro em segredo e estivesse com as provas em mãos, não seria o caso de simplesmente rasgá-las? Missão cumprida, certo?

Penso nas palavras de Brooke no escritório da Fright Farm. *Essa é a pergunta que não quer calar, não é? O que aconteceu? Você não gostaria de saber?* Minha frequência cardíaca começa a subir.

— Mia — digo, voltando-me para ela. — Quando o carro foi levado para o conserto mesmo?

— Trinta e um de agosto — responde ela.

— Trinta e um de agosto — repito. Me arrepio, cada nervo se contrai.

Ezra inclina a cabeça.

— Por que parece que você acabou de engolir uma granada?

— Porque nós chegamos de Los Angeles na noite anterior. Trinta de agosto, lembra? A chuva de granizo. Na noite em que o senhor Bowman foi morto em um atropelamento seguido de fuga. — Ninguém diz nada por um segundo, e eu bato no papel que Mia está segurando. *"Dano na frente do veículo devido a impacto desconhecido?"*

O corpo inteiro de Mia fica tenso. Ezra diz "Puta merda" ao mesmo tempo em que Malcolm diz:

— Não. — Ele se vira para mim, com mágoa nos olhos. — O senhor Bowman? Katrin não iria... — Sua voz some quando Mia deixa cair o recibo do conserto em seu colo.

— Odeio falar uma coisa dessas — diz ela, com surpreendente gentileza. — Mas está começando a parecer demais com ela.

CAPÍTULO VINTE E SEIS

MALCOLM

SÁBADO, 5 DE OUTUBRO

— Você está absolutamente linda, Katrin.

Eu me viro de costas para a geladeira ao som da voz de minha mãe, agarrando uma água com gás morna demais e me aproximando da antessala para ter uma visão clara da escada. Katrin está descendo como a realeza em um vestido vermelho, o cabelo puxado para trás em algum tipo de coque complicado. Parece melhor do que esteve durante toda a semana, mas ainda não recuperou seu brilho habitual. Há algo de frágil em seu rosto.

O decote do vestido é baixo, exibindo muito mais do que Katrin geralmente mostra. Deveria ser uma distração, mas mesmo isso não atrapalha a linha de pensamento que está martelando meu cérebro desde a tarde de ontem.

O que você sabe? O que você fez?

— Uau! — O namorado de Katrin, Theo, não tem o mesmo problema. Seus olhos se concentram na altura do peito da garota até ele se lembrar de que o pai dela está na sala. — Você está maravilhosa.

Não consigo ver Peter, mas sua voz é cheia de um carinho forçado.

— Vamos tirar algumas fotos de vocês quatro.

Essa é minha deixa para sair. Katrin e Theo vão ao baile com duas das pessoas de quem menos gosto no Colégio Echo Ridge: Kyle McNulty e Viv Cantrell. Não é um encontro, Katrin explicou para minha mãe. Apenas duas pessoas que estão preocupadas com Brooke se apoiando enquanto a cidade tenta manter algum tipo de normalidade. Do vislumbre que tive de Kyle quando chegaram, ele parece haver sido convencido a participar e já se arrepende de ter dito sim.

Todo o dinheiro arrecadado com a venda de ingressos para o baile de boas-vindas vai para um fundo de recompensa por informações que levem ao regresso de Brooke em segurança. A maioria das empresas da cidade está fazendo doações equivalentes, e o escritório de advocacia de Peter está dobrando o valor.

Eu me retiro para o escritório enquanto todo mundo posa para as fotos. Mia ainda vai com Ezra e estava me mandando mensagens até uma hora atrás, tentando me convencer a chamar Ellery. Sob circunstâncias diferentes, provavelmente eu a teria chamado. Mas não conseguia tirar as palavras de Katrin da cabeça: *É melhor eu não te ver lá.* Ela deixou de me tratar como um criminoso, mas sei que é o que todo mundo na escola ainda pensa. Não ligo tanto para um baile sem sentido a ponto de ter de lidar com três horas de sussurros e julgamentos.

Além disso, não tenho certeza se consigo agir normalmente perto de minha meia-irmã agora.

Não contei a ninguém o que encontramos ontem. Apesar das teorias loucas, se trata apenas de um recibo com informações de contato questionáveis. Ainda assim, isso tem me consumido o dia todo, tornando quase impossível olhar Katrin sem as palavras jorrarem de minha boca: *O que você sabe? O que você fez?*

O murmúrio de vozes na antessala fica mais alto quando Katrin e suas amigas estão prestes a sair para o baile. Muito em breve, apenas Peter e mamãe vão estar em casa. De repente, a última coisa que quero fazer é passar uma noite de sábado sozinho com meus pensamentos. Antes de eu ficar remoendo demais minha noite, disparo uma mensagem para Ellery. *Quer vir aqui hoje à noite? Assistir a um filme ou algo assim?*

Não sei se ela vai topar ou se a avó vai permitir. Mas Ellery responde dentro de alguns minutos, e o aperto em meu peito se afrouxa um pouco quando leio a resposta.

Sim, claro.

Acontece que, se você convida uma garota na noite do baile, sua mãe *vai* ver intenções no convite.

Minha mãe fica rodeando Ellery sem cerimônia depois que a avó a deixa em nossa casa.

— Vocês querem pipoca? Posso fazer um pouco. Vocês vão estar na sala de TV ou na sala de estar? A sala de TV provavelmente é mais confortável, mas não sei se a televisão lá tem Netflix. Talvez a gente possa configurar tudo bem rápido, Peter?

Peter coloca uma das mãos no ombro de minha mãe, como se isso fosse impedi-la de ficar para lá e para cá.

— Tenho certeza de que Malcolm vai nos dizer se tiver alguma exigência tecnológica urgente. — Ele dá a Ellery a completa experiência do sorriso de Peter Nilsson enquanto ela desenrola um lenço do pescoço e o coloca em sua bolsa. — Muito bom vê-la de novo, Ellery. Não tive a chance de dizer no evento beneficente de Lacey, mas sua mãe era uma das pessoas de quem eu mais gostava na cidade enquanto vivia aqui. — Ele dá uma risada autodepreciativa. — Eu até a levei ao cinema algumas vezes, apesar de achar que a fazia chorar de tédio. Espero que ela esteja bem, e que você esteja aproveitando sua estada em Echo Ridge, apesar de... — Uma sombra passa por seu rosto. — Não estarmos em nosso melhor momento agora.

Mantenho a expressão neutra para esconder o quanto eu gostaria que ele calasse a boca. Ótima maneira de lembrar a todos que metade da cidade acha que fiz algo com Brooke. O que acho ser a outra razão por que não chamei Ellery para o baile. Não sei se ela diria sim.

— Eu sei — diz Ellery. — Mudamos para cá em um momento estranho. Mas todo mundo tem sido muito legal. — Ela sorri para mim, e meu mau humor diminui. O cabelo longo está solto em volta dos ombros, do jeito que eu gosto. Não sabia até agora que eu tinha uma preferência, mas pelo visto tenho.

— Aceita uma bebida? — pergunta minha mãe. — Temos água com gás, suco ou... — Ela parece disposta a relatar todo o conteúdo da geladeira, mas Peter começa a levá-la com cuidado até a escada antes que Ellery possa responder. Graças a Deus.

— Malcolm sabe onde está tudo, Alicia. Por que não terminamos o documentário do Ken Burns lá em cima? — Ele me concede um sorriso quase tão caloroso quanto o que deu a Ellery. Não chega aos olhos, mas ganha pontos por tentar, acho. — Dê um grito se você precisar de alguma coisa.

— Desculpe — digo, conforme o som de passos na escada se distancia. — Minha mãe está um pouco enferrujada nessa coisa de fazer amigos. Quer pipoca?

— Claro — responde ela, e sorri. Sua covinha aparece, e fico feliz por ter mandado uma mensagem para ela.

Eu a levo para a cozinha, onde ela pula em um banquinho na frente da ilha. Abro o armário ao lado da pia e fuço até encontrar um pacote de pipoca de micro-ondas.

— E não se preocupe, sua mãe é legal. Seu padrasto também. — Ela parece surpresa quando diz isso, como se não esperasse isso do pai de Katrin.

— Ele é ok — admito de má vontade, jogando o pacote de pipoca no micro-ondas.

Ellery enrola um cacho em volta do dedo.

— Você não fala muito de seu pai. Você o vê ou...? — Ela hesita, como se não tivesse cem por cento de certeza de que ele ainda está vivo.

O som de grãos estourando enche o ar.

— Na verdade, não. Ele mora no sul de Vermont agora, perto de Massachusetts. Passei uma semana lá, durante o verão. Ele em geral manda e-mails de artigos relacionados a esportes, achando, de um jeito equivocado, que vou achá-los interessantes. Peter se esforça um pouco mais. — Quando digo isso, fico surpreso ao perceber que é verdade. — Ele fala muito sobre faculdade, o que eu quero fazer depois, coisas assim.

— O que *você* quer fazer? — pergunta Ellery

Os estalos parecem diminuir. Tiro o pacote do micro-ondas e o abro, liberando uma nuvem de vapor amanteigado.

— Eu não tenho a menor ideia — admito. — E você?

— Não sei bem. Tenho essa ideia de querer ser advogada, mas... Não sei se é realista. Até este ano nem pensava que a faculdade era uma coisa que poderia acontecer. Sadie jamais conseguiria nos mandar para a faculdade. Mas minha avó fala o tempo todo que vai fazer isso.

— Igual a mim com Peter — comento. — Você sabe que ele é advogado, certo? Tenho certeza de que ele ficaria feliz em falar com você sobre o assunto. Mas já aviso: noventa por cento do trabalho parece muito chato. Embora talvez seja ele o chato.

Ela ri.

— Anotado. Vou acreditar em você. — Minhas costas estão voltadas para ela enquanto caço uma tigela de pipoca no armário, e, quando ela fala de novo, sua voz fica muito mais baixa. — É estranho, mas por muito tempo eu quase não conseguia... me *ver* no futuro — diz ela. — Pensava no que aconteceu com minha tia e imaginava que um de nós, eu ou meu irmão, talvez não conseguisse chegar até o ensino médio. Como se apenas um gêmeo Corcoran conseguisse ir em frente. E Ezra é muito mais parecido com minha mãe que eu, então... — Eu me viro e vejo como ela olha a escuridão pela janela da cozinha, a expressão reflexiva. Então ela estremece e me faz uma careta de desculpas. — Desculpe. Isso ficou mórbido rápido demais.

— Temos histórias familiares ferradas — digo para ela. — A morbidez vem de quebra.

Eu a levo até a sala de estar dos Nilsson e me jogo em um canto do sofá, a tigela de pipoca ao meu lado. Ela se enrola ao lado da tigela e me entrega a bebida.

— O que você quer ver? — pergunto, apertando os botões do controle remoto e percorrendo o guia de canais.

— Tanto faz — responde Ellery. Ela pega um punhado de pipoca da tigela entre nós. — Estou feliz por sair de casa hoje à noite.

Meu zapear de canais nos leva ao primeiro filme da série *The Defender*. Já passou da parte na qual Sadie aparece, mas, de qualquer forma, eu deixo ali em sua homenagem.

— Sim, entendo. Continuo pensando que faz quase exatamente uma semana que deixei Brooke em casa. — Abro a tampa de minha água com gás. — Aliás, estava querendo mesmo te agradecer. Por, você sabe. Acreditar em mim.

Os olhos escuros e líquidos de Ellery se fixam nos meus.

— Essa semana tem sido horrível para você, não é?

— Eu vi o que Declan passou, lembra? — Imagens de uma cidade futurista com ruas escuras e cobertas de chuva brilham na tela diante de nós. O herói está no chão, encolhido, enquanto dois caras musculososo, vestidos em couro, se aproximam. Ele não é meio ciborgue ainda, então está prestes a tomar uma surra. — Tem sido melhor para mim.

Ellery se mexe ao meu lado.

— Mas ele tinha toda uma história com Lacey. Você nem era namorado de Brooke ou... — Ela hesita por um instante. — Seu melhor amigo.

Conseguimos passar quase quinze minutos sem cutucar o elefante instalado na sala. Ótimo para nós, acho.

— Acha que devemos mostrar à polícia o que encontramos? — pergunto.

Ellery morde o lábio.

— Não sei. Para ser sincera, estou meio preocupada com o jeito como consegui aquilo. E pode parecer um pouco arriscado envolver você. Além disso, ainda não confio em Ryan Rodriguez. — Ela franze a testa para a tela da televisão. — Tem alguma coisa estranha com esse cara.

— Existem outros policiais — comento. Mas o policial McNulty está liderando o caso, e, só de pensar em falar com ele novamente, meu estômago revira.

— A questão é... que eu tenho pensado numa coisa. — Ellery pega o controle remoto, como se estivesse prestes a mudar de canal, mas, em vez disso, ela brinca com ele, pensativa. — Supondo que nosso salto lógico esteja certo e Katrin, na verdade — ela abaixa a voz para quase um sussurro —, atropelou o senhor Bowman. Acha que isso é *tudo* que ela fez?

Tento engolir um pouco de pipoca, mas não consigo. Minha garganta está muito seca. Tomo um gole grande d'água antes de responder a Ellery, e, enquanto faço isso, penso em Katrin deslizando pelas escadas hoje, com aquela máscara no rosto. O jeito que ela me jogou na fogueira quando fui interrogado pela primeira vez. O olhar assustado em seus olhos no dia da busca de Peter.

— Como assim?

— Bem. — Ellery pronuncia a palavra devagar, com relutância, como se alguém a estivesse arrancando dela. — Eu provavelmente deveria começar dizendo que... penso muito em crimes. Tipo, em uma frequência anormal. Sei disso. É meio que um problema. Então, você precisa minimizar o que eu digo, porque sou assim... naturalmente desconfiada, acho.

— Você desconfiou de mim, certo? Por um tempo. — Ellery fica paralisada, os olhos arregalados. Merda, eu não queria soltar uma dessas. Quase peço desculpas e mudo de assunto. Mas não faço isso porque, agora que falei, quero ouvir sua resposta.

— Eu... sinceramente odeio ser assim, Mal. — Acho que essa é a primeira vez que ela me chama pelo apelido, mas, antes que eu possa registrar essa ocasião importante, fico apavorado ao ver seus olhos lacrimejarem. — É que... cresci sem nunca saber o que aconteceu com minha tia. Ninguém me disse nada, então eu li histórias de crime terríveis para tentar entender. Mas tudo o que fiz foi ficar mais confusa e paranoica. Agora estou no ponto em que sinto que não posso confiar em ninguém que não seja meu irmão gêmeo. — Uma lágrima desliza por sua bochecha. Ela solta o controle remoto no sofá para esfregar furiosamente a bochecha, deixando uma marca vermelha na pele pálida. — Não sei como me relacionar com as pessoas. Tipo, eu praticamente só tive uma amiga antes de me mudar para cá. Então, conheci você e Mia, e vocês foram ótimos, mas tudo isso aconteceu e... me desculpe. Eu não pensava *aquilo* sobre você de verdade, mas eu pensei... nisso. Se é que faz sentido. Provavelmente não.

Um nó se solta em meu peito.

— Faz sentido. Tudo bem. Olhe, eu entendo. — Faço um gesto mostrando a sala ao redor. — Veja minha grande noite de baile de boas-vindas. Não sei se você percebeu, mas eu também tenho apenas uma amiga. Falei isso na cozinha, certo? Temos histórias familiares ferradas. É uma merda a maior parte do tempo, mas significa que entendo você. E... gosto de você.

Deixo a tigela de pipoca sobre a mesa de centro e passo um braço hesitante ao redor dela. Ela suspira e se inclina em minha direção. Minha intenção é principalmente a de um abraço amigo, mas seu cabelo está caído sobre um dos olhos, então eu o coloco para trás e, antes que eu perceba, minhas mãos cobrem suas bochechas. A sensação é realmente boa. Os olhos de Ellery estão fixos nos meus, seus lábios curvados em um sorriso pequeno e questionador. Puxo seu rosto para mais perto e, antes que eu possa pensar demais, eu a beijo.

Sua boca é macia, quente e um pouquinho amanteigada. O calor se espalha através de mim lentamente enquanto ela desliza a mão por meu peito e ao redor de minha nuca. Então, ela mordisca meu lábio inferior, e o calor se transforma em choque elétrico. Envolvo-a com os braços e a puxo sobre minha perna, beijando seus lábios e a pele entre o queixo e o colo. Ela me empurra para trás contra os travesseiros e encaixa o corpo no meu, e, caraca, esta noite fica *muito* melhor do que eu esperava.

Um estrondo de coisas caindo nos faz congelar. De alguma forma, deslocamos o controle remoto e o lançamos voando ao chão. Ellery se endireita no exato momento que a voz de minha mãe, próxima demais para alguém que deveria estar no andar de cima, diz:

— Malcolm? Está tudo bem?

Saco. Ela está na cozinha. Ellery e eu nos desvencilhamos quando falo:

— Tudo bem. Só derrubamos o controle remoto. — Abrimos 30 centímetros entre nós no sofá, os dois com rosto vermelho e sorriso envergonhado, esperando a resposta de minha mãe.

— Oh, tudo bem. Estou fazendo chocolate quente, quer um pouco?

— Não, obrigado — respondo, enquanto Ellery tenta deixar os cachos sob controle. Minhas mãos estão coçando para bagunçá--los de novo.

— E você, Ellery? — pergunta minha mãe.

— Estou bem, obrigada — diz Ellery, mordendo o lábio.

— Certo. — Espero um minuto interminável até minha mãe voltar ao andar de cima, mas, antes de ele terminar, Ellery havia pulado para a outra extremidade do sofá.

— Acho que foi bom termos sido interrompidos — diz ela, ficando ainda mais vermelha. — Sinto que talvez eu deva te contar minha teoria antes de... qualquer coisa.

Meu cérebro não está funcionando muito bem agora.

— Me contar sua o quê?

— Minha teoria criminal.

— Sua... ah. Tá, isso. — Respiro fundo para retomar a compostura e ajusto minha posição no sofá. — Mas não é sobre mim, certo?

— Definitivamente não — diz ela. — Mas *é* sobre Katrin. E do jeito que eu penso, se estivermos certos sobre o senhor Bowman, talvez seja apenas o começo das coisas. — Ela enrola uma mecha de cabelo em volta do dedo, o que estou começando a perceber que nunca é um bom sinal. Ainda não consigo fazer meu cérebro aceitar que Katrin possivelmente atropelou o Sr. Bowman; não sei ao certo se estou pronto para mais *coisas*. Mas passei os últimos cinco anos evitando conversas sobre Lacey e Declan, e jamais resolveu.

— Como assim? — pergunto.

— Bem. Se voltarmos ao recibo, temos certeza de que Brooke sabia do acidente, certo? Estava no carro quando aconteceu, ou Katrin contou para ela depois. — Ellery solta o cabelo para começar a puxar o colar. — Katrin deve ter ficado aterrorizada com a possibilidade de as pessoas descobrirem. Uma coisa é causar um acidente, mas sair depois sem parar para ajudar... ela seria uma pária na escola, além de arruinar a posição do pai na cidade. Sem mencionar as acusações criminais. Então, ela decidiu encobrir o caso. E Brooke concordou em ajudar, mas acho que deve ter se arrependido. Sempre parecia tão preocupada e triste. Ao menos desde que a conheci, que foi *logo* depois que o senhor Bowman morreu. Ou ela sempre foi assim?

— Não — respondo, meu estômago se contorcendo enquanto penso na foto sorridente de Brooke no cartaz de DESAPARECIDA. — Ela não era.

— E então, no escritório da Fright Farm, ela continuou dizendo coisas como: *Eu não deveria, preciso dizer a eles, isso não está legal.* O que me faz pensar que ela se sentiu culpada.

A pressão em meu crânio aumenta.

— Ela me perguntou se eu já havia cometido um erro realmente grave.

Os olhos de Ellery se arregalam.

— Perguntou? Quando?

— No escritório. Enquanto você estava procurando por Ezra. Ela disse... — Vasculho minha memória, mas as palavras exatas não vêm. — Algo sobre cometer um erro que não foi, tipo, um erro comum. E que desejava ter amigos diferentes.

Ellery assente, séria.

— Isso se encaixa — diz ela.

Tenho certeza de que não quero saber, mas pergunto mesmo assim:

— Com o quê?

— Com muitas coisas. Começando com o vandalismo — responde Ellery. Pisco para ela, surpreso. — As mensagens só apareceram depois que Katrin consertou o carro. Ela o buscou no dia 2 de setembro, e o evento beneficente de Lacey foi no dia 4 de setembro, certo? — Assinto, e Ellery continua: — Fiquei pensando sobre como deve ter sido para Katrin no momento, com toda a cidade de luto pelo senhor Bowman e procurando respostas. Provavelmente estava pisando em ovos, com medo de ser descoberta ou de se entregar. Então, pensei, e se tiver sido *Katrin* quem iniciou os atos de vandalismo?

— Por que faria isso? — Não consigo disfarçar o tom incrédulo em minha voz.

Ellery corre a unha ao longo do padrão floral do sofá, recusando-se a olhar para mim.

— Como distração — responde ela, baixinho. — A cidade inteira começou a se concentrar nas ameaças, e não no que aconteceu com o senhor Bowman.

Sinto uma pontada de náusea, porque ela não está errada. O Perseguidor do Baile de Boas-Vindas fez com que o atropelamento do Sr. Bowman ficasse em segundo plano muito mais rápido do que deveria ter sido para um professor tão popular.

— Mas por que puxar *você* para isso? — pergunto. — E ela mesma, e Brooke?

— Bem, Katrin e Brooke faz sentido, pois, se são alvos, ninguém pensaria que elas estariam envolvidas. Quanto a mim, não sei. — Ellery continua traçando o padrão, seus olhos voltados para a mão, como se, caso ela perdesse a concentração por um segundo sequer, o sofá inteiro fosse desaparecer. — Talvez eu tenha sido apenas uma maneira de... reforçar a intriga, ou algo assim. Porque minha família está meio que ligada a bailes trágicos também, embora Sadie tenha sido a rainha, e não Sarah.

— Mas como Katrin faria isso? Ela estava no centro cultural quando a placa foi vandalizada — explico. — E no palco com o resto das líderes de torcida quando a tela começou a mostrar todas aquelas coisas na Fright Farm.

— A tela poderia ter sido configurada antes. Mas para o restante... ela teria precisado de ajuda, acho. Brooke já estava envolvida, e Viv e Theo fariam qualquer coisa que Katrin pedisse, não é? Ou houve algum momento no centro cultural em que você a perdeu de vista?

— Bem, digo... sim. — Penso em Katrin se afastando assim que todos os olhos se voltaram para minha mãe e para mim. *Ah, lá está Theo.* Por quanto tempo ficou fora? Esfrego a mão na testa, como se isso fosse me ajudar a lembrar. Não ajuda. Quanto mais Ellery e eu falamos, mais agitado fico. — Talvez. Mas, para ser sincero, é meio que fantasioso demais, Ellery. E isso ainda não explica o que aconteceu com Brooke.

243

— É com isso que me preocupo — diz Ellery no mesmo tom baixo. — Continuo achando que, enquanto Katrin estava distraindo a cidade, Brooke criava coragem para dizer às pessoas o que aconteceu. E ela queria recuperar a prova. E se Katrin ficou sabendo disso e... fez alguma coisa para manter a outra quieta?

Um frio me invade.

— Como o quê?

— Não sei. E, de verdade, de verdade mesmo, espero que eu esteja errada. — Ellery fala rapidamente, com pressa, como se odiasse o que está dizendo, mas precisasse por para fora de qualquer maneira. — Mas Katrin teve motivo. Teve oportunidade. São dois dos três elementos de que você precisa para cometer um crime.

Meu estômago parece pesar como chumbo.

— Qual é o terceiro?

— Você tem de ser o tipo de pessoa que faria algo assim. — Ellery finalmente olha para cima, a expressão pensativa.

— Katrin não faria. — As palavras saem de mim sem pensar.

— Mesmo que ela achasse que perderia tudo? — Não sou tão rápido para retrucar dessa vez, e Ellery continua: — Isso talvez explique por que ela lançou aquela acusação aleatória sobre você e Brooke, certo? Qualquer coisa para desviar a atenção.

— Mas, Ellery... meu Deus, do que você está falando? — Minha voz vira um sussurro tenso. — Sequestro? Pior? Posso embarcar no restante, mais ou menos. O atropelamento e fuga, até o ato de plantar todas essas mensagens pela cidade. Isso é extremo, mas consigo imaginar alguém fazendo isso sob pressão. Fazer Brooke... *desaparecer*... de verdade, é outro nível.

— Eu sei — concorda Ellery. — Katrin precisaria estar tão desesperada a ponto de perder toda a noção de certo ou errado, ou teria de ser uma criminosa de sangue-frio. — Ela voltou a traçar padrões no sofá. — Você viveu com ela por alguns meses. Enxerga a possibilidade de qualquer um desses cenários?

— De jeito algum. Katrin leva uma vida de princesa. — Mas, mesmo quando digo isso, sei que não é inteiramente verdade. Peter pode gostar de Katrin, mas nos quatro meses que passei aqui, mal ouvi falar da primeira Sra. Nilsson. Katrin não apenas não fala *com* a mãe, ela não fala *sobre* ela. É quase como se tivesse apenas o pai. É uma das poucas coisas que temos em comum. É um saco, mas não significa que você se torna um depravado pelo resto da vida. Provavelmente.

Ellery e eu ficamos em silêncio por alguns minutos, observando o Defender roboticamente aprimorado derrubar seu antigo inimigo. Isso tornou a série tão popular, acho: um cara normal que toma surras constantes consegue se tornar especial e poderoso. Em Hollywood, nenhum enredo é impossível. Talvez Ellery tenha passado muito tempo nesse mundo.

Ou talvez eu não conheça minha meia-irmã.

— Se qualquer desses cenários for verdadeiro, você não acha que ela insistiria nas ameaças anônimas? — finalmente pergunto.

— Elas pararam quando Brooke desapareceu. Se alguém quisesse distrair as pessoas, agora seria a hora. — A tela da TV pisca quando o protagonista de *The Defender* apaga todas as luzes de um quarteirão da cidade. — *Exatamente* agora, na verdade. No baile.

Ellery me lança um olhar cauteloso.

— Você sabe, eu estava pensando nisso, mas... não queria dizer nada. Acho que já falei demais.

— Não gosto de ouvir isso — admito. — Mas... há muita coisa sobre Katrin ultimamente que não se encaixa. Talvez devêssemos prestar mais atenção ao que ela anda fazendo. E onde ela está.

Ellery levanta as sobrancelhas.

— Acha que temos de ir ao baile?

— Poderíamos. — Olho para o relógio na parede. — Começou há menos de uma hora. Ainda resta muito tempo se ela for fazer alguma coisa.

Ellery aponta para a blusa preta e jeans.

— Não estou vestida para um baile.

— Tem alguma coisa em casa que sirva? Poderíamos passar lá primeiro.

— Nada superformal, mas... acho que sim. — Ela parece insegura. — Mas você tem certeza? Sinto que eu meio que joguei muitas coisas em cima de você de uma vez. Talvez devesse se dar um tempo para processar tudo.

Abro um meio sorriso.

— Você está tentando se livrar de ir ao baile comigo?

Ela fica vermelha.

— Não! Eu só... é que, hum... ai. — Eu jamais tinha visto Ellery sem palavras antes. É bonitinho. Ellery pode ser um episódio encarnado de *CSI*, mas ainda tem alguma coisa nela em que eu não consigo parar de pensar. Muitas coisas.

Mas não é só isso. Mais cedo, ficar em casa parecia ter sido a solução óbvia. Tudo o que eu queria era me manter discreto e evitar conflitos. Em vez disso, agora estou preso aqui assistindo a um filme ruim dos anos 1990, como se tivesse algo de que me envergonhar, enquanto Katrin — que no mínimo tem sido misteriosa sobre seu carro — pôs um vestido vermelho brilhante e foi para a festa.

Estou cansado de ver minha vida se transformar na Vida de Declan Parte 2. E estou cansado de não fazer nada enquanto meus amigos tentam descobrir como me livrar de problemas que não são meus.

— Então, vamos — digo.

CAPÍTULO VINTE E SETE

ELLERY

SÁBADO, 5 DE OUTUBRO

Para dizer o mínimo, Nana não fica satisfeita com essa mudança de planos.

— Você disse que ia assistir a um filme — diz ela do outro lado da porta fechada de meu quarto, enquanto enfio um vestido sobre a cabeça. É preto e sem mangas, com uma saia evasê que termina logo acima dos joelhos. É de jérsei, casual, mas coloquei alguns colares longos e brilhantes para incrementar. Com meu único par de sapatos de salto, consegue passar por semiformal.

— Mudamos de ideia — explico, pegando um frasco de ativador de cachos e espalhando uma pequena quantidade na palma da mão. Já passei mais tempo do que gostaria de admitir arrumando os cabelos antes de ir para a casa de Malcolm, mas a batalha contra o *frizz* nunca acaba.

— Não gosto da ideia de você ir a esse baile, Ellery. Não depois de tudo o que aconteceu nas últimas semanas.

— Você deixou Ezra ir — argumento, calçando os sapatos.

— Ezra não era um alvo como você. Uma das meninas que fazia parte da corte do baile com você está *desaparecida*, pelo amor de Deus. Pode ser perigoso.

— Mas, Nana, nem vai ter mais corte. Agora o baile todo é para arrecadar fundos. Vai ter alunos e professores em todo canto. Brooke não desapareceu quando estava no meio de uma multidão assim. Estava em casa com seus pais. — Eu corro as mãos pelos cabelos, passo rímel nos cílios e cubro os lábios com um gloss vermelho. Pronto.

Nana não reage bem. Quando abro a porta, ela está ali, braços cruzados, e franze a testa enquanto me olha de cima a baixo.

— Desde quando você usa maquiagem? — pergunta ela.

— É um baile. — Eu espero que ela abra caminho, mas ela não o faz.

— É um encontro?

Meu corpo gela inteiro quando penso no beijo de Malcolm em seu sofá, mas pisco para Nana como se fosse a primeira vez que pensava naquela pergunta.

— O quê? Não! Nós vamos como amigos, como Mia e Ezra. Ficamos entediados e decidimos nos encontrar com eles. Só isso.

Consigo sentir minhas bochechas em chamas. Como Sadie diria, não sinto a conexão emocional apropriada com essa cena. Nana não parece ter engolido essa história de jeito algum. Nós nos encaramos em silêncio por alguns segundos até ela se recostar à soleira.

— Acho que eu poderia proibir você, embora isso nunca tenha funcionado com sua mãe. Ela saía escondida de mim. Mas quero que me ligue quando chegar lá, e quero que venha direto para casa depois. Com seu *irmão*. Daisy Kwon foi como acompanhante dos dois. Ela levou Mia e ele, e pode trazer você para casa também.

— Tudo bem, Nana. — Tento parecer grata, porque sei que não é fácil para ela. Além do mais, se tiver que ficar aborrecida com alguém, esse alguém deveria ser eu mesma, pois, de algum jeito, consegui transformar meu primeiro beijo com Malcolm em uma tocaia. Talvez eu deva bolar um sistema com Ezra para que ele possa enviar mensagens do tipo *Ninguém quer ouvir suas teorias de assassinato* da próxima vez que eu tiver o desejo de arruinar minha própria noite.

Eu a sigo até o andar de baixo, onde meu "não crush" gatinho está esperando. A parte boa de eu nos ter forçado a sair do sofá é conseguir ver Malcolm de terno novamente.

— Olá, senhora Corcoran — cumprimenta ele, e então seus olhos ficam satisfatoriamente arregalados quando me vê. — Uau! Você está ótima.

— Obrigada. Você também — digo, embora eu já tenha dito isso em sua casa. Sorrimos um para o outro de um jeito que não corrobora o argumento *Somos apenas amigos*.

— Ellery precisa estar de volta às dez e meia — interrompe Nana, definindo um horário arbitrário que *não* combinamos no andar de cima. — Ela vai voltar para casa com Ezra.

— Sem problema, senhora Corcoran — diz Malcolm antes que eu possa responder. — Obrigado por deixá-la ir comigo.

Não sei ao certo, mas acho que a expressão de Nana se suaviza um pouco quando ela abre a porta para nós.

— Divirtam-se. E fiquem em *segurança*.

Atravessamos o gramado até o Volvo, e Malcolm abre a porta do passageiro para mim. Inclino a cabeça para trás a fim de olhar para ele. Estou prestes a fazer uma piada — algo para aliviar a tensão causada pelo nervosismo óbvio de minha avó —, mas meus olhos vagam para seus lábios e para a curva do pescoço, onde este encontra o colarinho muito branco, e eu me esqueço do que eu tinha para dizer.

Seus dedos roçam meu braço, causando arrepios.

— Quer buscar um casaco? Está frio lá fora.

— Não, tudo bem. — Afasto o olhar de seu insólito colarinho atraente e me acomodo no banco. Saímos dos temas pesados da noite enquanto dirigimos, falando sobre uma série de quadrinhos que ambos gostamos e do spin-off de um filme que nenhum de nós assisitiu.

O estacionamento da escola está lotado, e Malcolm pega uma das últimas vagas ao fundo. Imediatamente me arrependo da decisão de não trazer um casaco, mas, quando começo a tremer, Malcolm tira o paletó e o coloca em meus ombros. Cheira a Malcolm, uma mistura imaculada de xampu e sabão em pó. Tento não inalar de um jeito muito óbvio enquanto andamos.

— É agora ou nunca — diz ele, abrindo as portas da frente.

Pego meu telefone e ligo para Nana a fim de avisá-la que chegamos em segurança, em seguida desligo quando dobramos o corredor que leva ao auditório. A primeira coisa que vemos é uma mesa coberta com uma toalha púrpura, ocupada por uma mulher loura em um vestido florido. Sua franja está mais alta que a média para a década atual.

— Ah, não — resmunga Malcolm, parando.

— O quê? — pergunto, enfiando o celular no bolso do vestido. Tiro o paletó de Malcolm dos ombros e o devolvo a ele.

Malcolm demora a vesti-lo antes de começar a se mexer novamente.

— Aquela é Liz McNulty. Irmã de Kyle. Ela me *odeia*. Parece que está acompanhando alguém.

— Aquela mulher? — Eu olho para ela. — Aquela com quem Declan terminou para ficar com Lacey? — Malcolm assente. — Pensei que tivesse a idade de seu irmão.

— E tem.

— Parece que tem quarenta!

Estou sussurrando, mas ele ainda pede para eu falar mais baixo quando nos aproximamos da mesa.

— Oi, Liz — cumprimenta Malcolm em tom resignado.

A mulher tira os olhos do celular, e sua expressão imediatamente se transforma em um olhar de profundo desgosto.

— Ingressos — rosna ela, sem devolver o cumprimento.

— Não temos ainda — diz Malcolm. — Queria dois, por favor?

Liz parece realmente triunfante quando diz:

— Não estamos vendendo na porta.

Malcolm interrompe o ato de pegar a carteira.

— Mas isso meio que está errado.

— Você tinha de comprar antecipado. — Liz bufa.

— Oi, pessoal — ressoa uma voz melódica atrás de nós. Eu me viro para ver Daisy saindo do ginásio, bonita com um vestido azul e salto alto. Uma explosão de música alta a acompanha até que ela fecha a porta.

— Oi — digo, aliviada ao ver um rosto amigável. — Você está bonita.

— Precisa se arrumar a altura do dever de acompanhante, certo, Liz? — diz Daisy. Liz alisa a frente do vestido desalinhado, e sinto uma pontada de compaixão por ela. Daisy olha de mim para Malcolm. — Estou surpresa de ver os dois aqui. Mia disse que vocês não viriam.

— Mudamos de ideia. Mas não sabíamos que era preciso comprar ingresso antecipado — acrescento, dando a Liz meu sorriso mais gracioso.

Liz cruza os braços, pronta para discutir, até Daisy pousar a mão conciliadora em seu braço.

— Ah, tenho certeza de que não vai ter problema, agora que o baile está na metade. Certo, Liz? — Sem resposta, mas Daisy continua: — O diretor Slate não gostaria de deixar ninguém de fora. Não em uma noite como essa, quando a escola está tentando reunir as pessoas. E precisamos de cada centavo que conseguirmos para o fundo de recompensas. — Ela abre aquele tipo de sorriso doce e vencedor que provavelmente a elegeu para o conselho estudantil durante seus quatro anos no Colégio Echo Ridge. Liz continua a olhar com raiva, mas menos certa. Acho que o relacionamento de Daisy com Declan continua em segredo, ou Liz provavelmente seria muito menos caridosa.

— Nós agradeceríamos de verdade — digo. Malcolm, sabiamente, mantém a boca fechada.

Liz estende a palma da mão com um suspiro irritado.

— Está bem. Cinco dólares. *Cada um.*

Malcolm entrega dez, e nós seguimos Daisy até o ginásio. Um bate-estaca alto nos atinge de novo, e pisco várias vezes enquanto meus olhos se acostumam à iluminação suave. Flâmulas roxas e balões prateados estão por toda parte, e o lugar está cheio de alunos dançando.

— Devemos procurar Mia e Ezra? — pergunta Malcolm, erguendo a voz para ser ouvido mesmo com as batidas barulhentas. Assinto, e ele se vira para o centro do salão, mas Daisy puxa meu braço antes que eu possa segui-lo.

— Posso te perguntar uma coisa? — grita ela.

Hesito quando Malcolm desaparece na multidão sem perceber que não estou atrás dele.

— Hum, tudo bem — respondo, sem saber o que esperar.

Daisy coloca a cabeça perto da minha para não ter de gritar.

— Eu estive pensando sobre o que você disse. Sobre Ryan Rodriguez e o bracelete? — Assinto. Não tivemos muita chance de discutir isso na quinta-feira, quando os pais de Mia e Daisy voltaram para casa e começaram a hiperventilar pela lesão na cabeça de Mia. Ela disse que havia tropeçado e ido de cara na lareira. — Isso tem me preocupado. Por que acha que ele poderia ter dado um presente para Lacey? Sabe de alguma coisa?

— Não — admito. Não quero catalogar todas as minhas suspeitas vagas para Daisy, especialmente depois do que ela disse naquele dia: *Há toda essa outra questão quando você faz parte de uma das únicas famílias minoritárias da cidade.* Às vezes eu esqueço como não há... *diversidade* em Echo Ridge. Mas, quando olho para o ginásio lotado, eu lembro. E parece menos inofensivo lançar especulações sobre alguém cujo sobrenome é Rodriguez.

Além disso, apesar de ter riscado o nome de Daisy de minha lista de suspeitos depois de conhecê-la melhor, ainda acho que Declan é suspeito. Malcolm pode não falar muito com ele, mas tenho certeza de que Daisy o faz.

— É só porque ele a conhecia — digo, em vez de especular.

A testa de Daisy se franze.

— Mas... eles nem eram amigos.

— Ele ficou arrasado quando ela morreu.

Ela se levanta de surpresa, os lindos olhos arregalados.

— Quem disse?

— Minha mãe. — Daisy ainda parece confusa, então acrescento: — Ela o viu no funeral. Quando ele ficou histérico e precisou ser carregado para fora?

— *Ryan Rodriguez* fez isso? — O tom de Daisy é de incredulidade, e ela balança decididamente a cabeça. — Isso não aconteceu.

— Talvez você não tenha visto? — sugiro.

— Não. Nossa turma era pequena, estávamos todos de um lado da igreja. Eu teria notado. — A boca de Daisy se curva em um sorriso compassivo. — Sua mãe provavelmente estava sendo dramática. Hollywood, certo?

Eu paro. A resposta de Daisy é quase exatamente o que Nana disse quando eu a trouxe à tona algumas semanas atrás. *Isso não aconteceu.* Então, pensei que Nana estava sendo indiferente. Mas isso foi antes de eu ter visto como Sadie pode ficar estranha quando o assunto é Echo Ridge.

— Sim, acho — concordo, devagar.

Não acho que Daisy tenha alguma razão para mentir sobre o comportamento de Ryan no funeral de Lacey. Mas Sadie?

— Desculpe, separei você de seu par, não é? — diz Daisy, enquanto vemos Malcolm emergindo de uma multidão no meio do salão. — É melhor eu circular e fazer alguma coisa de útil. Divirta-se. — Ela dá um tchauzinho e vai para os bastidores, girando para evitar alguns alunos de teatro que estão começando uma valsa dramática enquanto a música desacelera

— O que aconteceu? — pergunta Malcolm, quando chega em mim. Parece mais desgrenhado que quando chegamos aqui, como alguém que se viu à beira de uma rodinha punk, mas não entrou com tudo: jaqueta desabotoada, gravata solta, cabelo desgrenhado.

— Desculpe. Daisy queria me perguntar uma coisa. Você os encontrou?

— Não. Fui interceptado por Viv. — Seus ombros se contorcem em um estremecimento irritado. — Ela já perdeu Kyle e não está nada feliz com isso. E está brava com Theo porque ele trouxe um cantil e Katrin está meio bêbada.

Examino o ginásio até encontrar um vestido vermelho brilhante.

— Por falar nisso — digo, apontando para a pista de dança. Katrin e Theo estão dançando devagar no meio da pista, os braços da garota em volta do pescoço do namorado, como se ela estivesse tentando não se afogar. — Lá está ela.

Malcolm segue meu olhar.

— Sim. Não parece muito com uma assassina, não é?

Algo dentro de mim murcha.

— Você acha que sou ridícula, não é?

— O quê? Não — diz Malcolm rapidamente. — Só quis dizer... o que poderia acontecer não está acontecendo neste exato segundo, então... talvez a gente possa dançar? — Ele desliza um dedo sob a gravata e puxa para afrouxá-la mais. — Já que estamos aqui e tudo mais.

Meu estômago começa a ficar gelado de novo.

— Bem. Precisamos nos misturar — argumento, então aceito a mão que ele me estende.

Meus braços circulam seu pescoço, e suas mãos acariciam minha cintura. É a clássica e desajeitada posição de dança lenta, mas, depois de alguns passos descoordenados, ele me puxa para mais perto e então, de repente, nos encaixamos. Relaxo contra seu corpo, minha cabeça em seu peito. Por alguns minutos, apenas aprecio o quanto ele parece sólido, e a batida constante de seu coração colada a minha bochecha.

Malcolm sussurra em minha orelha:

— Posso te perguntar uma coisa? — Eu levanto a cabeça, esperando que ele vá perguntar se pode me beijar de novo, e eu quase digo sim apressadamente antes que ele acrescente: — Você tem medo de palhaços?

Hein? Que decepção.

Eu me inclino para trás e olho em seus olhos, que parecem cinza prateado em vez de verdes sob a iluminação suave.

— Hum. Como?

— Você tem medo de palhaços? — pergunta ele pacientemente, como se fosse um início de conversa perfeitamente normal.

Então, entro na dança.

— Não. Nunca entendi toda a fobia de palhaço, para ser sincera. — Balanço a cabeça, e um cacho perdido roça meus lábios e gruda no gloss. Lembrando, mais uma vez, por que não uso maquiagem. Antes que eu possa descobrir uma maneira graciosa de soltá-lo, Malcolm faz isso por mim, prendendo o cacho atrás de minha orelha e deixando a mão pousar brevemente em meu pescoço antes que volte à cintura.

Um choque de energia desce pela minha espinha. *Ai.* Tudo certo. Talvez o gloss tenha sua serventia.

— Eu também — diz ele. — Sinto que palhaços são meio que mal interpretados, sabe? Eles só querem divertir as pessoas.

— Você é, tipo, um porta-voz? — pergunto, e ele sorri.

— Não. Mas tem aquele museu de palhaços em Solsbury... bem, chamá-lo de museu é meio que exagerado. É a casa de uma velha que está abarrotada de palhaços antigos. Ela entrega a qualquer um que aparece com um pacote gigante de pipoca, e ela tem seis cachorros que ficam lá, no meio de todas as recordações de palhaços. E às vezes ela passa filmes em uma das paredes, mas nem sempre há palhaços neles. Normalmente não há, de fato. A última vez que a visitei o filme era *Legalmente Loira*.

Eu ri.

— Parece o máximo.

— É estranho — admite Malcolm. — Mas eu gosto. É engraçado e meio interessante, contanto que você não tenha medo de palhaços. — Suas mãos apertam minha cintura, só um pouco. — Pensei que talvez você quisesse ir lá algum dia.

Tenho muitas perguntas, começando com *Só eu, ou eu e meu irmão mais Mia?* e *Vai ser um encontro ou é apenas uma coisa estranha de que você gosta e que ninguém mais gosta?* e *Não é melhor estarmos com esses crimes cem por cento resolvidos primeiro?* Mas engulo as perguntas e respondo:

— Eu topo.

Porque topo mesmo.

— Legal. Ótimo — Malcolm diz com um sorriso safado. De repente, qualquer que seja o ritmo que conseguimos encontrar desaparece; ele pisa no meu pé, eu o acerto com o cotovelo, meu cabelo gruda no rosto por razões que nem eu consigo compreender. Tudo fica infernal muito rapidamente, até que ele estaca e pergunta: — Você está vendo Katrin?

Olho para o meio do ginásio, onde a vimos pela última vez, mas ela não está lá.

— Theo ainda está lá — digo, inclinando meu queixo na direção dele. Está tentando parecer casual, mas fracassando miseravelmente enquanto despeja o conteúdo de um cantil em seu copo. — Mas não a vejo.

A música muda para uma canção rápida, e Malcolm acena para eu segui-lo. Saímos da pista de dança, ziguezagueando pela multidão, e circulamos o perímetro do auditório. Flagro algumas pessoas olhando para Malcolm e, antes que eu possa pensar muito sobre isso, agarro sua mão. Localizo Mia e Ezra dentro de um grupo maior, dançando freneticamente. Daisy está ao lado, mas um pouco afastada, com alguns acompanhantes e uma expressão preocupada. Isso me faz imaginar como foi o baile para ela há cinco anos, observando o garoto que ela amava e sua melhor amiga sendo coroados rei e rainha. Se ela estava com ciúmes ou despreocupada, pensando que sua vez chegaria em breve.

E eu me pergunto como foi para Sadie mais de vinte anos antes, ali, sem sua irmã, dançando com um menino do qual ela deveria ter gostado ao menos um pouco. Uma noite perfeita se transformou em uma lembrança cruel.

— Ela não está aqui — diz Malcolm, mas, nesse momento, vejo um clarão de um vermelho vivo onde eu não esperava que estivesse.

O canto mais ao fundo do ginásio tem uma saída ao lado das arquibancadas que foi coberta com balões e flâmulas na tentativa de fazer com que parecesse inacessível. Katrin surge debaixo da arquibancada e, sem verificar se havia um acompanhante à vista, abre a porta e sai.

Malcolm e eu trocamos olhares. O caminho direto para a porta está repleto de colegas dançando e acompanhantes, então nos mantemos nos cantos do ginásio até chegar ao lado oposto. Deslizamos embaixo das arquibancadas e seguimos pela parede em direção à porta, encontrando apenas um casal se beijando. Quando saímos do outro lado, olhamos em volta com mais cuidado que Katrin antes de segui-la pela porta.

Está frio e silencioso lá fora, a lua cheia e brilhante acima de nós. Katrin não está em lugar algum. O campo de futebol está à esquerda, a frente do prédio, à direita. Por acordo tácito, vamos para a direita.

Quando viramos a esquina mais próxima da entrada da escola, Katrin está parada perto da placa do Colégio Echo Ridge. Malcolm me puxa de volta para as sombras quando ela se vira, e vejo uma bolsinha em suas mãos. Meus olhos se esforçam e me falta fôlego quando a vejo se atrapalhar com o fecho. Mesmo que a parte sensata de meu cérebro se pergunte o que ela poderia conseguir encaixar ali além de chaves e um gloss, pego meu celular e coloco em modo de vídeo.

Mas, antes que Katrin possa tirar qualquer coisa da bolsa, ela a deixa cair. Meu telefone a enquadra num luar quase cinematográfico enquanto ela congela, se dobra para a frente e vomita ruidosamente na grama.

CAPÍTULO VINTE E OITO

ELLERY

DOMINGO, 6 DE OUTUBRO

Após o baile de boas-vindas, Echo Ridge parece cansada no domingo, como se toda a cidade estivesse de ressaca. A igreja fica mais vazia que de costume, e quase não vemos ninguém enquanto ajudamos Nana com as tarefas de casa depois da missa. Mesmo Melanie Kilduff, que geralmente corre em algum momento enquanto trabalhamos no quintal, não aparece quando Ezra e eu estamos tirando ervas daninhas do gramado lateral.

— Então, como as coisas terminaram entre você e Malcolm? — pergunta Ezra.

Puxo um dente-de-leão e, acidentalmente, decapito a flor em vez de arrancá-la pelas raízes.

— Quero dizer, você viu — respondo, irritada. O baile terminou pontualmente às dez horas da noite anterior, e todos fomos expulsos do auditório como gado com um toque de recolher rigoroso. Daisy nos deixou em casa quinze minutos antes do prazo de Nana. Estranhamente, Nana ficou acordada até mais tarde, rodeando Ezra e eu, e acabei enviando mensagens de texto para ele sobre minha noite em vez de descrevê-la pessoalmente. — Nós nos demos boa-noite.

— Sim, mas vocês devem ter feito planos, certo?

Eu extraio o resto do dente-de-leão e o jogo no balde de plástico entre nós.

— Acho que talvez a gente vá a um museu de palhaços.

Ezra franze a testa.

— Como é?

— Um museu de palhaços. É meio fora da curva, não é? — Eu me agacho, frustrada. — Realmente pensei que aconteceria algo mais na noite passada. Com Katrin, quero dizer. Mas tudo o que fizemos foi flagrá-la no desonroso ato de vomitar.

Ezra dá de ombros.

— Não foi uma má ideia. Ela é importante demais para tudo o que está acontecendo por aqui, mas... — Ele para e enxuga a testa, deixando uma mancha de sujeira. — Mas talvez devêssemos deixar os especialistas lidarem com isso. Entregue o recibo à polícia. Não precisa dizer a eles como conseguiu. Malcolm pode dizer que o encontrou.

— Por outro lado, não faz sentido algum. A única razão pela qual o recibo é importante é porque Brooke estava tentando recuperá-lo.

— Ah. Certo.

O rugido fraco de um motor de carro se aproxima, e eu me viro para ver a viatura do policial Rodriguez passar por nossa casa e virar em sua garagem alguns portões adiante.

— Pena que o nosso policial local é tão suspeito — murmuro.

— Você ainda não se deu por vencida? — pergunta Ezra. — Daisy te disse ontem à noite que o policial Rodriguez não fez uma cena no funeral de Lacey. Nana disse a mesma coisa. Não sei por que Sadie falou o contrário, sendo que não é verdade, mas, no mínimo, o que ela acha que viu fica aberto à interpretação. Fora isso, o que o cara fez? Tirou uma foto ruim para o anuário? Talvez você deva lhe dar uma chance.

Fico de pé e sacudo minha calça jeans.

— Talvez você tenha razão. Vamos.

— Hein? — Ezra estreita os olhos para mim. — Eu não quis dizer *agora*.

— Por que não? Nana está enchendo o saco para a gente levar aquelas caixas de mudança, certo? Para ele poder arrumar a casa antes de tentar vendê-la? Vamos fazer isso agora. Talvez possamos sondá-lo sobre o que está acontecendo com a investigação.

Deixamos as ferramentas de jardinagem onde estão e entramos. Nana está no andar de cima, passando aspirador, enquanto juntamos algumas dezenas de caixas de **papelão no porão. Quan**do gritamos para ela o que estamos fazendo, ela não protesta.

Ezra leva a maior parte das caixas e eu pego o restante, seguindo-o para fora na larga rua de terra que leva à casa dos Rodriguez. É no estilo holandês do Cabo, marrom-escura, menor que o restante das casas do bairro e afastada da rua. Jamais a tinha visto de perto. As janelas da frente têm floreiras azuis brilhantes, mas tudo no interior parece estar morto há meses.

O policial Rodriguez responde poucos segundos depois de Ezra apertar a campainha. Está sem uniforme, com uma camiseta azul e calça de moletom, e o cabelo parece pedir um corte.

— Ah, oi — diz ele, abrindo a porta. — Nora comentou que mandaria essas caixas. Momento ótimo. Estou tirando algumas coisas da sala agora.

Ele não nos convidou exatamente, mas eu entrei na antessala de qualquer jeito.

— Você está de mudança? — pergunto, esperando manter a conversa. Agora que estou dentro da casa dos Rodriguez, fico mais curiosa sobre ele do que nunca.

O policial Rodriguez pega as caixas e as apoia contra a parede.

— Vou acabar me mudando. Agora que meu pai se foi, é casa demais para uma pessoa só, sabe? Mas não estou com pressa. Tenho de descobrir aonde ir primeiro. — Ele levanta um braço para coçar a parte de trás da cabeça. — Vocês querem algo para beber? Água, talvez?

— Tem café? — pergunta Ezra.

O policial Rodriguez parece desconfiado.

— Tem autorização para beber café?

— Somos só cinco anos mais novos que você — ressalta Ezra. — E é *café*. Não estou pedindo metanfetamina. — Dou uma risadinha, mesmo quando percebo que Ezra deve se sentir relativamente confortável com o policial Rodriguez para falar com ele daquele jeito. Ele não costuma desafiar abertamente figuras de autoridade, mesmo quando é uma piada.

O policial Rodriguez sorri timidamente.

— Bem, sua avó é meio rigorosa. Mas sim, acabei de fazer um pouco. — Ele se vira, e o seguimos até uma cozinha com eletrodomésticos cor de mostarda e antiquado papel de parede floral. O policial Rodriguez tira algumas canecas descombinadas de um armário e fuça uma gaveta a procura de colheres.

Eu me encosto no balcão.

— Estávamos imaginando, hum, como vão as coisas com a investigação sobre Brooke — digo, sentindo um aperto familiar no peito. Em alguns dias, como ontem, fico tão ocupada que quase esqueço como cada hora que passa torna cada vez menos provável que Brooke volte para casa em segurança. — Alguma novidade?

— Nada que eu possa dizer — responde o policial Rodriguez, o tom tornando-se mais profissional. — Sinto muito. Sei que é difícil para vocês a terem visto antes que desaparecesse.

Ele parece ser sincero. E agora, enquanto enche uma caneca de boneco de neve com café fumegante e entrega para mim, parece tão legal e normal e decididamente não assassino que eu gostaria de ter trazido o recibo do conserto do carro comigo.

Exceto que ainda não sei muito sobre ele. Não mesmo.

— Como está a família dela? — pergunta Ezra, sentando-se na cadeira da cozinha. Há um centavo perdido na mesa a sua frente, e ele começa a girar a moedinha sobre o tampo.

— Do jeito que se espera. Estão morrendo de preocupação. Mas agradecem por tudo o que a cidade está fazendo — diz o policial Rodriguez. Ele vai até a geladeira e a abre, vasculhando o conteúdo. — Vocês tomam com leite? Ou com creme?

— Tanto faz — responde Ezra, pegando a moeda entre dois dedos no meio do giro.

Olho para a sala de estar anexa, onde uma foto enorme de três criancinhas paira sobre a prateleira da lareira.

— É você quando pequeno? — pergunto. Como tenho tão poucas, fotos de família são meu *catnip*. Sempre sinto que devem dizer muito sobre a pessoa a quem pertencem, e é por isso que Sadie as odeia. Ela não gosta de revelar nada.

O policial Rodriguez ainda está olhando para a geladeira, de costas para mim.

— O quê?

— Aquela foto sobre a lareira. — Coloco minha caneca no balcão e vou até a sala para um olhar mais atento. A parte de cima da lareira está cheia de fotos, e eu gravito em direção a um porta-retratos triplo, com fotos que parecem de formatura.

— Você não pode... — chama o policial Rodriguez, e escuto um barulho de coisas quebrando atrás de mim. Quando me viro para vê-lo tropeçar em uma banqueta, meu olhar passa por uma foto de Ezra.

Espere. Não. Não pode estar certo.

Meus olhos se fixam na foto emoldurada de um jovem em uniforme militar, encostado em um helicóptero e sorrindo para a câmera. Tudo nele — os cabelos escuros e os olhos, os ângulos afilados do rosto, até o sorriso um pouco inclinado — parece exatamente com meu irmão.

E comigo.

Respiro fundo, meus dedos fechando em torno do quadro segundos antes de o policial Rodriguez tentar arrancá-lo da prateleira da lareira. Cambaleio para trás, as duas mãos segurando a foto enquanto algo muito parecido com pânico percorre minha corrente sanguínea. Minha pele está quente, e a visão fica turva. Mas ainda consigo enxergar esse rosto com perfeita clareza em minha mente. Podia ser meu irmão vestido de soldado para o Halloween, mas não é.

— Quem é esse? — pergunto. Minha língua parece grossa, como se tivesse sido atingida por um dardo de tranquilizante.

O rosto do policial Rodriguez está vermelho como um pimentão. Parece preferir qualquer outra coisa a me responder, mas finalmente o faz:.

— Meu pai, logo depois que serviu na Operação Tempestade no Deserto.

— Seu *pai*? — A palavra sai como um grito.

— Ellery? O que foi? — O tom intrigado de Ezra parece estar a quilômetros de distância.

— Merda. — O policial Rodriguez corre as duas mãos pelos cabelos. — Tudo... bem. Não é assim que eu queria que as coisas acontecessem. Eu ia, sei lá, falar com sua avó ou algo assim. Só que não tinha ideia do que dizer, então só fui adiando e... quero dizer, sei lá. — Fito seus olhos, e ele engole em seco. — Talvez seja uma coincidência.

Minhas pernas ficam bambas. Caio em uma poltrona, ainda segurando o porta-retratos.

— Não é uma coincidência.

A impaciência surge na voz de Ezra.

— Do que vocês estão falando?

O policial Rodriguez não se parece em nada com seu pai. Se parecesse, talvez eu pudesse ter ficado tão assustada quanto ele ficou na primeira vez que nos encontramos. De repente, tudo faz sentido — a caneca de café derrubada na cozinha de Nana, a gagueira nervosa e atrapalhada toda vez que nos via. Julguei ser inépcia a princípio, depois sentimento de culpa por Lacey. Nunca, nem uma vez, me ocorreu que Ryan Rodriguez parecia o tempo todo um animal assustado porque tentava processar o fato de que provavelmente somos parentes.

Provavelmente? Examino a foto em minhas mãos. Jamais fui parecida com Sadie, exceto pelo cabelo e pelas covinhas. Mas aqueles olhos quase pretos, erguidos, o queixo pontudo, o sorriso — é o que vejo no espelho todos os dias.

O policial Rodriguez junta as mãos diante do peito, como se estivesse se preparando para rezar.

— Talvez devêssemos chamar sua avó.

Balanço a cabeça de um jeito enfático. Não sei muito agora, mas *sei* que a presença de Nana só elevaria o quociente de desconforto a mil. Em vez disso, estendo o porta-retratos para Ezra.

— Você precisa ver isso.

Sinto como se todos os dezessete anos de minha vida brilhassem a minha frente enquanto meu irmão atravessa a sala. Meu cérebro corre no mesmo ritmo, tentando encontrar alguma explicação para todas as partes que agora parecem mentiras. Tipo, talvez Sadie realmente tenha se encontrado com alguém chamado Jorge ou José em uma boate, e acreditasse genuinamente em tudo o que ela já havia falado sobre nosso pai. Talvez nem se lembrasse do que agora parece ser um precursor bem óbvio de tudo aquilo; um caso com um cara casado enquanto estava na cidade para o funeral do pai.

Exceto. Que eu me lembro de sua expressão quando mencionei, pela primeira vez, o nome do policial Rodriguez: como algo desconfortável e quase malicioso cruzou seu rosto. Quando perguntei a ela sobre isso, ela me contou essa história sobre seu colapso no funeral de Lacey. Uma coisa que me fez construir toda uma teoria criminal até duas pessoas me confirmarem que isso não aconteceu.

Ezra respira fundo.

— Puta merda.

Não consigo encará-lo, então olho para o policial Rodriguez. Um músculo treme em sua bochecha.

— Sinto muito — diz ele. — Eu devia ter... bem, não sei o que eu devia ter feito, para ser sincero. Poderíamos... fazer um exame ou algo assim, acho, para termos certeza... — Ele para de falar e cruza os braços. — Não acho que ele soubesse. Talvez eu esteja errado, mas acho que ele teria dito algo se tivesse ideia.

Teria. Futuro do pretérito. Pois seu pai — e nosso também, acho — morreu há três meses.

É muita coisa para absorver. Vozes zumbem ao meu redor, e eu provavelmente deveria ouvi-las, pois tenho certeza de que estão dizendo algo importante e significativo, mas não consigo ouvir as palavras claramente. Tudo é estática. Minhas mãos estão suando, meus joelhos, tremendo. Meus pulmões parecem ter encolhido e só conseguem sorver um pouco de ar a cada vez. Estou ficando tão tonta que tenho medo de desmaiar no meio da sala dos Rodriguez.

E, talvez, a pior coisa nisso tudo seja: como quero minha mãe de um jeito terrível, infantil e desesperado agora.

CAPÍTULO VINTE E NOVE

MALCOLM

DOMINGO, 6 DE OUTUBRO

É um daqueles sonhos que, na verdade, são uma lembrança.

Mia e eu estamos em seu sofá, nossos olhos grudados na televisão enquanto assistimos à cobertura do funeral de Lacey na véspera. Nós havíamos comparecido, claro, mas não conseguimos evitar reviver o momento pela tela.

Meli Dinglasa, uma formanda do Colégio Echo Ridge que trabalhava na obscuridade em um canal de notícias local até alguém ter a brilhante ideia de colocá-la diante das câmeras para cobrir essa história, está parada nos degraus da igreja, segurando um microfone. "Ontem, essa cidade estilhaçada da Nova Inglaterra se reuniu para o funeral de Lacey Kilduff, lamentando a perda de uma jovem tão promissora. Mas, em meio à tristeza, as perguntas continuam a girar em torno daqueles que conheciam melhor a vítima adolescente".

A câmera corta para o vídeo de Declan deixando a igreja em um terno mal ajustado, lábios apertados e expressão carrancuda.

Se ele está tentando fazer o papel de "ex com má reputação e rancoroso", está se saindo muito bem.

Mia pigarreia e se inclina para a frente, abraçada a um travesseiro.

— Acha que quem fez isso foi ao funeral ontem? — Ela olha para meu rosto e rapidamente acrescenta: — Não digo que tenha sido algum de seus amigos. Claro. Quero dizer, fico imaginando se é alguém que conhecemos. Bem ali com a gente, no meio da multidão.

— A pessoa não apareceria — argumento, com mais certeza do que sinto.

— Acha que não? — Mia morde o lábio inferior, os olhos passando rapidamente pela tela. — Deveriam fazer o teste do assassino com todo mundo.

— O quê?

— Eu ouvi falar disso na escola — esclarece Mia. — É um enigma sobre uma garota. Ela está no funeral de sua mãe e vê um cara que ela não conhece. Ela se apaixona por ele e decide que ele é o cara dos sonhos. Alguns dias depois, ela mata a irmã. Por que ela fez isso?

— Ninguém faria isso — zombo.

— É um enigma. Você tem de responder. Dizem que os assassinos sempre dão a mesma resposta.

— Porque ela... — Eu hesito, tentando pensar na resposta mais distorcida possível. Eu me sinto à vontade para fazer isso com Mia, de um jeito que não faria com mais ninguém agora. É uma das únicas pessoas em Echo Ridge que não está lançando olhares acusadores para Declan; e para mim, como se eu devesse ser uma má influência por associação. — Porque a irmã era namorada do homem e ela o queria para si mesma?

— Não. Porque ela achava que o homem poderia ir ao funeral da irmã também.

Eu bufo.

— Isso nem faz sentido.

— Você tem uma maneira melhor de dizer quem é um assassino de sangue-frio?

Examino a multidão na tela, procurando por um sinal óbvio de que alguém não está bem. Algo distorcido espreitando entre todos os rostos tristes.

— Vai ser a pessoa mais confusa do lugar.

Mia se enrodilha ainda mais no canto do sofá, apertando o travesseiro contra o peito.

— Esse é o problema, não é? Vai ser, mas é impossível dizer.

Desperto tão violentamente que quase caio da cama. Meu coração está acelerado, e minha boca, seca. Fiquei sem pensar sobre esse dia por anos; Mia e eu assistimos à cobertura do funeral de Lacey enquanto eu me escondia em sua casa porque a minha já estava borbulhando com a tensão nervosa. Não sei por que eu sonhei com isso agora, exceto...

Katrin teria de estar tão desesperada a ponto de perder toda a noção de certo ou errado, ou teria de ser uma criminosa de sangue-frio. Mesmo depois de flagrar Katrin apenas procurando um lugar tranquilo para vomitar, não consigo tirar as palavras de Ellery da cabeça.

Corro a mão pelo cabelo molhado de suor e me viro, tentando mergulhar de volta no sono. Não adianta. Meus olhos continuam se abrindo, então rolo para verificar a hora no celular. Passa das três da manhã, por isso me surpreende ver uma mensagem de Ellery enviada dez minutos atrás.

Desculpe eu não ter respondido mais cedo. Coisas aconteceram.
Levou apenas quinze horas para responder a minha mensagem: *Eu me diverti na noite passada.* O que estava me deixando paranoico por um motivo diferente.

Eu me apoio em um cotovelo, sentindo uma pontada de preocupação. Não gosto da palavra *coisas* ou do fato de Ellery estar acordada às três da manhã. Estou prestes a responder quando um som do lado de fora da porta me faz parar. O correr leve de passos é quase imperceptível, exceto por um pequeno rangido da tábua solta na frente de meu quarto. Mas agora que forço a audição, ouço alguém descer e abrir a porta da frente.

Jogo os lençóis para o lado, saio da cama e atravesso o quarto até minha janela. A lua brilha o suficiente para que eu possa distinguir uma figura com uma mochila andando rapidamente por nossa garagem. Não do tamanho de Peter, e o passo confiante não se parece em nada com o de minha mãe. Resta Katrin.

Katrin teria de estar tão desesperada a ponto de perder toda a noção de certo ou errado ou teria de ser uma criminosa de sangue-frio. Meu Deus. As palavras de Ellery são a Montanha-Russa Demoníaca da Fright Farm dentro de meu cérebro, circulando em loop infinito e horripilante. E agora, observando a figura lá embaixo desaparecer na escuridão, tudo o que posso pensar é que é bastante imprudente passear por Echo Ridge às três da manhã com Brooke ainda desaparecida.

A menos que você saiba que não há nada a temer.

A menos que *você seja* quem as pessoas deveriam temer.

Tateio o chão procurando meus tênis. Segurando-os em uma das mãos, pego o celular com a outra e deslizo do quarto para o corredor escuro. Desço as escadas o mais silenciosamente possível, embora eu provavelmente não precise me incomodar, pois o ronco alto de Peter me encobre. Quando chego à antessala, enfio os pés no tênis e abro a porta da frente devagar. Não vejo Katrin em lugar algum, e tudo que ouço são grilos e farfalhar de folhas.

Olho para os dois lados quando chego ao final da garagem. Não há postes de luz em nosso trecho da rua, e não vejo nada além da silhueta sombria das árvores. O colégio fica à esquerda, e o centro está à direita. *Colégio,* penso. Onde o baile aconteceu na noite de ontem. Viro à esquerda e fico à beira da estrada, andando perto dos arbustos altos que cercam a propriedade do vizinho mais próximo. Nossa rua desemboca em uma maior, que é mais bem iluminada, e, quando viro a esquina, consigo distinguir Katrin alguns quarteirões à frente.

Pego meu celular e mando uma mensagem para Ellery. *Estou seguindo Katrin.*

Não espero uma resposta, mas ela me responde em segundos. *QUÊ???*

Por que você está acordada?

Longa história. Por que você está seguindo Katrin?

Porque ela saiu de casa às 3 da manhã e eu quero descobrir o motivo.

Boa resposta. Aonde ela está indo?

Sei lá. Colégio, talvez?

É uma boa caminhada de vinte minutos de nossa casa até o Colégio Echo Ridge, mesmo com Katrin e eu nos movendo em um ritmo acelerado. Meu celular vibra na mão algumas vezes enquanto ando, mas mantenho meus olhos em Katrin. Sob o luar nebuloso tem algo de quase insubstancial ao seu redor, como se pudesse desaparecer se eu parasse de prestar atenção. Continuo pensando na festa de casamento de nossos pais na primavera passada, quando minha nova meia-irmã usava um sorriso frágil e um vestido branco curto, como algum tipo de noiva em treinamento. Enquanto Peter e mamãe circulavam a pista para sua primeira dança, ela pegou um par de taças de champanhe da bandeja de um garçom que passava e me entregou uma.

— Estamos presos um ao outro agora, não estamos, Mal? — perguntou ela antes de esvaziar metade da taça em um gole. Ela brindou comigo em seguida. — Pode ir se acostumando. Felicidades.

Gostei dela mais do que pensei que gostaria naquela noite. E desde então foi assim. Por isso vou odiar com todas as forças se Ellery estiver certa sobre tudo isso.

Katrin para a poucas centenas de metros do Colégio Echo Ridge, em um muro de pedra que divide a escola da propriedade vizinha. As luzes da rua em frente ao prédio lançam um brilho amarelado, o suficiente para eu vê-la deixar a mochila no chão e agachar ao lado dela. Eu me ajoelho atrás de um arbusto, meu coração palpitando de um jeito desconfortável. Enquanto espero Katrin se levantar de novo, olho para a última mensagem que recebi de Ellery: *O que ela está fazendo?*

Prestes a descobrir. Aguente aí.

Abro minha câmera e aciono a gravação de vídeo, dou zoom e aponto para Katrin quando ela tira algo quadrado e branco da mochila. Desdobra-o, como um mapa, e caminha na direção do muro de pedra. Vejo como ela prende um canto do que está segurando no topo da parede com fita adesiva, em seguida, repete o processo até que uma placa com letras vermelhas fica totalmente visível.

AGORA, NO AR
MURDERLAND, PARTE 2
EU AVISEI

Meu coração bate em falso, e quase deixo o celular cair. Katrin coloca a fita adesiva de volta na mochila e fecha o zíper, em seguida a joga por cima do ombro, virando-se e refazendo o caminho por onde veio. Está usando um moletom de capuz que cobre seus cabelos, mas, quando passa a poucos metros de mim, tiro uma foto clara de seu rosto.

Quando não ouço mais seus passos, avanço para poder gravar a placa de perto. As letras vermelhas brilhantes estão salpicadas contra o fundo branco, mas não há mais nada — nada de bonecas, nada de fotos, nada da alegria macabra de seu trabalho anterior. Mando o vídeo para Ellery e escrevo, *Isso é o que ela está fazendo.* Então espero, mas não por muito tempo.

Ai, meu Deus.

Meus dedos parecem dormentes enquanto digito. *Bem que você disse.*

Temos de entregar isso para a polícia, responde Ellery. *O recibo também. Eu não deveria ter me prendido a isso por tanto tempo.*

Meu estômago se revira. Meu Deus, o que minha mãe vai pensar? Parte dela ficará aliviada por tirar o foco de Declan e de mim, ou será a mesma programação de merda, mas em um canal diferente? E Peter... meu cérebro surta tentando imaginar como ele reagirá ao fato de Katrin estar envolvida em algo assim. Especialmente se for eu quem trouxer tudo à tona.

Mas eu preciso. Tem coisa demais acumulada, e tudo aponta para minha meia-irmã.

Começo a andar e mandar mensagens ao mesmo tempo. *Eu sei. Vou ver se ela está indo para casa, e não para outro lugar. Vamos à delegacia amanhã de manhã?*

Prefiro mostrar ao policial Rodriguez primeiro. Quer vir a minha casa por volta das seis e então vamos juntos?

Pisco para a tela. Ellery passou semanas contando a qualquer um que escutasse — o que, em minha opinião, é principalmente Ezra, Mia e eu — que achava o policial Rodriguez suspeito. Agora quer ir até a casa dele ao amanhecer e entregar provas que não deveríamos ter? Tiro os olhos do celular e vejo que estou me aproximando um pouco rápido demais de Katrin; se eu mantiver o ritmo, vou passá-la. Diminuo a velocidade e mando outra mensagem: *Por que ele?*

Demora alguns minutos para que a resposta de Ellery apareça. Ela está escrevendo um romance ou ganhando tempo para pensar no que dizer. Quando a mensagem finalmente chega, não é o que eu esperava.

Vamos apenas dizer que ele me deve uma.

— Então, como você conseguiu mesmo esse recibo?

O policial Rodriguez me entrega uma xícara de café em sua cozinha. Os primeiros raios de sol da manhã atravessam a janela sobre a pia, deixando a mesa dourada. Estou tão cansado que o efeito me faz lembrar de um travesseiro, e tudo o que quero fazer é deitar a cabeça e fechar os olhos. Deixei um bilhete para minha mãe e Peter, dizendo que eu estava indo para a academia, que é apenas um pouco mais crível que o que estou realmente fazendo.

— A lixeira de reciclagem estava destrancada — responde Ellery, torcendo um cacho em volta do dedo.

— Destrancada? — Os olhos do policial Rodriguez estão sombreados por olheiras. Considerando o que Ellery me contou no caminho sobre a foto de seu pai, duvido de que também tenha dormido muito na noite passada.

— Isso.

— Mas tudo isso ainda estava dentro?

Ela sustenta seu olhar sem piscar.

— Sim.

— Tudo bem. — Ele esfrega a mão sobre o rosto. — Vamos adiante com isso. Independentemente de a lixeira estar trancada ou não, o conteúdo não era de sua propriedade.

— Não pensei que itens descartados tinham dono — argumenta Ellery. Ela parece realmente desejar estar certa.

O policial Rodriguez se recosta na cadeira e a observa em silêncio por alguns segundos. Ele e Ellery não se parecem muito. Mas agora que sei que há uma chance de serem parentes, o queixo teimoso dos dois parece exatamente o mesmo.

— Vou tratar isso como uma pista anônima — finalmente diz, e Ellery fica visivelmente aliviada. — Vou checar a situação do carro. Considerando o estado mental de Brooke quando você a viu na Fright Farm, é uma linha interessante a seguir.

Ellery cruza as pernas e balança um pé. Está cheia de energia nervosa desde que chegou aqui, constantemente se mexendo e remexendo. Ao contrário do policial Rodriguez e de mim, ela parece bem acordada.

— Você vai prender Katrin?

O policial Rodriguez levanta a palma da mão.

— Opa. Não tão rápido assim. Não há provas de que ela tenha cometido um crime.

Ela pisca, assustada.

— E o vídeo?

— É pertinente, claro. Mas não há destruição de propriedade envolvida. Invasão, talvez. Depende de quem for o dono do muro.

— Mas e as outras vezes? — pergunto.

Ele dá de ombros.

277

— Não sabemos se ela esteve envolvida. Tudo o que sabemos é o que você viu nesta manhã.

Aperto minha caneca. O café já está frio, mas bebo mesmo assim.

— Então, tudo o que demos a você é inútil.

— *Nada* é inútil quando alguém desaparece — rebate o policial Rodriguez. — Tudo o que estou dizendo é que é prematuro tirar conclusões com base no que me mostrou. Esse é meu trabalho, está bem? Não o seu. — Ele se inclina para a frente e bate os nós dos dedos na mesa para dar ênfase. — Prestem atenção. Agradeço a vocês por terem me procurado, de verdade. Mas vocês precisam ficar fora disso a partir de agora. Não só para sua própria segurança, mas porque, se vocês *estiverem* circulando por perto de alguém que teve participação no desaparecimento de Brooke, não vão querer dar dicas para essa pessoa. Certo? — Nós dois assentimos, e ele cruza os braços. — Vou precisar de uma confirmação verbal.

— Você é melhor nisso do que eu pensava — diz Ellery em voz baixa.

O policial Rodriguez franze a testa.

— O quê?

Ela levanta a voz.

— Eu disse que tudo bem.

Ele estica o queixo para mim, e eu concordo com a cabeça.

— Sim, tudo bem.

— E, por favor, mantenham isso entre nós. — O policial Rodriguez volta o olhar para Ellery. — Sei que você é próxima de seu irmão, mas prefiro que não divulgue o que discutimos fora desta sala.

Duvido de que esteja planejando honrar esse pedido, mas ela concorda.

— Certo.

O policial Rodriguez olha para o relógio do micro-ondas. São quase seis e meia.

— Sua avó sabe que está aqui?

— Não — responde Ellery. — Ela não sabe *de nada.* — Os olhos do policial Rodriguez se voltam para mim com a ênfase, e mantenho o rosto cuidadosamente indiferente. É um pouco surpreendente, talvez, que ninguém em Echo Ridge tenha feito a relação entre o pai dele e os gêmeos antes. Mas Rodriguez era um daqueles caras de família discretos que ninguém via muito. Mesmo quando o víamos, ele não se parecia com a foto que Ellery me mostrou no celular. Usava óculos grossos desde que eu me entendo por gente, e havia engordado muito. E ficado mais careca. É melhor Ezra curtir os cabelos enquanto pode.

— Então, é melhor voltar para casa. Ela vai ficar preocupada se acordar e você não estiver lá. Você também, Malcolm.

— Tudo bem — concorda Ellery, mas não se mexe. Ela balança o pé de novo e acrescenta: — Eu estava imaginando uma coisa. Sobre você e Lacey.

O policial Rodriguez inclina a cabeça.

— O que sobre mim e Lacey?

— Perguntei a você uma vez se eram amigos, e você não me respondeu.

— Não? — A boca se retorce em um sorriso irônico. — Provavelmente porque não é de sua conta.

— Você... — Ela hesita. — Você já quis, sabe, convidá-la para sair ou algo assim?

Ele solta uma risadinha.

— Claro. Eu e a maioria dos caras da turma. Lacey era linda, mas... não era só isso. Ela se importava com as pessoas. Mesmo se você não fosse ninguém no colégio, ela fazia você se sentir como se fosse importante. — Sua expressão fica sombria. — Ainda me dói o que aconteceu com ela. Acho que sua morte é metade da razão para eu ter me tornado policial.

Os olhos de Ellery buscam os dele, e o que quer que ela veja ali relaxa seus ombros tensos.

— Você ainda está investigando seu assassinato?

O policial Rodriguez lança um olhar de diversão para ela enquanto seu celular vibra.

— Dá um tempo, Ellery. E vá para casa. — Ele olha para a tela, e toda a cor escoa de seu rosto. Ele empurra a cadeira para trás com um raspar alto e fica de pé.

— O quê? — Ellery e eu perguntamos ao mesmo tempo.

Ele pega um molho de chaves no balcão.

— Vá para casa — diz ele de novo, mas desta vez não parece uma piada. — E fique por lá.

CAPÍTULO TRINTA

ELLERY

SEGUNDA-FEIRA, 7 DE OUTUBRO

Estou sentada nos degraus da frente da casa de Nana com o celular na mão. Malcolm saiu há alguns minutos, e o policial Rodriguez desapareceu há muito tempo. Ou talvez eu devesse começar a chamá-lo de Ryan. Não conheço o protocolo para tratar prováveis meios-irmãos que, até recentemente, estavam em sua lista de suspeitos de assassinato.

De qualquer forma, estou sozinha. Algo obviamente está acontecendo com *Ryan,* mas não tenho ideia do que seja. Tudo o que sei é que estou cheia de ver mentiras se empilhando umas sobre as outras como o pior jogo de varetas do mundo. Abro a foto que tirei da fotografia de exército do Sr. Rodriguez, examinando as linhas familiares de seu rosto. Quando Ezra percebeu a data de agosto de 2001 em minha linha do tempo, fiquei com medo de que — *talvez* — estivéssemos lidando com uma possível paternidade de Vance Puckett. Nunca imaginei isso.

Não posso ligar para Sadie. Não sei de quem é o telefone que ela está usando, e, de qualquer forma, é tarde da noite na Califórnia. Em vez disso, envio a foto para seu Gmail com o assunto *Precisamos conversar*. Talvez ela abra o e-mail quando pegar de novo o celular da enfermeira emprestado.

Verifico a hora; são quase seis e meia. Nana deve acordar daqui a meia hora. Estou ansiosa e não sinto vontade de voltar para dentro, então sigo para a floresta atrás da casa. Agora que as peças estão se encaixando sobre o envolvimento de Katrin no desaparecimento de Brooke, não tenho medo de andar pela floresta sozinha. Sigo o caminho familiar até a Fright Farm, tentando esvaziar meu cérebro de qualquer pensamento e apenas aproveitar o ar fresco do outono.

Saio do bosque do outro lado da rua da Fright Farm e paro. Jamais notei o quanto a boca aberta da entrada fica diferente quando o parque está fechado: menos cafona e mais ameaçadora. Respiro fundo e solto o ar, então atravesso a rua deserta, meus olhos grudados na silenciosa roda-gigante que corta o céu azul-claro.

Quando chego à entrada, coloco a mão na pintura manchada da boca de madeira, tentando imaginar o que Lacey estava sentindo quando entrou no parque tarde da noite, cinco anos antes. Estava animada? Chateada? Assustada? E com quem ela estava ou com quem ela se encontrava? Sem Daisy ou Ryan na lista de suspeitos, volto a quem sempre a encabeçou: Declan Kelly. A menos que eu esteja ignorando alguém.

— Você tem algum motivo para estar aqui?

A voz faz meu coração pular para a garganta. Eu me viro e vejo um homem mais velho com uniforme da polícia, uma das mãos no rádio em seu quadril. Demoro alguns segundos para reconhecê-lo — policial McNulty, aquele que vem interrogando

Malcolm a semana toda. Pai de Liz e Kyle. Ele e Kyle são parecidos, altos e entroncados, com cabelos claros, queixo quadrado e olhos um pouco próximos demais.

— Eu... estava, hum, dando um passeio. — Uma onda inesperada de nervosismo faz minha voz vacilar.

Não sei por quê, de repente, fico assustada com um policial de meia-idade. Talvez sejam aqueles olhos diretos, azuis-acinzentados, que me lembram muito do babaca de seu filho. Há algo frio e quase metódico em como Kyle odeia Malcolm. Foi um golpe de sorte que não o tenhamos encontrado naquela noite do baile.

O policial McNulty me olha com atenção.

— Não recomendamos que os jovens andem sozinhos na cidade agora. — Ele coça o queixo e estreita os olhos. — Sua avó sabe que está aqui?

— Sabe — minto, enxugando as palmas das mãos úmidas na calça. Seu rádio estala com estática, e penso em como Ryan saiu de sua casa esta manhã. Estendo a mão na direção do rádio. — Tem alguma coisa rolando? Com Brooke ou...

Paro quando o rosto do policial McNulty se enrijece.

— Como? — pergunta ele secamente.

— Desculpe. — Cinco semanas da paciência sobre-humana de Ryan me fez esquecer que a maioria dos policiais não gosta de ser incomodada com perguntas de adolescentes. — Só estou preocupada.

— Vá se preocupar em casa — diz ele, com a voz mais definitiva de *conversa encerrada* que já ouvi.

Aproveito a deixa e murmuro um tchau, correndo pela rua e voltando para a floresta. Nunca gostei muito de Ryan — nunca sequer gostei dele, para ser sincera — e sinto pena de Malcolm por ter que responder às perguntas do policial McNulty dia após dia.

A umidade do orvalho da manhã está se infiltrando em meus tênis enquanto a camada de folhas no chão fica mais grossa. O desconforto aumenta meu aborrecimento com o policial McNulty. Não é de se admirar que seus filhos sejam tão azedos que guardem um rancor de cinco anos sobre um término ruim de namoro. Percebo que não conheço a história toda, e talvez Declan tenha sido um babaca com Liz. Mas ela deveria deixar Malcolm fora disso, e Kyle deveria se importar apenas consigo mesmo. Ele obviamente não é o tipo de cara que sabe como deixar as coisas para lá. Provavelmente odiaria Lacey se ela ainda estivesse por perto, por ser a garota que Declan escolheu para substituir a irmã. E odiaria Brooke por romper com ele e...

Diminuo a velocidade quando o pensamento me ocorre, e o sangue sobe para minha cabeça tão rapidamente que seguro um galho próximo para me apoiar. Nunca me ocorreu, até agora, que a única pessoa em Echo Ridge com rancor contra cada pessoa envolvida na morte de Lacey e no desaparecimento de Brooke é Kyle McNulty.

Mas não faz sentido. Kyle tinha apenas 12 anos quando Lacey morreu. E ele tem um álibi para a noite em que Brooke desapareceu: estava fora da cidade com Liz.

A irmã que Declan tinha preterido para ficar com Lacey.

Meu coração aperta no peito quando começo a ligar os pontos. Sempre pensei que Lacey havia morrido por causa da paixão ciumenta *de alguém*. Jamais imaginei que essa pessoa fosse Liz McNulty. Declan terminou com Liz, e Lacey morreu. Cinco anos depois, Brooke termina com Kyle, que é amigo de Katrin, e... *Meu Deus*. E se eles se uniram para cuidar de um problema mútuo?

Mal me lembro de ter chegado ao quintal de Nana quando tiro o celular do bolso com mãos trêmulas. Ryan me deu seu número de telefone ontem, depois do fiasco da foto em sua casa.

Preciso ligar para ele agora. Então, o movimento me chama a atenção, e vejo Nana correndo em minha direção de roupão e chinelos xadrez, os cabelos grisalhos desgrenhados.

— Oi, Nana — começo, mas ela não me deixa terminar.

— Pelo amor de Deus, o que você está fazendo aqui fora? — grita, com rosto aflito. — Sua cama não estava desarrumada na noite passada! Seu irmão não tinha ideia de onde você estava! Pensei que você tivesse *desaparecido*. — Sua voz vacila na última palavra, me causando uma pontada de culpa. Não tinha sequer considerado que ela poderia acordar e descobrir que eu estava fora... e como isso pareceria para ela.

Ela ainda está vindo em minha direção e, de repente, está me abraçando pela primeira vez. Com muita firmeza e de um jeito um pouco dolorido.

— Sinto muito — consigo dizer. Está um pouco difícil respirar.

— O que lhe passou pela cabeça? Como pôde? Eu já ia chamar a polícia!

— Nana, eu não consigo... você está me esmagando.

Ela afrouxa os braços, e quase tropeço.

— *Nunca* mais faça isso. Fiquei morrendo de preocupação. Ainda mais... — Ela engole visivelmente em seco. — Ainda mais agora.

Minha nuca se arrepia.

— Por que agora?

— Venha para dentro que eu te conto. — Ela se vira e espera que eu a siga, mas estou paralisada no local. Pela primeira vez desde que estive fora a manhã toda, percebo que minhas mãos estão dormentes de frio. Puxo as mangas do suéter sobre elas e envolvo meus braços em volta do corpo.

— Apenas me diga agora. Por favor.

Os olhos de Nana estão vermelhos.

— Há um boato de que a polícia encontrou um corpo na floresta, perto da fronteira canadense. E que é o de Brooke.

CAPÍTULO TRINTA E UM

MALCOLM
SEGUNDA-FEIRA, 7 DE OUTUBRO

De algum jeito, ainda precisamos ir à escola.

— Não há nada que você possa fazer. — Minha mãe continua repetindo na manhã de segunda-feira. Ela coloca uma tigela cheia de cereais Cheerios na minha frente, na ilha da cozinha, embora eu jamais coma cereais. — Não tem nada confirmado sobre Brooke. Temos de pensar positivo e agir normalmente.

A mensagem talvez fosse melhor se ela não tivesse derramado café em meus Cheerios enquanto dizia isso. Ela nem percebe e, quando se vira, pego o leite da ilha e encho a tigela. Não é a pior coisa que já comi. Além disso, voltei do policial Rodriguez há uma hora, e nem me importei em tentar dormir. Talvez a cafeína me fizesse bem.

— Eu não vou — avisa Katrin, sem rodeios.

Minha mãe a olha com nervosismo. Peter já saiu para o trabalho, e ela nunca foi boa em enfrentar Katrin.

— Seu pai diria...

— Entendi — interrompe Katrin, no mesmo tom monótono. Está com o moletom e a calça esportiva que usava na noite passada, o cabelo puxado para trás em um rabo de cavalo baixo e bagunçado. Há um prato de morangos a sua frente, e ela continua cortando-os em pedaços cada vez menores, sem colocar nenhum na boca. — De qualquer forma, estou doente. Vomitei esta manhã.

— Ah, bem, se você está *doente*. — Minha mãe parece aliviada com a desculpa e se vira para mim com mais confiança. — Mas você precisa ir.

— Por mim tudo bem. — Vou ficar bem em qualquer lugar onde Katrin não esteja. Se ela não tivesse fingido estar doente, eu o teria feito. Não tem como eu me sentar em um carro com ela esta manhã. Ainda mais no carro *dela*. Cada vez mais me cai a ficha de que, se Katrin tiver feito metade das coisas que achamos que fez, há boas chances de ela ter atropelado o Sr. Bowman e o deixado morrer na rua. E isso é só o começo. Aperto minha colher de cereais com mais força enquanto a vejo metodicamente começar a cortar um segundo morango, e é tudo o que consigo fazer para não estender a mão e esmagar tudo que está em seu prato até virar polpa.

Toda essa espera é um pesadelo. Especialmente quando voce sabe que vai odiar qualquer resposta que chegue.

Mamãe alisa o roupão de banho.

— Vou tomar um banho. Vocês ainda precisam de alguma coisa?

— Posso ir com seu carro? — pergunto.

Ela sorri distraidamente a caminho das escadas.

— Sim, claro. — E então ela se foi, deixando Katrin e eu sozinhos na cozinha. Não há som a não ser o tilintar de minha colher contra a tigela e o tique-taque do relógio de parede.

Não aguento nem por cinco minutos.

— Vou mais cedo — aviso, levantando e despejando o cereal com café pela metade no lixo. Quando me viro, Katrin está olhando diretamente para mim e fico em silêncio por causa do frio vazio em seus olhos.

— Por que não vai andando para a escola? — pergunta ela. — Você gosta de andar, não é?

Porra. Ela sabe que eu a segui ontem à noite. Cheguei perto demais na volta para casa.

— Quem não gosta? — respondo sucintamente. Estendo a mão para pegar as chaves da minha mãe na ilha da cozinha, mas, antes que eu possa pegá-las, Katrin coloca a mão sobre elas. Ela me encara com o mesmo olhar frio.

— Você não é tão esperto quanto acha que é.

— E você não está doente. — *Quero dizer, ao menos não do estômago.* Puxo as chaves debaixo de sua mão e pego minha mochila do chão. Não quero que ela veja como estou agitado, então desvio o olhar, embora eu queira ter uma última chance para ver sua expressão.

O que você sabe? O que você fez?

Dirijo para a escola em uma névoa, quase errando a entrada. É tão cedo que posso escolher a vaga no estacionamento. Desligo o motor, mas mantenho o rádio ligado, procurando uma estação de notícias. A NPR está falando sobre política, e todos os programas locais noticiam a vitória de ontem dos Patriots, então pego meu telefone e pesquiso o site do *Burlington Free Press*. Há uma chamada na parte inferior da seção sobre a cidade: *Polícia investiga restos humanos encontrados em propriedade abandonada, em Huntsburg.*

Restos humanos. Meu estômago se retorce, e, por um segundo, tenho certeza de que vou vomitar cada Cheerio encharcado de café que fiz a estupidez de comer nessa manhã. Mas a náusea passa, reclino meu assento e fecho os olhos. Só quero descansar por alguns minutos, mas o sono me vence e estou cochilando quando uma batida alta na janela me surpreende. Olho grogue para o relógio do carro — já passaram dois minutos depois do último sinal — e então pela janela.

Kyle e Theo estão parados ali, e não parecem estar prestes a me dar um aviso amistoso sobre meu atraso. Viv está poucos metros atrás deles, os braços cruzados, um olhar de ansiedade presunçosa no rosto. Como uma criança em uma festa de aniversário que está prestes a ganhar o pônei que sempre quis.

Eu poderia ir embora, acho, mas não quero dar a eles a satisfação de me escorraçar. Então, saio do carro.

— Vocês vão se atra... — É tudo que consigo dizer antes de Kyle socar meu estômago. Eu me dobro ao meio, e minha visão turva com a dor. Ele desfere outro soco, no queixo, que me faz cambalear até bater no carro. Minha boca se enche com o sabor acobreado de sangue enquanto Kyle se inclina para a frente, o rosto a centímetros do meu.

— Você vai se ferrar por causa disso, Kelly — rosna, e prepara outro soco.

De algum jeito, consigo desviar e dar um soco no rosto de Kyle antes que Theo se intrometa e prenda meus braços para trás. Piso no pé de Theo, mas estou sem equilíbrio, e ele solta apenas um leve grunhido antes de apertar mais meus braços. Uma dor aguda atravessa minhas costelas, e todo o lado esquerdo de meu rosto parece em brasa. Kyle limpa um fio de sangue da boca com um sorriso sombrio.

— Eu deveria ter feito isso há anos — diz ele, e prepara o punho para um soco que vai quebrar minha cara.

Mas o soco não chega. Um punho maior se fecha sobre o dele e o puxa para trás. Por alguns segundos, não sei o que está acontecendo, até que Declan avança e se aproxima de Theo.

— Solte-o — diz ele, em um tom baixo e ameaçador. Quando Theo não me solta, Declan puxa um de seus braços com tanta força que Theo grita de dor e recua com as mãos para cima. Assim que estou liberado, vejo Kyle esparramado no chão a poucos metros de distância, imóvel.

— Ele vai se levantar? — pergunto, esfregando o queixo dolorido.

— Eventualmente — responde Declan. Theo nem verifica Kyle, apenas passa por ele a caminho da entrada dos fundos. Viv não está mais ali. — Covardes desgraçados, dois contra um. — Declan estende a mão para a porta do Volvo e a abre. — Vamos sair daqui Não faz sentido você ir à escola hoje. Eu dirijo.

Eu me jogo no banco do passageiro, enjoado e tonto. Não tomava um soco desde o nono ano, e não foi nem de perto tão forte

— O que você está fazendo aqui? — pergunto.

Declan vira as chaves que deixei na ignição.

— Estava esperando você.

— Por quê?

Seu queixo fica tenso em uma linha firme.

— Eu me lembro do primeiro dia de aula depois de... notícias como essa.

Respiro e estremeço. Fico me perguntando se minhas costelas estão quebradas.

— O quê, você sabia que algo assim aconteceria?

— Aconteceu comigo — responde ele.

— Eu não sabia disso. — Eu não sabia de muitas coisas naquela época, acho.

Estava ocupado demais tentando fingir que nada acontecia.

Seguimos em silêncio por um minuto até chegarmos perto de uma loja de esquina, e Declan de repente entra no estacionamento.

— Espere um segundo — diz ele antes de colocar o carro em ponto morto e desaparecer lá dentro. Quando sai alguns minutos depois, está segurando algo quadrado e branco na mão. Ele joga para mim quando abre a porta. — Coloque isso no rosto.

Ervilhas congeladas. Faço o que ele diz, quase gemendo de alívio quando o frio se infiltra na pele machucada.

— Obrigado. Por isso e... você sabe. Por salvar minha pele.

Com o canto do olho, vejo ele sacudindo a cabeça.

— Não posso acreditar que você saiu do carro. Amador.

Eu riria, mas está doendo demais. Estou sentado, imóvel, com as ervilhas no rosto, quando saímos de Echo Ridge para Solsbury, traçando o caminho que levou ao seu apartamento na semana passada. Declan deve estar pensando a mesma coisa, porque diz:

— Você foi bem babaca por ter seguido Daisy. — Ele parece estar pensando seriamente em virar o carro e me deixar no estacionamento com Kyle.

— Eu tentei perguntar o que você estava fazendo na cidade. — Eu recordo a ele. — Não funcionou. — Ele não responde, só solta uma espécie de grunhido, que eu decido interpretar como *tem razão*. — Quando você se mudou para cá?

— Mês passado — responde ele. — Daisy precisa ficar perto dos pais. E de mim. Então, aqui estou eu.

— Você poderia ter me falado sobre ela, sabe?

Declan bufa.

— Sério, meu irmão? — Ele vira em Pine Crest Estates e entra no estacionamento em frente ao número 9. — Você não via a hora de eu ir embora de Echo Ridge. A última coisa que gostaria de ouvir é que me mudei para a cidade vizinha. Não, espere, essa é a penúltima. A *última* coisa é eu estar com a melhor amiga de Lacey. Quero dizer, caramba, o que os Nilsson diriam, certo?

— Eu odeio os Nilsson. — Isso me escapa sem pensar.

Declan ergue as sobrancelhas quando ele abre a porta.

— Problemas no paraíso?

Hesito, tentando descobrir como explicar, quando meu estômago se aperta. Mal consigo sair do carro antes de me curvar e vomitar meu café da manhã pelo asfalto. Graças a Deus é rápido, porque o movimento faz parecer que alguém acabou de arrancar minhas costelas. Meus olhos ficam marejados enquanto seguro na lateral do carro em busca de apoio, ofegante.

— Reação atrasada — diz Declan, estendendo a mão dentro do carro para pegar as ervilhas caídas. — Acontece às vezes. — Ele me deixa ir mancando sozinho até o apartamento, destranca a porta e me aponta o sofá. — Deite-se. Vou pegar um pacote de gelo para sua mão.

A casa de Declan é o maior clichê em termos de apartamento de solteiro. Não há nada além de um sofá e duas poltronas, uma televisão gigante e um monte de caixotes de madeira como prateleiras. No entanto, o sofá é confortável, e eu afundo nele enquanto Declan fuça na geladeira. Algo plástico se enterra em minhas costas, e eu desenterro um controle remoto. Aponto para a televisão e aperto o botão de ligar. Um campo de golfe com o logotipo da ESPN em um canto preenche a tela, e eu tiro daí, zapeando, sem pensar, até a palavra *Huntsburg* chamar minha atenção. Paro quando um homem em uniforme de policial diante de um púlpito diz:

—... capazes de fazer uma identificação positiva.

— Declan. — Minha garganta dói e minha voz falha, e, como ele não responde, grito mais alto. — *Declan*.

Sua cabeça surge da cozinha.

— O quê? Não consigo encontrar o... — Ele para quando vê meu rosto, e entra na sala assim que o policial na tela respira fundo.

— O corpo é o de uma jovem que está desaparecida de Echo Ridge desde o último sábado: Brooke Bennett, de 17 anos. O departamento de polícia de Huntsburg gostaria de estender as condolências à família e aos amigos de Brooke, e oferecer apoio ao departamento de polícia de sua cidade natal. Neste momento, a investigação sobre a causa da morte está em andamento e nenhum outro detalhe será divulgado.

CAPÍTULO TRINTA E DOIS

ELLERY

SEGUNDA-FEIRA, 7 DE OUTUBRO

Conheço o roteiro. Eu o li em inúmeros livros e vi ganhar vida dezenas de vezes na televisão. Durante toda a semana, inconscientemente, eu sabia como provavelmente terminaria.

O que eu não entendia era como podia ser tão terrível a ponto de entorpecer a mente.

Pelo menos não estou sozinha. Ezra e Malcolm estão na sala de estar comigo na segunda-feira à tarde, seis horas depois que a polícia de Huntsburg encontrou Brooke. Nenhum de nós foi à escola hoje, embora o dia de Malcolm tenha sido mais agitado que o nosso. Ele apareceu faz uma hora, ferido e escoriado, e Nana trazia novos pacotes de gelo para ele a cada quinze minutos.

Estamos dispostos rigidamente em seus móveis desconfortáveis, assistindo à cobertura do Canal 5 na tela. Meli Dinglasa está em pé na Praça Central de Echo Ridge, o cabelo escuro batendo no rosto enquanto os galhos frondosos atrás da repórter balançam ao vento.

Ela vem falando sem parar desde que ligamos a TV, mas apenas algumas frases ficam: ... *morta há mais de uma semana... suspeita-se de ato criminoso, mas não está confirmado... mais uma mensagem ofensiva encontrada esta manhã perto do Colégio Echo Ridge...*

— Ótimo momento, Katrin — murmura Ezra.

Malcolm está sentado ao meu lado no sofá. Uma das laterais do queixo está roxa e inchada, os nós dos dedos da mão direita, esfolados, e ele estremece toda vez que se mexe.

— Alguém precisa pagar dessa vez — diz ele, em voz baixa e furiosa. Pego sua mão ilesa. Sua pele é quente, e os dedos envolvem os meus sem hesitação. Por alguns segundos me sinto melhor, até me lembrar de que Brooke está morta e de que tudo é horrível.

Toda vez que fecho os olhos, eu a vejo. Trabalhando na barraca de tiro na Fright Farm, tentando aturar Vance. Vagando pelos corredores do Colégio Echo Ridge, parecendo triste e preocupada. Cambaleando para fora do escritório da Fright Farm na noite em que desapareceu. Eu devia ter insistido para que ela nos dissesse o que estava errado. Tive a chance de mudar o curso daquela noite, e estraguei tudo.

Quando meu telefone toca com o familiar número da Califórnia, quase não atendo. Então penso: que droga. O dia não pode piorar.

— Oi, Sadie — cumprimento, sem emoção.

— Ai, Ellery. Vi o noticiário. Sinto muito por sua amiga. E eu vi... — Ela faz uma pausa, a voz vacilando. — Eu vi seu e-mail. Não sabia o que estava vendo até que ampliei o uniforme e vi... o nome dele.

— Você achou que era Ezra no começo? Porque eu achei. — Fico surpresa ao descobrir que, apesar da tristeza pesada pela morte de Brooke, ainda consigo reservar um toque de raiva para minha mãe. — Por que não nos contou? Como conseguiu nos deixar viver uma mentira por dezessete anos, pensar que nosso pai era o tal *José dublê maldito*? — Nem me importo em manter a voz baixa. Todo mundo ali na sala sabe o que está acontecendo.

— Não foi uma mentira completa — argumenta Sadie. — Eu não *sabia ao certo*, Ellery. Aconteceu com o dublê. E, bem... aconteceu também com Gabriel Rodriguez um pouco depois. — Sua voz diminui. — Dormir com um homem casado foi um grande erro. Jamais devia ter feito isso.

— Sim, bem, ele também não devia. — Não tenho nenhuma empatia para desperdiçar com o homem naquela fotografia. Ele não parece ser meu pai. Não parece com nada. Além disso, honrar os votos matrimoniais era obrigação *dele*. — Mas por que você fez isso?

— Eu não estava pensando direito. Meu pai tinha morrido, as lembranças de Sarah estavam em toda parte, e eu apenas... fiz uma má escolha. Então, o momento da gravidez se encaixou melhor com a... outra situação, e eu queria que fosse verdade, então... eu me convenci de que era.

— Como? — Eu olho para Ezra, que encara o chão sem indicação de que está ouvindo. — Como você se convenceu disso quando... qual era o nome dele mesmo? *Gabriel*?... era exatamente igual a Ezra?

— Eu não me lembrava de como ele era — responde Sadie, e eu solto uma risada incrédula. — Não estou brincando. Eu disse a você antes, eu me embebedei durante o funeral inteiro.

— Tudo bem. Mas você lembrava a ponto de saber que ele era uma possibilidade, certo? Por isso você foi tão esquiva na primeira vez que mencionei o policial Rodriguez.

— Eu... bem, sim. Isso mexeu comigo — admite ela.

— Então, você mentiu para encobrir tudo isso. Inventou uma história sobre o policial Rodriguez no funeral de Lacey, e me fez suspeitar dele.

— O quê? — Sadie parece desnorteada. — Por que isso faria você suspeitar dele? Suspeito de quê?

— Isso não vem ao caso! — retruco. — A questão é que me *fez suspeitar*, e por isso não pedi sua ajuda quando podia, e agora Brooke está morta e talvez... — Paro, toda a raiva de repente some de dentro de mim, lembrando como eu não tinha contado a ninguém sobre o que havíamos encontrado na lixeira da Fright Farm durante todo o fim de semana. Manter segredos que não cabiam a mim guardar. Tal mãe tal filha. — Talvez eu tenha piorado tudo.

— Piorou o quê? Ellery, tenho certeza de que você não fez nada errado. Você não pode se culpar por...

— Ellery. — Nana põe a cabeça na porta da sala de estar. — O policial Rodriguez está aqui. Diz que você ligou para ele? — Seus olhos se fixam no celular em meu ouvido. — Com quem você está falando?

— Com uma colega da escola — respondo, em seguida volto ao telefone. — Preciso ir — digo a Sadie, mas antes que eu possa desligar, Ezra estende a mão.

— Me deixe falar com ela — pede ele, e sua voz mantém a mesma raiva carregada que a minha. É preciso muito esforço para deixar os dois furiosos, principalmente com Sadie. Mas ela conseguiu.

Entrego o celular para Ezra e ajudo Malcolm a levantar. Seguimos para a antessala enquanto Nana volta à cozinha. Ryan está em pé na frente da porta da frente, seu rosto triste e abatido. Não sei como alguma vez pensei que parecia jovem para sua idade.

— Oi, gente — cumprimenta ele. — Eu estava indo para casa quando recebi sua mensagem. O que é tão urgente? — Ele nota o rosto inchado de Malcolm, e seus olhos se arregalam. — O que aconteceu com você?

— Kyle McNulty — responde Malcolm, sucinto.

— Quer prestar queixa? — pergunta Ryan.

Malcolm faz careta.

— Não.

— Talvez você possa convencê-lo a mudar de ideia — digo. —Enquanto isso, tenho um tipo de... teoria sobre Kyle. Por isso eu te chamei. — Molho os lábios, tentando colocar os pensamentos em ordem. — Encontrei o policial McNulty esta manhã e...

Ryan franze a testa.

— Onde você encontrou o policial McNulty?

Faço um gesto com a mão para ele esquecer.

— Essa parte não é importante. — Não quero me distrair com uma bronca sobre não ir para casa quando Ryan mandou que eu fosse. — Mas isso me fez pensar em Kyle e em como ele está ligado a tudo o que está acontecendo por aqui. Declan terminou com sua irmã, Liz, e isso foi a maior treta enquanto vocês estavam na escola, certo? — Ryan assente de um jeito cauteloso, como se não tivesse ideia do rumo da conversa, e não tivesse certeza se queria descobrir. Malcolm exibia a mesma expressão. Eu não havia compartilhado nada disso com ele ainda. Não sabia se teria energia para fazer isso mais de uma vez.

— Então, Lacey morre e Declan basicamente foge da cidade — continuo. — E agora, cinco anos depois, Brooke termina com Kyle. E Brooke desaparece. E Kyle e Katrin são amigos, e nós já sabemos que Katrin está envolvida nas ameaças do baile, então...

— Dou uma olhada para Ryan para ver como está recebendo

tudo aquilo. Não parece tão impressionado quanto eu esperava.

— Basicamente, acho que estão todos juntos. Liz, Kyle e Katrin.

— Essa é sua nova teoria? — pergunta Ryan. Não gosto da ênfase um tanto sarcástica que ele coloca na palavra *nova*. Malcolm apenas se recosta contra a parede, como se estivesse exausto demais para se envolver nisso agora.

— É — respondo.

Ryan cruza os braços.

— Não lhe ocorre que Liz e Kyle tenham álibis?

— Eles são álibis um do outro! — argumento. Isso só me deixa mais segura de que estou certa em alguma coisa.

— Então, você acha... o quê? Que nós simplesmente aceitamos a palavra deles?

— Bem. Não. — Um fio de dúvida se infiltra. — Alguém mais os viu?

Ryan passa a mão pelo cabelo.

— Eu não devia dizer nada, não é de sua conta. Mas talvez isso a leve a parar de tentar fazer meu trabalho e a confiar em mim. Para variar. — Ele abaixa a voz. — Uma *fraternidade* inteira os viu. Há fotos. E vídeos. Com datas e postagens em redes sociais.

— Ah — solto em voz baixa, o constrangimento aquecendo minhas bochechas.

Ele faz um barulho frustrado na garganta.

— Você vai parar com isso agora? Por favor? Acho ótimo você ter me procurado hoje de manhã, mas, como eu disse, nesse momento, é mais provável que prejudique a investigação em vez de ajudar se continuar falando sobre ela. Na verdade... — Ele enfia as mãos nos bolsos e desvia os olhos na direção de Malcolm. — Acabei de falar com sua mãe, Malcolm, que não seria uma má ideia você ficar com seus amigos por um dia ou dois.

Malcolm fica tenso.

— Por quê? Está acontecendo alguma coisa com Katrin? Foi o vídeo ou...

— Não estou falando sobre nada específico. Mas os ânimos estão tensos e eu... — Ryan faz uma pausa, como se estivesse procurando as palavras exatas. — Não quero que você acidentalmente diga a ela algo que possa... interferir.

— Interferir como? — pergunta Malcolm.

— É só uma sugestão. Diga a sua mãe para considerar isso, tudo bem?

— Eu deveria me preocupar com Katrin? — questiona Malcolm. — Digo, que ela faça alguma coisa? — Ryan não responde, e Malcolm sustenta o olhar. — Ela está apenas andando por aí, como se nada tivesse acontecido. Vocês têm provas de que ela é suspeita, e não estão fazendo nada.

— Você não faz ideia do que estamos fazendo. — O rosto de Ryan é impassível, mas seu tom fica inflexível. — Estou pedindo para você ficar de boa. É isso. Tudo bem? — Assentimos com a cabeça, e ele pigarreia. — Como estão, ah, as coisas, Ellery? Com sua mãe e... você sabe?

— Horríveis — respondo. — Mas quem liga de verdade, certo? Ele solta um suspiro que o faz parecer tão exausto quanto eu.

— Certo.

CAPÍTULO TRINTA E TRÊS

MALCOLM

QUINTA-FEIRA, 10 DE OUTUBRO

Acabou que não precisei sair de casa. Katrin saiu.

Sua tia apareceu dois dias depois que o corpo de Brooke foi encontrado; quis levar Katrin a Nova York, mas a polícia de Echo Ridge pediu para que ela não deixasse o estado enquanto a investigação continuasse pendente. Então, elas se hospedaram em um hotel cinco estrelas de Topnotch. O que me irrita toda vez que penso no assunto. De todos os cenários possíveis que pensei que poderiam se realizar quando eu entregasse o vídeo de Katrin, suas férias em um spa não era um deles.

— É assim que eles mantêm as principais testemunhas nas proximidades. — Declan bufa quando conto a ele. — Depois que Lacey morreu, disseram que todos tínhamos de ficar em Echo Ridge. O dinheiro fala mais alto, acho.

Estou em seu apartamento, jantando com ele e com Daisy. É estranho por alguns motivos. Um, jamais tinha visto meu irmão cozinhar. Dois, ele é surpreendentemente bom na cozinha. E três, não consigo me acostumar a vê-lo com Daisy. Meu cérebro continua querendo substituí-la por Lacey, e isso é meio irritante.

Ele não sabe sobre o recibo do conserto do carro ou sobre o vídeo que fiz de Katrin. Estou mantendo minha promessa ao policial Rodriguez de ficar quieto. Não é difícil com Declan. Podemos estar nos dando melhor que o costume, mas ele ainda fala muito mais do que ouve.

— Peter não queria que ela fosse — digo, mudando de posição na cadeira e estremecendo com a dor nas costelas. Acontece que estão apenas luxadas, não trincadas, mas ainda doem para diabo. — A tia de Katrin insistiu.

— Mas fugir não é uma má ideia — argumenta Daisy. Ela e Declan lavam pratos enquanto estou sentado à mesa da cozinha, e ela continua roçando nele, embora haja espaço suficiente para dois na frente da pia dupla. — É tão horrível, aqueles primeiros dias. Tudo em que consegue pensar é o que você poderia ter feito diferente. Pelo menos um ambiente novo é uma distração. — Ela suspira e puxa o pano de prato que está mantendo sobre o ombro, inclinando-se para Declan. — Sinceramente, sinto muito por Katrin. Isso traz de volta lembranças tão terríveis de Lacey.

Declan beija o topo de sua cabeça, e no minuto seguinte estão sussurrando, se aninhando, e a uns dez segundos de uma sessão séria de pegação. É constrangedor, para não mencionar a droga do timing depois do que acabamos de conversar. Percebo que estão segurando seu grande amor proibido há anos, mas talvez eu precise de mais meia hora para me acostumar. No mínimo.

Quando a campainha toca, fico aliviado com a interrupção.

— Eu atendo. — Eu me ofereço, pulando o mais rápido que minhas costelas machucadas permitem.

Rápido demais, como descubro. Mesmo que a porta da frente de Declan fique a poucos passos da cozinha, ainda estou me encolhendo quando a abro. O policial Ryan Rodriguez está parado na varanda de Declan, usando seu uniforme policial completo. Ele pisca, surpreso em me ver.

— Ah, oi, Malcolm. Não esperava vê-lo por aqui.

— Hum. Digo o mesmo. Você está... — Tento pensar em um motivo para ele estar aqui, e não consigo pensar em nenhum. — O que foi?

— Seu irmão está?

— Claro, entre — digo, e ele passa pela porta.

Declan e Daisy conseguiram se separar quando entramos na cozinha.

— Oi, Declan — cumprimenta o policial Rodriguez, cruzando os braços na frente de si, como um escudo. Conheço essa postura; é a que assumo quando estou perto de Kyle McNulty. Não me lembro muito do Ryan do colegial, já que ele e Declan não eram amigos, mas sei de uma coisa: se a pessoa não fazia parte da turma de Declan, havia a possibilidade de ele tê-la tratado como merda em algum momento. Não necessariamente jogá-la contra armários, mas agir como se sua existência o incomodasse. Ou fingir que a pessoa não existia.

— E... Daisy — acrescenta o policial Rodriguez.

Caramba. Engulo nervosamente em seco e olho para Declan. Esqueci que ninguém deveria saber que os dois estão juntos. Meu irmão não me encara, mas eu posso ver os músculos de sua mandíbula se apertarem quando se coloca ligeiramente à frente de Daisy.

Pelo menos eles não estão mais empurrando a língua na garganta um do outro.

— Ryan, oi! — diz Daisy, com o tipo de alegria forçada que a notei usando sempre que está estressada. Ao contrário de Mia, que apenas olha fixamente, com um ódio extra. — Que bom vê-lo de novo.

Declan, por outro lado, vai direto ao ponto.

— O que está fazendo aqui?

O policial Rodriguez pigarreia.

— Tenho algumas perguntas para você.

Todo mundo fica parado. Já ouvimos isso antes.

— Claro — diz Declan, um pouco casualmente demais. Ainda estamos todos de pé em sua pequena cozinha apertada, e ele aponta para a mesa. — Sente-se.

O policial Rodriguez hesita, os olhos se voltam para mim.

— Eu poderia, ou... você pode me acompanhar até lá fora um minuto? Não sei se você quer que Daisy e seu irmão aqui, ou... — Ele se balança para trás e para a frente nos calcanhares, e, de repente, consigo enxergar o balbuciar nervoso de que Ellery falava. É como se o cara estivesse regredindo a cada minuto na presença de Declan e Daisy.

— Não — diz Declan, curto e grosso. — Pode ser aqui mesmo.

O policial Rodriguez dá de ombros e se senta na cadeira mais próxima, cruzando as mãos sobre a mesa enquanto espera que Declan se sente a sua frente. Daisy se senta ao lado de Declan, e, como não consigo pensar em mais nada para fazer e ninguém me pediu para sair, pego a última cadeira. Assim que nos sentamos todos, o policial Rodriguez concentra seu olhar em Declan e pergunta:

— Você poderia me dizer onde estava no último sábado? Vinte e oito de setembro?

Eu me sinto quase exatamente como me senti na manhã em que Brooke desapareceu, quando percebi que teria de dizer ao policial McNulty que fui a última pessoa a vê-la. *Isso não pode estar acontecendo.*

Merda. Merda. Merda.

Declan não responde imediatamente, e o policial Rodriguez esclarece:

— Na noite em que Brooke Bennett desapareceu.

O pânico começa a se infiltrar em meu peito quando a voz de Declan se eleva:

— Porra, está brincando comigo? — pergunta ele. Daisy põe a mão em seu braço.

A voz do policial Rodriguez é suave, mas firme:

— Não. Não estou brincando com você.

— Você quer saber onde eu estava na noite em que uma garota desapareceu. Por quê?

— Você está se recusando a responder à pergunta.

— Eu *deveria*?

— Ele estava comigo — responde Daisy rapidamente.

Eu a estudo, tentando ler se ela está dizendo a verdade. Seu rosto bonito de repente fica cheio de linhas duras e ângulos, então talvez esteja mentindo. Ou talvez esteja apenas com medo.

Alguma emoção passa pelo rosto do policial Rodriguez, mas ela desaparece antes que eu possa descobrir qual é.

— Tudo bem. E posso perguntar onde vocês dois estavam?

— Não — responde Declan, ao mesmo tempo em que Daisy responde: — Aqui.

Ainda não sei dizer se ela está mentindo.

Continua assim por alguns minutos. Daisy sorri, como se seus dentes doessem o tempo todo. Um rubor avermelhado desliza pelo pescoço de Declan, mas o policial Rodriguez parece estar ficando cada vez mais à vontade.

— Tudo bem — diz ele por fim. — Vou mudar de assunto por um instante. Você já esteve em Huntsburg?

Os olhos de Daisy se arregalam quando Declan fica rígido.

— Huntsburg — repete ele. Dessa vez ele não afirma o óbvio: *Você está me perguntando se eu já estive na cidade onde o corpo de Brooke foi descoberto?*

— Isso — confirma o policial Rodriguez.

— Não — rosna Declan.

— Nunca?

— Nunca.

— Tudo bem. Uma última coisa. — O policial Rodriguez enfia a mão no bolso e tira algo de um saco plástico selado, que reluz sob a iluminação barata da cozinha de Declan. — Isso foi encontrado em Huntsburg, na mesma área geral do corpo de Brooke. Parece familiar para você?

Meu sangue fica gelado. Para mim é familiar.

O anel é grande e dourado, com as palavras "Colégio Echo Ridge" gravado em torno de uma pedra roxa quadrada. O número 13 está em um lado, e as iniciais "DK", em outro. O anel de classe de Declan, embora ele jamais o tenha usado. Ele deu o anel para Lacey no primeiro ano, e ela o mantinha em uma corrente em volta do pescoço. Eu não o via há anos. Desde antes de ela morrer.

Nunca me ocorreu, até agora, imaginar onde ele havia parado.

Daisy empalidece. Declan se afasta da mesa, o rosto inexpressivo.

— Acho que nossa conversa acabou — diz ele.

* * *

Não é o suficiente para efetuar uma prisão, acho, porque o policial Rodriguez sai depois que Declan para de responder a suas perguntas. Então, Declan, Daisy e eu ficamos sentados em silêncio na cozinha, durante o mais longo minuto de minha vida. Meus pensamentos se misturam, e não consigo olhar para nenhum dos dois.

Quando Declan finalmente fala, seu tom é forçado:

— Não vejo esse anel desde antes da morte de Lacey. Nós brigamos por ele. Estávamos brigando a semana toda. Tudo o que eu queria fazer era romper, mas... eu não tive coragem de falar abertamente. Então, pedi o anel de volta. Ela não me deu. Essa foi a última vez que eu vi o anel. Ou a vi. — Suas mãos estão cerradas em punhos. — Não tenho ideia de como isso foi parar em Huntsburg.

A cadeira de Daisy está inclinada em sua direção. A mão pousa em seu braço de novo.

— Eu sei — murmura ela.

Mas que desgraça, eu *ainda* não consigo ver se ela está mentindo. Não consigo identificar se ninguém está mentindo.

Declan jamais contou essa história. Talvez também não se lembrasse do anel até agora. Talvez não quisesse lembrar a ninguém do quanto ele e Lacey estavam brigando antes de ela morrer.

Ou talvez isso não tenha acontecido.

Bem lentamente, e há semanas, a ficha de como conheço pouco de meu irmão vem caindo. Quando eu era bem jovem, ele era meio que um super-herói para mim. Mais tarde, era mais um valentão. Depois que Lacey morreu, se transformou em um fantasma. Ele me ajudou desde que o corpo de Brooke foi descoberto, mas, até então, tudo o que fez foi mentir e se esgueirar por aí.

E agora eu não posso desligar esse canto do cérebro que fica perguntando: "*E se?*".

— Que porra, Mal! — A voz de Declan me faz pular. Seu pescoço ainda está vermelho como pimentão, sua expressão nebulosa.

— Você acha que eu não consigo dizer o que está se passando em sua cabeça agora? Está estampado em sua testa. Você acha que fui eu, não é? Sempre achou. — Abro minha boca para protestar, mas nenhuma palavra sai. Seu rosto fica ainda mais sombrio. — Vá embora daqui. Vá.

Então, eu vou. Porque a resposta não é *sim,* mas também não é *não.*

CAPÍTULO TRINTA E QUATRO

ELLERY

QUINTA-FEIRA, 10 DE OUTUBRO

— Mas nada disso faz sentido.

Estou na casa de Malcolm, encolhida no sofá, como na noite do baile. Ele pôs o filme do *Defender* de novo, mas nenhum de nós está assistindo. Ele me mandou uma mensagem meia hora atrás: *Preciso de seu cérebro para desvendar crimes.*

Não sei por que ele confia em mim depois que minha teoria Kyle-Liz implodiu de forma tão espetacular. Mas aqui estou eu. Porém, não acho que eu esteja ajudando. Sempre fez sentido para mim Declan ser o assassino de Lacey. Mas assassino da Brooke? Nunca sequer me passou pela cabeça.

— Que relação existe entre Declan e Brooke? — pergunto.

Os olhos de Malcolm brilham.

— Nenhuma, que eu saiba. Exceto que ele estava na cidade na noite em que ela desapareceu. Se a polícia já tivesse olhado meu telefone, teria visto a mensagem. — Ele pega o telefone e desbloqueia, em seguida mexe na tela por um minuto. Estende

310

o celular para mim, e eu olho uma mensagem. *Na cidade por algumas horas. Não pira.*

Leio duas vezes, e, quando olho de novo para Malcolm, seu rosto é a imagem da angústia.

— Pensei que... estava ajudando Declan quando não, você sabe. Contei para a polícia — diz ele, hesitante. — Pensei que era apenas um mau momento. Mas e se... meu Deus, Ellery. — Ele se afunda no sofá, esfregando a mão com tanta força no rosto machucado que deve doer. — E se foi mais que isso?

Examino a mensagem de Declan de novo, tentando imaginar por que não a acho mais perturbadora. Afinal, eu o coloquei no topo de minha lista de suspeitos por semanas, e isso o coloca na cena do crime. O problema é que não é o crime *certo*.

— Tudo bem, mas... Declan estava em processo de mudança, certo? Ou tinha se mudado? Então, tinha uma boa razão para estar aqui — argumento, devolvendo o celular para Malcolm. — E por que enviaria essa mensagem se estivesse planejando alguma coisa? Era de se esperar que fosse mais sutil.

— Sutileza não é do feitio de Declan. Mas eu entendo o que quer dizer. — Malcolm se ilumina um pouco, depois balança o celular como se o sopesasse. — Eu deveria avisar minha mãe sobre o que está acontecendo. Mas ela está jantando com uma amiga, e mal tem feito esse tipo de coisa desde que ela e Peter se casaram. Sinto que preciso deixá-la ter algumas horas de paz antes que tudo exploda de novo.

Penso no almoço com Brooke, no Colégio Echo Ridge, quando ela disse que Malcolm era fofo, mas não podia se comparar a Declan.

— Você acha que Declan e Brooke podiam estar se encontrando secretamente ou algo assim?

— O quê? Enquanto ele *também* estava se encontrando secretamente com Daisy?

— Só estou tentando descobrir como o anel pôde ter chegado lá. Ele o teria dado a Brooke?

A voz de Malcolm vacila.

— Talvez? Quero dizer, é de se imaginar que alguém o teria notado se escondendo por aí com uma garota do ensino médio, mas talvez não. — Ele passa a mão pelos cabelos. — Eu não deveria ter saído da casa de Declan. Eu e ele... não sei. Sempre foi complicado. Não somos próximos. Algumas vezes quase o odiei. Mas ele não é um... assassino em série. — Ele quase engasga com as palavras.

— Acha que Daisy sabe mais do que está dizendo?

— Você *acha*? — pergunta Malcolm.

Eu tinha Daisy em mente como uma cúmplice em potencial até o dia em que atingiu Mia na cabeça com um candelabro, depois ficou desesperada. Parecia tão sincera e de coração partido que não consegui mais imaginá-la nesse papel.

— Não — respondo devagar. — Quero dizer, por que se daria o trabalho de procurar a pulseira de Lacey se soubesse? O caso já estava mais que arquivado naquele momento. Se estivesse envolvida, a última coisa que faria seria alertar a polícia novamente. E Declan a ajudou, não foi? Embora... Bem, acho que não foi ele quem deu a pulseira a Lacey, certo? Foi Daisy quem disse isso. Então, talvez ele achasse que não importava.

Malcolm esfrega as têmporas e suspira, de um jeito profundo e cansado.

— Quero acreditar nele. Muito.

Fico um pouco surpresa ao perceber que também quero.

— Preciso dizer... Olhe, acho que você sabe que eu sempre tive dúvidas em relação a seu irmão. — Eu descanso meu queixo na mão, pensando. — Mas um anel largado em um local de assassinato é um pouco conveniente demais, não é? E nada disso se encaixa com as mensagens anônimas de Katrin ou com o que achamos que poderia ter acontecido com Brooke e o carro.

— Peças demais nesse quebra-cabeça — diz Malcolm, melancólico.

Ficamos em silêncio por alguns minutos, assistindo a *Defender*, até que uma leve batida no batente da porta nos surpreende. É Peter Nilsson, que parece bonito de um jeito casual, com camisa polo e calça cáqui. Tem um copo de cristal em uma das mãos, cheio de gelo e um líquido âmbar.

— Vocês dois estão bem? Precisam de alguma coisa?

Malcolm fica em silêncio, então eu falo:

— Não, obrigada. Estamos bem. — O Sr. Nilsson não sai imediatamente, então sinto que deveria conversar mais. Além disso, estou curiosa. — Como está Katrin, senhor Nilsson? Sentimos falta dela na escola.

— Ah. Bem. — Ele se inclina contra a porta com um suspiro. — Ela está arrasada, claro. É bom que passe algum tempo com a tia.

— É irmã da mãe dela ou sua? — pergunto.

— Minha — responde Peter. — Eleanor e o marido moram no Brooklyn. Não os vemos com a frequência que gostaríamos, mas ela e Katrin se encontraram no mês passado, e foi ótimo.

Malcolm se agita ao meu lado no sofá.

— Mesmo?

— Claro. Katrin foi para Nova York, fez umas comprinhas. — A testa de Peter franze ligeiramente. — Pelo menos essa foi minha interpretação, considerando o número de malas que ela trouxe para casa.

— Não me lembro disso — diz Malcolm.

— Você e sua mãe estavam de férias — explica Peter. — Foi uma coisa de última hora. O marido de Eleanor estava fora da cidade a negócios, então ela mandou buscar Katrin para passar o fim de semana com ela. Embora Katrin quase não tenha conseguido. Foi na noite daquela tempestade de granizo, lembra? O avião atrasou por horas. — Ele ri e toma um gole de sua bebida. — Katrin ficou me mandando mensagens da pista, reclamando. Não tem paciência.

Estou sentada perto o suficiente de Malcolm para que nossos braços se toquem e eu possa senti-lo tenso ao mesmo tempo que eu. Meu corpo inteiro fica dormente, e minha pulsação começa a disparar, mas consigo falar:

— Ai, isso é tão frustrante. Estou feliz que ela tenha chegado bem no fim das contas.

Os olhos do Sr. Nilsson vagueiam para a tela.

— *The Defender*, hein? É o filme de sua mãe, não é?

— Sim. Mas ela só tinha uma fala. — Não sei como eu ainda consigo responder normalmente quando um milhão de pensamentos me passam pela cabeça. — Isso não se computa.

— Pelo menos é uma fala memorável. Bem, não vou atrapalhar vocês. Têm certeza de que não precisam de nada?

Malcolm balança a cabeça, e o Sr. Nilsson se vira e volta pelo o corredor escuro. Ficamos sentados, em silêncio, meu coração martelando tão alto que consigo sentir nas orelhas. Tenho certeza de que Malcolm sente o mesmo.

— Porra — suspira ele, finalmente.

Mantenho minha voz no mais baixo murmúrio.

— Katrin não estava aqui no fim de semana do Dia do Trabalho. Você e sua mãe não estavam aqui. Havia apenas uma pessoa em sua casa que podia ter dirigido o carro de Katrin naquela noite.

— Porra — repete Malcolm. — Mas ele... ele não estava aqui também. Estava em Burlington.

— Tem certeza?

Malcolm se levanta, mudo, e faz um gesto para eu o seguir. Me leva até o quarto e fecha a porta, depois tira o telefone do bolso.

— Ele disse que jantou com um cara que morava aqui. O senhor Coates. Ele era meu líder de tropa dos escoteiros. Tenho o número dele aqui em algum lugar. — Ele rola a tela por alguns minutos, e depois a toca. Estou tão próxima que consigo ouvir um leve som de toque de telefone, então a voz de um homem. — Oi, senhor Coates. Aqui é Malcolm Kelly. — Ele ri, meio sem graça. — Desculpe aparecer assim do nada, mas tenho uma pergunta para o senhor.

Não consigo ouvir o que o Sr. Coates está dizendo, mas seu tom é acolhedor.

— Sim, então — continua Malcolm, engolindo em seco. — Estava conversando com meu irmão, o senhor sabe, Declan? Certo, claro que sim. Ele está se formando em ciências políticas e gostaria de fazer um estágio ou algo assim. Provavelmente não deveria estar fazendo isso, mas Peter mencionou que jantou com o senhor no mês passado, e havia uma chance de o senhor ter algum tipo de vaga em sua nova empresa. — Ele faz uma pausa e espera pela resposta do Sr. Coates, as bochechas enrubescendo com um vermelho profundo. — Não jantou? No fim de semana do Dia do Trabalho? — Outra pausa. — Ah, desculpe. Devo ter entendido errado. O senhor sabe, eu só estava tentando ajudar meu irmão.

O Sr. Coates fala por um minuto. Malcolm assente com a cabeça mecanicamente, como se o Sr. Coates pudesse vê-lo.

— Sim, tudo bem. Muito obrigado. Peço para ele ligar para o senhor. Isso realmente... realmente foi muito útil. Obrigado de novo. — Ele abaixa o telefone e fita meus olhos. — Você ouviu?

— O suficiente.

— Peter não estava lá — diz Malcolm. — Ele mentiu.

Nenhum de nós diz nada por um momento. Quando levanto a mão para puxar meu colar, ele está tremendo tanto que meus dedos batem contra o peito.

— Vamos refletir — digo, com uma voz que preciso lutar para manter firme. — Parece que Peter provavelmente estava aqui, dirigindo o carro de Katrin na noite da tempestade de granizo. Mas, se Katrin não estava no carro quando atingiu alguma coisa, ou *alguém*... por que Brooke estaria envolvida? Por que ajudaria a consertar o carro se ela... *Ah.* — Agarro o braço de Malcolm. As peças estão se encaixando, e, dessa vez, posso estar certa. — Ai, meu Deus, Mal. Katrin disse que Brooke sumiu durante uma festa do pijama, lembra? Ela achou que Brooke tinha escapado para ficar com você. E se ela estava com *Peter*?

— É impossível — diz Malcolm, sem nenhuma convicção. Seus olhos parecem vidrados.

— Mas pense nisso. Se Brooke e seu padrasto estivessem tendo um caso... aliás, *credo,* mas acho que esse é o menor de nossos problemas agora... temos interpretado tudo errado. Não se trata apenas de atropelamento e fuga, mas sim de manter *tudo* em segredo. — Puxo meu celular do bolso. — Precisamos contar isso a Ryan. Ele vai saber o que fazer.

Acabo de abrir uma nova mensagem para escrever quando a porta se abre. É como assistir a uma versão alternativa de minha vida, ver Peter parado com uma arma apontada diretamente para nós.

— Precisa melhorar sua cara de blefe, Malcolm — diz ele calmamente. Seu cabelo claro reluz em prata dourado sob a fraca iluminação, e ele sorri de um jeito tão normal que quase sorrio de volta. — Alguém já lhe disse isso?

CAPÍTULO TRINTA E CINCO

MALCOLM

QUINTA-FEIRA, 10 DE OUTUBRO

Depois de todas essas semanas imaginando que diabos estava acontecendo na cidade, jamais me ocorreu que o cara em quem eu menos confiava pudesse estar envolvido.

Sou um idiota. E Ellery é péssima para resolver crimes reais. Mas nada disso importa agora.

— Vou precisar de seus telefones — diz Peter. Ainda está com a camisa polo e a calça cáqui, mas também calçou um par de luvas. De algum modo, isso é mais assustador que a arma. — Isso não é brincadeira, crianças. Coloquem-nos na mesinha ao lado da cama. Um de cada vez, por favor. Você primeiro, Ellery. — Nós dois obedecemos, e Peter balança a arma em direção ao corredor. — Obrigado. Agora, venham comigo.

— Para onde? — pergunto, olhando para Ellery. Ela está paralisada no lugar, os olhos apontados para a mão direita de Peter.

As narinas de meu padrasto se inflam.

— Você não está em condições de fazer perguntas, Malcolm.

Meu Deus. Isso é ruim, colossalmente ruim. Apenas começo a entender o quanto estamos afundados na merda, mas já sei de uma coisa: Peter jamais deixaria nada disso acontecer se estivesse planejando nos deixar vivos para contar.

— Espere — digo. — Você não pode... Olhe, é tarde demais, tudo bem? Encontramos o recibo da Oficina Dailey's e o entregamos à polícia. Eles sabem que algo esquisito está acontecendo com o carro de Katrin, e vão descobrir que você está envolvido.

A expressão de Peter vacila em um segundo de dúvida, depois relaxa novamente.

— Não há nada nesse recibo que aponte para mim.

— A não ser o fato de que você era o único membro da família na casa para dirigir — argumento.

Peter levanta os ombros em um descuidado dar de ombros.

— Brooke pegou emprestado o carro e sofreu um acidente. Simples assim.

Continuo falando:

— Acabei de falar com o senhor Coates. Perguntei a ele sobre a reunião de vocês naquele fim de semana, e ele disse que não se encontraram. Ele sabe que você mentiu.

— Escutei todas as palavras que você falou, Malcolm. Você disse a ele que deve ter entendido errado.

— Minha mãe estava lá quando conversamos sobre isso — digo, odiando o tom desesperado que se infiltra em minha voz. — Ela vai lembrar. Ela vai saber que tem alguma coisa suspeita.

— Sua mãe vai se lembrar do que eu disser a ela. É uma mulher notavelmente complacente. É sua maior qualidade.

Nesse momento quero matá-lo, e acho que ele sabe disso. Peter dá um passo atrás e ergue a arma, de modo que aponta diretamente para meu peito. Me esforço para manter a expressão neutra enquanto meu cérebro analisa todas as razões possíveis pelas quais é tarde demais para Peter se livrar de outro assassinato.

— O policial McNulty estava lá quando Katrin disse que Brooke escapou durante uma festa do pijama para se encontrar com alguém nesta casa. Se não foi comigo, tinha de ser com você.

— Se você não estiver aqui, não há motivo algum para alguém pensar que não foi com você — ressalta Peter.

Merda. Eu queria que Ellery saísse do transe em que está. Seria bom ter outro cérebro operacional agora.

— As pessoas vão questionar outro assassinato. Outros assassinatos. Especialmente se seu enteado estiver envolvido. Primeiro a melhor amiga de sua filha, depois eu? Isso vai voltar para você, Peter, e será dez vezes pior quando acontecer.

— Concordo — admite Peter. Ele parece completamente relaxado, como se estivéssemos conversando sobre as pontuações de beisebol ou sobre a última série da Netflix. Não que já tenhamos feito algo assim. — Agora não é hora de algo nem remotamente parecido com homicídio. Mas tenho de insistir que venham comigo. Lá para baixo. Você primeiro, Ellery.

A esperança pulsa através de mim, mesmo que a frieza nos olhos de Peter me diga que não deveria. Penso em pular em cima dele, mas Ellery já está avançando na direção do corredor, e ele está com a arma apontada para suas costas. Não vejo outra opção senão segui-la, então o faço.

— Vamos até o porão — diz Peter.

Ele mantém distância enquanto descemos dois lances de escada. O porão dos Nilsson é enorme, e Peter nos guia rapidamente pela lavanderia e pelo espaço decorado que minha mãe usa para se exercitar. A semana passada corre diante de meus olhos enquanto ando, me torturando com tudo o que não vimos. Há tanto a lamentar que mal noto para onde nos dirigimos até que a maior revelação de todas me atinge. Quando acontece, estaco no meio do caminho.

— Não mandei parar, Malcolm — avisa Peter. Ao meu lado, Ellery faz uma pausa. Eu me viro devagar, e ela também.

Suor frio cobre meu rosto.

— O anel de Declan — digo. — Você estava com ele. Deixou cair perto do corpo de Brooke em Huntsburg.

— E daí? — pergunta Peter.

— Lacey jamais devolveu o anel a Declan. Ainda estava com ela quando morreu. Não parou de usá-lo. Você o tirou dela. Porque você... — Hesito, esperando algum tipo de sinal de que ele vai ser afetado pelo que estou prestes a dizer. Mas não há nada em seu rosto, exceto atenção educada. — Você matou Lacey também.

Ellery suspira fundo, chocada, mas Peter apenas dá de ombros.

— Seu irmão é um bode expiatório útil, Malcolm. Sempre foi.

— Você... — Os olhos de Ellery estão fixados no rosto de Peter. Ela puxa o pingente de prata em volta do pescoço, com tanta força que acho que vai quebrá-lo. — Você fez algo com minha tia também?

A expressão calma de Peter não muda. Ele se inclina para a frente e sussurra algo no ouvido de Ellery, tão baixo que não consigo entender. Quando ela levanta a cabeça para olhá-lo, seus cabelos caem sobre o rosto e tudo que consigo ver são cachos. Então, Peter levanta a arma novamente de modo a apontá-la diretamente para seu coração.

— Isso é uma tara sua, Peter? — Estou tão desesperado para tirar sua atenção de Ellery que minha voz ecoa pelas paredes do porão. — Você sai com meninas da idade de sua filha, depois as mata quando há uma chance de te exporem? O que Lacey fez? Ela ia contar? — Um pensamento repentino me atinge. — Ela estava grávida?

Peter bufa.

— Isso não é uma novela, Malcolm. Não é de sua conta o que aconteceu entre mim e Lacey. Ela já se foi. Vamos deixar como está. — A arma balança em minha direção. — Deem alguns passos para trás, por favor. Vocês dois.

Recuo automaticamente, meus pensamentos tombando e girando tanto que mal noto que estamos dentro de uma sala. Fica no canto mais distante do porão dos Nilsson, repleto de caixas de papelão lacradas.

— Este é o único cômodo da casa que é trancado por fora — revela Peter, a mão segurando o batente da porta. — Conveniente. — Ele bate a porta antes que eu possa reagir, mergulhando o quarto na escuridão.

Segundos depois estou na porta, primeiro girando a maçaneta, então batendo com tanta força que minhas costelas machucadas ardem com dor aguda.

— Você não pode simplesmente nos deixar aqui! — grito contra a madeira grossa. — As pessoas sabem que Ellery está aqui. A avó a deixou aqui!

— Eu sei — diz Peter. Há um som de algo pesado sendo arrastado pelo chão, e eu paro de bater para poder ouvir melhor. — Você tem familiaridade com o funcionamento de um gerador elétrico portátil, Malcolm? — Não respondo, e ele continua: — Jamais deve ser ligado dentro de casa por conta do monóxido de carbono que emite. Ele mata rapidamente em uma área fechada como esta. Não sei ao certo como este aqui ficou ligado, mas tudo bem. Talvez você e Ellery tenham o acertado acidentalmente enquanto estavam aqui, fazendo sabe-se lá o quê. Nunca saberemos.

Meu coração aperta quando giro a maçaneta de novo.

— Você nos trancou aqui, Peter! Vão saber que foi você!

— Volto daqui a pouquinho para abrir a porta — avisa Peter, casualmente. — Mas acho que não vou poder ficar muito tempo. Não gostaria de ter o mesmo destino. Além disso, preciso ir ao supermercado. Ficamos sem pipoca. — Um zumbido começa do lado de fora da porta, e Peter levanta a voz: — Eu diria que foi bom conhecê-lo, Malcolm, mas, sinceramente, você tem sido um incômodo desde o começo. Levando isso em conta, deu tudo certo. Até mais.

Seus passos recuam rapidamente enquanto estou parado à porta, a cabeça a toda velocidade e o coração palpitando. Como deixei chegar a esse ponto? Declan não teria entrado no porão como um rato. Teria tentado deter Peter no quarto ou...

Uma luz acende atrás de mim. Eu me viro para ver Ellery em pé na parede oposta, com a mão sobre um interruptor, piscando como se tivesse acabado de acordar. Ela volta para o centro da sala e se ajoelha diante de uma caixa, arrancando uma fita grossa de sua tampa. Ela vira a caixa de cabeça para baixo e despeja o conteúdo no chão.

— Tem de haver algo aqui que eu possa usar para abrir fechadura.

— Certo — digo, o alívio me inundando. Me junto a ela rasgando as caixas. As primeiras estão cheias de livros, bichos de pelúcia e papel de embrulho. — Sinto muito, Ellery — lamento, enquanto abrimos mais caixas. — Sinto muito, eu convidei você para vir até aqui, e deixei isso acontecer. Não fui rápido o bastante.

— Não fale nada — pede ela, breve. — Poupe seu fôlego.

— Certo. — Minha cabeça está começando a latejar, e meu estômago se revira, mas não sei se é estresse ou o gás mortal. Há quanto tempo Peter se foi? Quanto tempo temos?

— A-há! — diz Ellery, triunfante, puxando uma caixa de enfeites de Natal. — Ganchos. — Ela puxa alguns ganchos soltos e vai até a porta. — Só preciso endireitá-los e... — Ela fica em silêncio por alguns segundos, depois solta um grunhido de frustração. — Não são fortes o bastante. Entortam. Precisamos de outra coisa. Achou algum clipe de papel?

— Ainda não. — Abro mais caixas e fuço seu conteúdo, mas minha cabeça está latejando forte agora, e me sinto tão tonto que minha visão começa a escurecer. Me esforço para ficar em pé e olho ao redor da sala. Não há janelas para quebrar, nada pesado o suficiente para usar como um aríete contra a porta. Viro mais caixas, espalhando o conteúdo pelo chão. Pelo menos podemos fazer uma bagunça, penso eu, zonzo. Ao menos as pessoas conseguirão questionar que diabos aconteceu aqui.

Mas meus movimentos são lentos e diminuem a cada segundo. Tudo que eu quero fazer é deitar e dormir.

Não consigo acreditar que já estou pensando nisso.

Não consigo acreditar que finalmente soube o que aconteceu com Lacey e Brooke, mas tarde demais para explicar a seus pais o que aconteceu.

Não consigo acreditar que não vou ter a chance de pedir desculpas a meu irmão.

Meus olhos estão fechando, tão pesados que quase ignoro o brilho no chão. Um pequeno e solitário clipe de papel. Abaixo com tudo para pegá-lo com um grito estrangulado de triunfo, mas é quase impossível erguê-lo. Minhas mãos parecem emborrachadas e desajeitadas, como se eu estivesse usando luvas gigantes de Mickey Mouse. Quando finalmente o pego, me viro para Ellery e para a porta.

Ela está caída diante da entrada, imóvel.

— Ellery! — Eu a agarro pelos ombros e a sento, segurando seu rosto nas mãos até que eu a vejo soltar um suspiro. Balanço seu corpo o mais forte que consigo, até que seus cabelos se derramam sobre o rosto. — Ellery, vamos lá. Acorde. Por favor. — Ela não responde. Deito-a com cuidado no chão e volto minha atenção para o clipe de papel.

Posso fazer isso sem ela. Só preciso desdobrar o clipe e começar a trabalhar. Se ao menos minhas mãos não tivessem se transformado em luvas infláveis, seria muito mais fácil.

Se ao menos meu cérebro não estivesse prestes a vazar de minha cabeça.

Se ao menos eu não tivesse de parar para vomitar.

Se ao menos eu pudesse ver.

Se ao menos.

CAPÍTULO TRINTA E SEIS

ELLERY

SEXTA-FEIRA, 11 DE OUTUBRO

Quero abrir os olhos, mas a luz é muito forte e dolorosa. Tudo está em silêncio, exceto por um sinal sonoro suave, e o ar cheira levemente a água sanitária. Tento levantar a mão para tocar a agonia que é minha cabeça, mas ela não se move direito. Algo está preso nela ou a ela.

— Consegue me ouvir? — pergunta uma voz baixa. Uma mão fria e seca pressiona minha bochecha. — Ellery? Você consegue me ouvir?

Tento dizer sim, porém sai mais como um gemido. Minha garganta dói quase tanto quanto a cabeça.

— Sinto muito. Não fale. — A mão se afasta de meu rosto e se enrola ao redor de minha mão. — Aperte se você me entende.

Dou um aperto fraco, e algo molhado pinga em meu braço.

— Graças a Deus. Você vai ficar bem. Eles usaram oxigênio hiperbárico em você e... Bem, acho que os detalhes não importam agora, mas está tudo bem. Você parece bem. Ai, coitada da minha menina.

Meu braço está ficando mais molhado. Abro meus olhos e vejo o contorno fraco de um quarto. Paredes e um teto, misturando-se um ao outro com linhas brancas e limpas, iluminadas pelo brilho azul-claro das lâmpadas fluorescentes. Cabelos cinzentos estão inclinados a minha frente, emoldurados por ombros trêmulos.

— Como? — pergunto, mas não parece uma palavra. Minha garganta está seca e áspera como uma lixa. Tento engolir, mas é impossível sem saliva. — Como? — rouquejo de novo. Ainda é ininteligível, até para meus ouvidos, mas minha avó parece entender.

— Seu irmão a salvou — responde ela.

Eu me sinto como o personagem robô de Sadie em *The Defender. Isso não se computa.* Como Ezra acabou no porão dos Nilsson? Mas, antes que eu possa fazer outra pergunta, tudo desaparece novamente.

Quando acordo de novo, a luz pálida do sol está entrando no quarto. Tento me sentar, até que uma figura em roupas hospitalares estampada com veleiros me força a deitar.

— Ainda não — diz uma voz familiar.

Pisco até o rosto de Melanie Kilduff entrar em foco. Quero falar com ela, mas minha garganta está pegando fogo.

— Estou com sede — grasno.

— Aposto que sim — diz ela, compassiva. — Apenas alguns goles de água por enquanto, ok? — Ela levanta minha cabeça e coloca um copo de plástico em meus lábios. Bebo avidamente até ela o afastar. — Vamos ver como você reage antes de tomar mais.

Eu brigaria, mas meu estômago já está se revirando. Mas ao menos fica um pouco mais fácil falar agora.

— Malcolm? — Eu consigo perguntar.

Ela pousa uma mão reconfortante em meu braço.

— Em um quarto no final do corredor. Ele vai ficar bem. E sua mãe está a caminho.

— Sadie? Mas ela não deveria sair da Casa Hamilton.

— Ah, querida. Isso não importa agora.

Tudo em mim parece seco como poeira, então é surpreendente quando lágrimas começam a rolar por meu rosto. Melanie se senta ao lado de minha cama e me ampara com os braços, envolvendo-me em um abraço. Meus dedos enrolam-se em suas roupas e apertam com firmeza, puxando-a para mais perto.

— Sinto muito — rouquejo. — Sinto muito por tudo. Foi o senhor Nilsson... — Eu me interrompo quando meu estômago se revira e sinto ânsia de vômito.

Melanie me ajeita em uma posição recostada.

— Vomite se precisar — diz ela, suavemente. — Está tudo bem. — Mas o momento passa, deixando-me exausta e coberta de um suor úmido. Não digo mais nada por um bom tempo, concentrando-me em controlar a respiração.

Quando finalmente consigo, pergunto novamente:

— Onde ele está?

A voz de Melanie é puro gelo.

— Peter está na cadeia, onde é seu lugar.

É um alívio tamanho que nem me importo quando me sinto mergulhando na inconsciência outra vez.

Na ocasião da visita de Ryan, quase me sinto eu mesma novamente. Estou acordada há mais de trinta minutos, e consegui segurar um copo cheio de água.

— Você perdeu Ezra por pouco — digo a ele. — Nana fez com que ele fosse para casa. Ficou aqui por sete horas seguidas.

Ryan se senta na cadeira ao lado de minha cama.

— Eu acredito — diz ele. Não está de uniforme, mas usa jeans desbotados e uma camisa de flanela. Abre um sorriso inclinado e nervoso que lembra Ezra, e, por um segundo irracional, gostaria que ele me abraçasse como Melanie fez.

Seu irmão a salvou, dissera Nana.

Ela estava certa. Eu só não sabia qual deles.

— Obrigada — agradeço. — Nana me disse que você foi nos procurar na casa dos Nilsson. Mas ninguém me disse por quê. — Busco seu rosto receptivo e amigável, imaginando como poderia imaginar que ele abrigasse segredos obscuros. Meu sexto sentido é oficialmente uma droga, e tenho certeza de que Malcolm vai me dizer isso assim que eu puder vê-lo.

— Não quero cansar você... — Ryan começa a falar, hesitante, mas eu o interrompo.

— Não, por favor. Não vai me cansar, juro. Preciso saber o que aconteceu.

— Bem. — Ele dá de ombros e se inclina para a frente. — Não posso entrar em detalhes, mas vou lhe dizer o máximo que puder. É difícil saber por onde começar, provavelmente com o bracelete que Daisy me deu. Ela diz que te contou sobre isso.

— O bracelete? Sério? — Eu me sento tão rápido que estremeço com a dor de cabeça que me atinge de súbito, e Ryan me lança um olhar preocupado. Recosto nos travesseiros com fingida indiferença. — Digo, tudo bem. Certo. Como foi?

Ele me observa em silêncio por alguns segundos, e aperto os lábios para não vomitar acidentalmente.

— Não pensei muito nisso na época — admite ele, por fim. — Conversei com a joalheira, e ela não tinha nenhum documento; havia vendido um monte de pulseiras na mesma época, e não manteve registros decentes. Beco sem saída, pensei. Mas pedi a ela que me contatasse se alguma venda similar acontecesse, e, no mês passado, ela fez uma. Um cara comprou a mesma pulseira e pagou em dinheiro. Quando pedi a ela para dizer como ele era, a descrição se encaixou em Peter com perfeição. Não que eu tivesse percebido isso na época. Só comecei a ligar pontos quando vocês me levaram aquele recibo de conserto. Isso me fez questionar toda a família Nilsson. Então, perguntei aos pais de Brooke se eu podia dar uma olhada em sua caixa de joias.

Preciso lembrar a mim mesma como respirar.

— E?

— Tinha uma pulseira exatamente igual a de Lacey. A mãe não sabia quando ela havia ganhado ou de quem. Mas nós tínhamos nossas teorias. Obviamente.

— Certo, certo — digo, com jeito de sabida. Como se isso tivesse alguma vez me ocorrido.

— Ao mesmo tempo, estávamos vasculhando a casa de Brooke em busca de pistas. Seu telefone tinha sumido quando ela desapareceu, mas conseguimos pegar o computador. Havia um diário no HD, enterrado entre um monte de arquivos escolares e protegido por senha. Demorou um pouco para abrir, mas, quando conseguimos, encontramos a maior parte da história. Ao menos a versão de Brooke. Ela era cautelosa com nomes e detalhes, mas sabíamos que tivera um caso com alguém mais velho, que ela esteve com ele na noite em que algo terrível aconteceu, e que queria fazer a coisa certa. Tínhamos o recibo do conserto do carro, então estávamos começando a juntar as peças. Mas tudo ainda era circunstancial. Então, a polícia de Huntsburg encontrou o anel de Declan na cena do crime.

Ryan faz uma careta, erguendo os ombros.

— Estraguei tudo aí, quando questionei Declan. Estava tentando descartá-lo enquanto confirmava que o anel era dele, porque naquele momento eu tinha certeza de que estavam armando para cima do cara. Mas... sei lá. Declan e eu nunca tivemos uma boa dinâmica. Forcei demais e criei dúvidas na cabeça de Malcolm que não precisavam estar lá. Se eu pudesse desfazer alguma coisa, seria isso.

A máquina ao meu lado emite um bipe baixinho.

— Tudo bem — tranquilizo. — Mas... como você apareceu no momento certo? *Por que* você foi até lá?

— Sua mensagem — responde Ryan. Olho fixamente para ele, e suas sobrancelhas se erguem. — Não sabia? Você conseguiu mandar uma mensagem antes de Peter pegar seu telefone. Tudo o que tinha era a letra 'P'. Mandei algumas mensagens, mas você não respondeu. Fiquei preocupado com tudo o que estava acontecendo, então passei na casa de sua avó. Quando ela me disse que você tinha ido com Malcolm à casa dos Nilsson, surtei. Fiz de tudo para que a senhora Nilsson saísse de casa com Malcolm enquanto investigávamos, mas ela não saiu. E depois *você* aparece lá? Sei como você é, sempre fazendo perguntas que as pessoas não querem responder. Fui até lá, pensando em inventar uma desculpa para trazê-la de volta para a casa de Nora. E encontrei... — Ele para de falar, engolindo em seco. — Encontrei você.

— Onde Peter estava?

A expressão de Ryan fica sombria.

— Saindo da casa ao mesmo tempo que eu entrava. Acho que tinha voltado ao porão para arrastar os dois para o corredor, assim não saberíamos que vocês ficaram trancados. Não disse nada quando me viu, simplesmente entrou no carro e saiu. Foi o suficiente para me fazer vasculhar a casa. Graças a Deus ouvi o zumbido do gerador quando entrei na cozinha, porque o tempo de vocês estava acabando. — Sua boca se aperta em uma linha lúgubre. — Peter quase chegou ao Canadá antes que alguém o alcançasse. Não posso falar o que encontramos em seu carro, mas foi o suficiente para ligá-lo ao assassinato de Brooke.

— Então, era só... uma tara? Dormir com garotas adolescentes e matá-las quando elas atrapalhavam? — Malcolm dissera isso na casa dos Nilsson enquanto eu permanecia em silêncio ao seu lado. Paralisada e inútil, como se eu não tivesse passado quase metade da vida me preparando para o momento em que eu seria atraída até o porão de um assassino.

— É o que parece. Lembre-se, ele não confessou nada, e nós não temos provas concretas para o caso de Lacey. Ainda não. Não sabemos qual foi o momento crítico com ela. Investigadores estão analisando o perfil de Peter agora, e suspeitam de que ela provavelmente queria levar o caso a público. De que ela ameaçou contar à esposa dele ou algo assim.

— Para a segunda esposa, certo?

— Isso. Ela não mora mais em Echo Ridge, perdeu o marido e o filho em um acidente de carro antes de se casar com Peter. Acho que essa é a peculiar marca de maldade do sujeito, agir como uma espécie de herói para mulheres vulneráveis enquanto ataca garotas às escondidas. — O rosto de Ryan se contorce de nojo. — Não sei mais como explicar por que se casaria com a mãe do namorado de Lacey. É como se quisesse permanecer envolvido com Lacey ou algo assim.

Estremeço, pensando em Peter e na mãe de Malcolm na cozinha, na primeira vez que fui à casa de Malcolm. Ele tinha sido um charme, mas também, agora que tenho como fazer a retrospectiva, controlador. Não deixava a esposa falar e a manobrou para sair da sala, mas fazendo tudo com um sorriso. Ele me enganou tanto quanto a qualquer um.

— Que monstro perturbado. Só seria pior se o marido de Melanie não estivesse por perto e ele tentasse se relacionar *com ela*.

— Concordo — comenta Ryan. — Embora Melanie nunca teria topado. Ela é durona. Alicia... nem tanto.

Meu coração dói por Malcolm e pelo que isso vai significar para sua família. Pelo menos o irmão foi finalmente inocentado e, talvez, assim que as pessoas perceberem que Lacey estava sob a influência de Peter, não julguem Daisy e Declan com tanta severidade. Por outro lado, a *mãe*. Não consigo nem sequer começar a imaginar como ela vai se sentir e como vai juntar os cacos depois de ser casada com alguém como Peter.

Ryan se inclina para a frente na cadeira, pousando os cotovelos nos joelhos e entrelaçando as mãos.

— Tem uma coisa que eu queria verificar com você. Quando falei com Malcolm, ele disse que você perguntou a Peter se ele havia feito alguma coisa a Sarah, e que Peter sussurrou algo que ele não conseguiu ouvir. O que Peter disse?

Meus dedos encontram a borda gasta de meu cobertor e puxam seus fios soltos.

— Não sei. Também não consegui ouvi-lo.

Ele fica decepcionado.

— Ah, tudo bem. Ele não está respondendo a nenhuma de nossas perguntas, incluindo as sobre Sarah, mas não se preocupe. Vamos continuar a investigação.

— E quanto a Katrin? — pergunto de repente. — Por que ela estava fazendo todas aquelas ameaças anônimas? Queria despistar as pessoas para não desconfiarem do pai ou algo assim?

— Não. Essa é outra longa história — responde Ryan. Levanto as sobrancelhas, e ele acrescenta: — A princípio, Katrin não estava envolvida nas ameaças. Foi Vivian Cantrell quem começou.

— *Viv?* Por quê? O que ela tem a ver com Peter? Eles estavam tendo um caso também? — Quase engasgo com esse pensamento.

Ryan solta uma risada amarga.

— Não. Não tem relação alguma. Ela está se candidatando a programas de jornalismo neste fim de ano, e acho que alguns ex-alunos de alto nível lhe disseram que seu portfólio não era forte o bastante para se destacar. Então, Viv decidiu fabricar uma história que pudesse contar.

Não sei se o ouvi corretamente. *Quase* consigo entender a psique distorcida do Sr. Nilsson, mas a conspiração calculada de Viv me choca.

— Você *tem* de estar brincando. Ela fez toda aquela merda, assustou pessoas, trouxe lembranças horríveis e traumatizou totalmente os pais de Lacey para que pudesse *escrever* sobre isso?

— Sim — responde Ryan, sombrio. — E é por isso que você foi arrastada para essa história. Viv fraudou a eleição da corte do baile. Achou que seria mais interessante ter a sobrinha de Sarah Corcoran envolvida.

— *Interessante?* — A palavra tem um gosto amargo na boca. — Uau! Ela é um tipo especial de gente horrível, não é?

Ryan parece que concorda plenamente, mas tudo o que diz é:

— Rastreamos a "brincadeira" da festa do time até chegarmos a ela, e estávamos prestes a conversar com seus pais quando Brooke desapareceu. Então, não pudemos dar atenção à situação como queríamos, embora tivéssemos avisado que já sabíamos de tudo. Ela ficou apavorada e jurou que pararia imediatamente. Então, fiquei surpreso quando Malcolm apareceu com aquele vídeo.

— Mas por que Katrin se envolveria?

Ryan hesita.

— Sinto muito, mas não posso contar. Estamos em discussões com o advogado de Katrin sobre que tipo de papel ela vai desempenhar na investigação. Suas razões fazem parte dessas discussões e são confidenciais.

— Ela sabia o que o pai estava fazendo? — pressiono. Ryan cruza os braços sobre o peito, sem responder. — Pisque uma vez para dizer que sim.

Ele bufa, mas um bufar mais afetuoso que aborrecido. Acho.

— Vamos mudar de assunto.

Retorço o cobertor entre as mãos.

— Então, você tinha a coisa toda planejada, e todo esse tempo eu estava atrapalhando. Esse é o resumo?

— Não totalmente. O recibo do conserto foi útil, especialmente sabendo o quanto Brooke queria encontrá-lo. Quando juntamos à pulseira e ao diário, soubemos com quem estávamos lidando. — Ele me dá um meio-sorriso. — Além disso, sua quase morte nos deu causa provável para procurar o carro de Peter, então... temos de agradecer.

— Quando precisar. — Minhas pálpebras estão ficando pesadas, e preciso piscar rápido para evitar que fechem. Ryan percebe e se levanta.

— Preciso ir. Vou deixá-la descansar um pouco.

— Você volta?

Ele parece lisonjeado com o tom de esperança em minha voz.

— Sim, claro. Se você quiser, eu volto.

— Eu quero. — Deixo meus olhos se fecharem por um segundo, então os forço a abrir novamente enquanto ele se levanta. — Obrigada novamente. Por tudo.

— De nada — diz ele, enfiando as mãos nos bolsos, desajeitado.
Naquele momento, ele me lembra do velho policial Rodriguez, o policial esquálido e mal-humorado, e não o craque na investigação que revelou ser. — Ei, então, talvez não seja a hora nem o lugar — acrescenta ele, hesitante —, mas... se você estiver se sentindo bem o suficiente, minha irmã vai fazer uma festa de fim de ano em poucas semanas. Faz todo ano. Quer conhecer você e Ezra. Se vocês estiverem prontos para isso.

— É mesmo? — pergunto, surpresa. Quase esqueci que Ryan tem irmãos.

— Sim, mas sem pressão ou nada disso. Apenas pense. Você pode me falar mais tarde se tem interesse. — Ele sorri calorosamente e acena para mim. Então se vira, desaparecendo no corredor.

Afundo de volta no travesseiro fino, a névoa de cansaço suspensa. Já quase me acostumei com Ryan, mas não sei bem como vou me sentir perto de mais gente desconhecida de quem sou parente. Passar de uma família de três — quatro com Nana — para esse fluxo repentino de meios-irmãos, seus cônjuges e filhos parece demais.

Mas eu até gosto da ideia de uma irmã. Talvez uma meia-irmã não seja ruim.

Há um farfalhar na porta e o cheiro de jasmim. Eu meio que giro na cama e flagro uma nuvem de cachos escuros emoldurados pelo batente da porta.

— *Ellery* — suspira Sadie, os olhos azuis brilhando de lágrimas. Antes que eu possa lembrar que estou com raiva dela, acabo devolvendo seu abraço com toda a força que me resta.

CAPÍTULO TRINTA E SETE

MALCOLM

SÁBADO, 26 DE OUTUBRO

— Esse garoto me odeia — diz Declan.

Não acho que ele esteja errado. O bebê de seis meses que ele traz no colo está sentado em seu joelho, duro como uma tábua, com o rosto vermelho e gritando. Todo mundo nessa festa sente pena do garoto, exceto Daisy. Ela parece radiante, como se nunca tivesse visto nada mais lindo.

— Eu praticamente consigo ver seus ovários explodindo — murmura Mia ao meu lado.

— Você o está segurando errado — avisa Ezra. Ele pega o bebê em um movimento hábil, embalando-o na dobra do braço. — Só relaxe. Eles sentem quando você está nervoso. — O menino para de chorar e abre um sorriso gigantesco e desdentado. Ezra faz cócegas na barriguinha do bebê antes de estendê-lo na direção de Declan. — Tente de novo.

— Não, obrigado — murmura Declan, ficando em pé. — Preciso de uma bebida.

Uma mulher bonita de cabelos escuros sobe as escadas da varanda, apertando o braço de Ezra enquanto passa.

— Você tem tanto jeito com ele! — É a mãe do bebê, a irmã de Ryan Rodriguez, e todos estamos reunidos em sua casa duas semanas depois da tentativa de assassinato de Peter Nilsson, como se tudo estivesse de volta ao normal.

Eu não sei. Talvez tenha voltado, ou talvez finalmente tenhamos descoberto que não estamos normais há anos, e que é hora de redefinir a palavra.

Declan vai até o cooler no quintal, e Mia cutuca meu braço.

— Não tem hora melhor que o agora — diz ela.

Olho meu irmão com raiva.

— Por que a responsabilidade é minha? Ele é mais velho. Ele deveria vir fazer as pazes comigo.

Mia ajusta os óculos de sol de gatinha.

— Você achou que ele era culpado pelo assassinato.

— Sim, bem, Ellery suspeitou de mim até certo ponto. Eu superei.

— Ellery te conhecia há menos de um mês. Não era sua *irmã*.

— Ele nem sequer me visitou no hospital!

Ela pronuncia cada palavra com cuidado.

— Você. Achou. Que. Ele. Era. Culpado. Pelo. *Assassinato*.

— Eu quase *fui* assassinado.

— Você pode continuar com isso o dia todo *ou* pode se mostrar superior. — Mia espera um instante, depois me dá um soco no braço. — Pelo menos ele veio.

— Tudo bem, tudo bem — resmungo e vou atrás de Declan.

Eu não sabia se ele estaria aqui. Só nos falamos algumas vezes desde que fui liberado do hospital, principalmente para ponderar a situação de nossa mãe. Está uma bagunça; todos os bens de Peter estão bloqueados, então ela não tem nada em seu nome, exceto uma conta bancária que não cobre mais que alguns meses de despesas. Vamos nos mudar para Solsbury em breve, e, embora eu não consiga sair da casa dos Nilsson tão rápido assim, não sei o que vai acontecer depois disso. Faz mais de um ano que minha mãe não trabalha, e está mais difícil que nunca falar com meu pai.

Recebemos uma oferta meio lucrativa para contar nosso lado da história a um tabloide, mas não estamos desesperados o suficiente para aceitá-la. Ainda.

Declan está no fundo do quintal, puxando uma garrafa marrom congelada de um *cooler* azul. Ele gira a tampa e toma um longo gole, em seguida me vê e abaixa a garrafa. Estou a poucos metros de distância quando percebo como os nós de seus dedos estão brancos.

— Fala, irmão?

— Posso pegar uma? — pergunto.

Ele bufa.

— Você não bebe.

— Talvez eu precise começar.

Declan reabre o *cooler* e mergulha a mão lá no fundo, tirando uma garrafa idêntica à que está segurando. Ele a entrega para mim, sem expressão, e consigo tirar a tampa sem estremecer quando as pontas afiadas cortam a palma de minha mão. Tomo um gole hesitante, esperando que o amargor exploda em minha boca, mas não é tão ruim assim. Suave e quase com sabor de mel. Estou nervoso e com sede, e um quarto da garrafa se vai antes que Declan pegue meu braço.

— Vá com calma.

Fito seus olhos e forço as palavras que venho praticando há duas semanas.

— Sinto muito.

Segundos passam parecendo minutos. Estou pronto para qualquer resposta; para ele gritar comigo, para ele ir embora sem dizer nada, até mesmo para me dar um soco na cara. As contusões do ataque de Kyle já quase desapareceram, bem a tempo de eu conseguir umas novas.

Mas Declan não faz nenhuma dessas coisas. Ele bebe sua cerveja e depois bate a garrafa na minha.

— Eu também — diz ele.

A garrafa quase escapa de minha mão.

— O quê?

— Você me ouviu.

— Então, você não está... — Eu paro de falar. *Você não está bravo* ainda parece impossível.

Declan olha para a varanda da qual saímos, estreitando os olhos para o sol brilhante. É um daqueles dias incríveis do final de outubro que às vezes temos em Vermont, com mais de 21 graus, um céu azul quase sem nuvens, as árvores ao redor explodindo em cores. Daisy está segurando o bebê agora, falando seriamente com a irmã de Ryan. Mia e Ezra estão sentados lado a lado no peitoril de madeira, as pernas balançando e as cabeças inclinadas, juntas. A porta de correr para a casa se abre e uma garota sai, os cachos escuros saltando em volta dos ombros.

Estive esperando ela aparecer, mas acho que posso esperar e conversar um pouco mais.

— Tenho sido um irmão de merda para você, Mal — diz Declan, finalmente. — Há anos. Só que... não vou mentir, não dava a mínima para você quando éramos crianças. Estava preocupado demais com minhas coisas. E você não era... sei lá. Parecido o suficiente comigo para eu prestar atenção. — Um músculo em sua bochecha salta, seus olhos ainda na varanda. — Então, tudo virou um inferno, e eu fui embora. Também não pensei em você. Por anos. Daí, não sei por que eu esperei que você ficasse do meu lado quando alguém encontrou meu anel do colégio no local de um assassinato.

Minha garganta está desconfortavelmente seca, mas não quero mais cerveja.

— Eu devia ter percebido que você não tinha nada a ver com isso.

Declan encolhe os ombros.

— Por quê? Nós mal nos conhecemos. E eu sou o adulto, ou é isso que me dizem. Então, cabe a mim. — Ele abre o *cooler* novamente e pega um refrigerante, estendendo-o para mim. Hesito, e ele tira a cerveja de minha mão, colocando-a em uma mesa próxima. — Vamos lá, Mal. Não é para você.

Eu tomo o refrigerante.

— Não sei o que vai acontecer com mamãe.

— Também não. Vai ser uma merda. Mas vamos dar um jeito. Vocês podem conseguir uma casa perto de Daisy e eu. Solsbury é legal. — Ele sorri e toma um gole de cerveja. — Os frequentadores regulares da Bukowski's Tavern não são tão ruins quando você os conhece.

O aperto em meu peito se afrouxa.

— Bom saber.

Uma trilha de nuvens passa sobre o sol, sombreando brevemente o rosto de Declan.

— Você está falando com Katrin? — pergunta ele.

— Não — respondo. Ela acabou cooperando totalmente com a promotoria, entregando uma prova final: a capa do celular de Brooke. Katrin a tinha encontrado no dia em que Peter organizou a equipe de busca, depois que ela fuçou o escritório do pai, procurando um carregador de celular. Pelo visto, Peter destruiu o telefone de Brooke, mas manteve a capa, como se fosse algum tipo de troféu doentio. Assim como tinha feito com o anel de Lacey.

Não era um objeto que se encontra em lojas; Brooke a fizera com uma capa transparente, flores secas e esmalte de unha. Era uma peça única, e, quando a viu escondida, Katrin soube que o pai estava envolvido. Em vez de entregá-lo, recriou uma das ameaças anônimas de Viv para tentar desviar a atenção.

O advogado de Katrin pintou uma imagem da cliente tão compassiva quanto possível. Alegou que Peter tinha metodicamente afastado Katrin de sua mãe por anos para que ele pudesse controlá-la e manipulá-la, a ponto de ela ser totalmente dependente dele e incapaz de distinguir o certo do errado. Um tipo diferente de vítima, como Lacey e Brooke, mas ainda assim uma vítima.

E talvez ela fosse. Seja. Não sei, porque não respondi à única mensagem que ela me enviou desde que foi liberada para a custódia da tia. Katrin não está autorizada a sair do país, e sua mãe não está disposta a se mudar para cá.

Ele é tudo o que tenho.

Não respondi. Não só porque não era verdade — Katrin tinha a mim e a minha mãe, no mínimo, mais sua tia e, até mesmo, Theo e Viv —, mas porque eu não consigo pensar em minha meia-irmã sem me lembrar da última vez que vi Brooke na calçada, olhando para trás, para mim, antes de entrar. Logo depois, de acordo com a polícia, ela saiu novamente para se encontrar com Peter.

Não acho que eu possa aceitar o fato de que Katrin sabia que Peter estava envolvido no desaparecimento de sua melhor amiga e ficou ao seu lado mesmo assim. Talvez um dia desses, quando tudo estiver menos doído, eu consiga entender como foi crescer com aquele esgoto toxico de pai. Mas duas semanas depois de ele ter tentado me matar não é a hora.

— Isso provavelmente é bom. Essa família inteira está podre até a raiz — diz Declan, tomando outro longo gole de sua garrafa.

— De qualquer forma, você e mamãe deveriam vir jantar conosco esta semana. Daisy e eu compramos um grill.

Começo a rir.

— Caraca. Você comprou um *grill*. Está segurando *bebês*. O que vem a seguir, papai padrão? Vai começar a falar do gramado do jardim?

Declan estreita os olhos, e, por um segundo, acho que fui longe demais. Então, ele sorri.

— Tem destinos piores, meu irmão. Destinos muito piores. — Ele se volta para a varanda de novo, protegendo os olhos contra o sol. Ellery está com as mãos cruzadas diante do corpo enquanto fala com a irmã de Ryan. — Por que ainda está aqui tagarelando comigo? Vá ficar com sua namorada.

— Ela não é minha... — começo, e Declan me empurra. Apenas um pouco forte demais.

— Não seja tão mané, Mal — instrui ele, arrancando o refrigerante de minha mão. Mas sorri quando diz isso.

Então eu o deixo, atravessando o quintal em direção à varanda. Ellery me avista quando estou na metade do caminho, e acena. Ela diz algo para a meia-irmã, então desce as escadas com uma energia que me deixa nervoso. Eu a vi apenas algumas vezes desde que saímos do hospital, sempre com alguma combinação de Ezra, Mia ou sua avó por perto. Até vi Sadie rapidamente antes que ela voltasse para a reabilitação. Ellery e eu não estamos sozinhos aqui também, mas, por alguns segundos no meio do quintal, todos parecem desaparecer e tenho a sensação de estarmos.

— Oi — cumprimenta ela, parando a um metro de mim. — Esperava que você estivesse aqui. — Seus olhos miram por cima de meu ombro, para Declan. — Como foi?

— Melhor do que eu esperava. Como estão as coisas com seus novos irmãos?

— Também — responde ela. — Melhor do que eu esperava. Eles são legais. Mas não fico tão confortável com os outros dois como com Ryan. Ezra está se adaptando mais facilmente que eu. Como sempre. — Ela afasta um cacho da têmpora. — Como você está?

— Além das dores de cabeça? Nada mal, mesmo. Nenhuma sequela permanente. Ao menos é o que dizem os médicos.

— Eu também. — Ela hesita. — Quero dizer... acho que os pesadelos vão acabar indo embora.

— Espero que sim. — Aguardo um instante e, em seguida, acrescento: — Olhe só, realmente sinto muito que você não tenha chegado a nenhuma conclusão sobre sua tia. Sei que isso significaria muito para sua família. Se serve de consolo... mesmo se você não o escutou falar, tenho certeza de que nós *sabemos*. Sabe?

— Eu sei. Só queria... — Seus olhos ficam brilhantes de lágrimas, e, antes que eu possa pensar muito no que estou fazendo, eu a puxo para meus braços. Ela inclina a cabeça em meu peito, e eu enterro o rosto em seus cabelos. Por alguns segundos, sinto algo que não experimentava desde que era criança, antes de meus pais começarem a brigar e meu irmão me ignorar ou insultar. Esperança.

— Vai dar tudo certo — asseguro, mergulhado em seu cabelo. Sua voz fica abafada contra minha camisa.

— Como? Como vamos deixar para trás algo assim?

Olho por sobre sua cabeça para a varanda, onde Declan se juntou a Daisy e eles estão conversando com Ryan e a Sra. Corcoran.

Ezra saiu do peitoril da varanda para segurar o bebê de novo, e Mia está fazendo caretas para ele. Os Kilduff chegaram em algum momento, e, embora minha mãe não esteja aqui, quase consigo imaginá-la se aventurando em algo assim um dia. Perdoando a si mesma por acreditar nas mentiras de um monstro. Todos nós precisamos descobrir uma maneira de fazer isso.

— Só vivendo, acho — respondo por fim.

Ellery afasta-se de mim com um sorrisinho, passando a palma da mão contra as bochechas molhadas. Seus cílios escuros estão espetados com as lágrimas.

— Sério? É isso? É tudo o que você tem para dizer?

— Não. Tenho um ás na manga que estive guardando para animar você. — Suas sobrancelhas se levantam, e eu paro para dar um efeito dramático. — Você gostaria de visitar um museu de palhaços comigo?

Ela começa a rir.

— O quê, agora? No meio de uma festa?

— Consegue pensar em um momento melhor?

— *Depois* da festa? — sugere Ellery.

— É nesta rua mesmo. Dá para ir e voltar em meia hora. Quarenta e cinco minutos, no máximo. Tem pipoca grátis e cachorros. E palhaços, obviamente.

— Parece tentador.

— Então, vamos. — Entrelaço meus dedos nos dela, e partimos para a frente da casa. — Ainda bem que fica perto. Tomei quase meia garrafa de cerveja.

— Que rebelde. — Ela sorri para mim. — Mas, no fim das contas, foi você quem falou em *viver*.

Aperto sua mão e inclino minha cabeça na direção da dela.

— Estou trabalhando nisso.

CAPÍTULO TRINTA E OITO

ELLERY

SÁBADO, 26 DE OUTUBRO

A mão de Malcolm parece quente e firme na minha. As folhas rodopiam em torno de nós, como confetes gigantes, e o céu é de um azul brilhante, vívido. É um dia lindo, do tipo que faz pensar que talvez tudo vá ficar bem no final.

Apesar de todo o trauma das últimas duas semanas, coisas boas também aconteceram. Enquanto Sadie esteve na cidade, ela e Nana conversaram — *realmente* conversaram. Ainda não entendem muito uma à outra, mas finalmente parece que as duas querem tentar. Desde que voltou à Casa Hamilton, Sadie não deu nenhum único telefonema aleatório.

Faz apenas oito dias, mas ainda assim. Um passo após o outro.

Nana e Sadie concordaram que Ezra e eu deveríamos terminar nosso último ano no Colégio Echo Ridge, mesmo que Sadie receba alta em janeiro. O que, por mim, está ótimo. Estou deixando meu quarto um pouco mais acolhedor; comprei algumas gravuras emolduradas em uma feira de arte no último fim de semana, e coloquei fotos de Ezra e minhas com Mia e Malcolm. Além disso, tenho as provas de aptidão para fazer, faculdades para visitar, irmãos para conhecer e, talvez, mais encontros com Malcolm.

Eu quase contei a ele, agora mesmo. Eu queria contar.

Mas, assim que o fizer, não poderei voltar atrás. E, apesar de ter passado quase seis semanas tentando desvendar as mentiras de Echo Ridge, tudo em que pude pensar desde aquele dia no porão dos Nilsson é que alguns segredos não deveriam ser revelados.

O fato de Sadie acreditar que abandonou sua irmã gêmea na noite em que Sarah desapareceu quase a matou. Não há como ela ser capaz de lidar com isso. É difícil o bastante para mim, sem arrependimentos ou culpa pesando sobre meus ombros, ver meu irmão sorrindo e brincando em uma festa e saber a verdade.

Não deveríamos estar ali.

Aperto a mão de Malcolm com mais força para afastar o frio que percorre minha espinha toda vez que me lembro da voz de Peter sibilando em meu ouvido, tão fraca que quase não ouvi. Gostaria de não ter ouvido, porque vou passar o resto da vida esperando que ele nunca repita as palavras que pensou que eu levaria para o túmulo.

Eu pensei que ela fosse sua mãe.

AGRADECIMENTOS

Se escrever um primeiro livro é um ato de fé — de que algum dia, alguém que não seja sua família e amigos poderá querer ler suas palavras —, escrever um segundo livro é um ato de força de vontade. E, cara, é uma escalada e tanto. Ganhei na loteria literária com a equipe com quem trabalhei em meu livro de estreia, *Um de nós está mentindo*, e seu incrível talento e dedicação são a razão de *Mortos não contam segredos* existir.

Nunca serei capaz de agradecer o suficiente a minha agente, Rosemary Stimola. Você não é apenas a razão pela qual eu faço o que amo para viver, mas você é uma campeã incansável, sábia conselheira e a bonança em todas as tempestades. Sou profundamente grata a Allison Remcheck por sua sinceridade inabalável, sua fé em mim e o fato de que você acordava no meio da noite pensando nessas personagens quase tanto quanto eu.

Para minha extraordinária preparadora, Krista Marino: admiro sua incrível capacidade de enxergar diretamente o coração de um livro e saber exatamente do que ele precisa. Você transformou cada passo desse processo em um prazer, e, graças à sua percepção, essa história é, finalmente, a que eu queria contar o tempo todo.

À minha editora, Beverly Horowitz, e a Barbara Marcus e Judith Haut, obrigada por me receberem na Delacorte Press e por sua orientação e apoio em meus dois livros. Obrigada a Monica Jean pela infinita paciência e perspicácia, a Alison Impey pelo incrível design da capa, a Heather Hughes e Colleen Fellingham por seus olhos de águia e a Aisha Cloud pela promoção estelar (e por responder a meus e-mails e mensagens de texto a qualquer hora). Como ex-profissional de marketing, fiquei impressionada com a equipe de vendas e marketing com a qual tenho a sorte de trabalhar na Random House Children's Books, inclusive Felicia Frazier, John Adamo, Jules Kelly, Kelly McGauley, Kate Keating, Elizabeth Ward e Cayla Rasi.

Obrigada à Penguin Random House UK, inclusive à diretora-gerente, Francesca Dow, à diretora de publicações, Amanda Punter, à diretora editorial, Holly Harris, e à equipe dos sonhos de marketing, publicidade e vendas de Gemma Rostill, Harriet Venn e Kat Baker, por cuidar tão meticulosamente de meus livros no Reino Unido. Obrigada também a Clementine Gaisman e Alice Natali, da ILA, por ajudar meus personagens a viajarem pelo mundo.

Eu não poderia ter sobrevivido a meu livro de estreia ou ao segundo livro sem meus colegas escritores Erin Hahn e Meredith Ireland. Obrigada por sua amizade, por celebrarem todos os altos e se compadecerem com todos os baixos, e por terem lido incontáveis rascunhos deste livro até que eu o acertasse. Agradeço também a Kit Frick pelo seu discernimento e comentários cuidadosos em um momento crítico no desenvolvimento do livro.

Sou grata ao grupo de literatura infantojuvenil de Boston por nossa comunidade e a todos os escritores contemporâneos e de suspense que conheci que me inspiram, me motivam e tornam essa carreira, muitas vezes solitária, mais divertida, inclusive Kathleen Glasgow, Kristen Orlando, Tiffany D. Jackson, Calebe Roehrig, Sandhya Menon, Phil Stamper e Kara Thomas.

Um profundo agradecimento a minha família (tanto a Medailleu quanto a McManus) por apoiar essa reviravolta surpreendente em minha vida e por dizer a todos que vocês conhecem para comprar meus livros. Uma dívida de gratidão especial a minha mãe e a meu pai por ajudar quando preciso viajar, a Lynne por ser minha rocha e a Jack, que me inspira a continuar sonhando alto.

Finalmente, agradeço sempre a meus leitores por se importarem com as histórias e por escolher gastar seu tempo com as minhas.

Este livro foi composto na tipografia Minion
Pro, em corpo 11/16, e impresso em
papel off-white no Sistema Cameron da
Divisão Gráfica da Distribuidora Record.